고등학교 3년,
딸에게 보내는
엄마의 편지

저 달이 우리 딸을 지켜주겠지

진유정 지음

자유문고

프롤로그

그 해 3월은 유난히 꽃샘추위가 심했다. 아니, 그 춥다고 하는 것은 객관적이지 못한, 다분히 주관적인 느낌일 수도 있겠다. 그때 나의 가슴은 한복판을 밟고 올라 널뛰기를 한다고 해도 전혀 깨지지 않을 만큼 꽁꽁 얼어붙어 있었다.

"잘 떠나보냈어. 가까이 두고 간섭하면 부모보다 더 큰 사람이 될 수가 없어."

2013년 3월 2일. 서울에서 차로 3시간여를 가야 하는 경북 안동 풍산고등학교에 아이를 입학시키고 돌아오는 차 안에서 남편은 나를 그렇게 위로했다. '모든 신화의 주인공이 그렇듯이 부모를 떠나 다시 돌아올 때 더 멋지게 성공해서 나타날 것'이라고, 그 먼 타지에 자식을 두고 집으로 돌아가는 아버지가 할 수 있는 자기변명 같은 위로를 늘어놓았다. 하지만 그 순간 나는 애써 꾹꾹 눌러 참았던 눈물을 쏟아내고 말았다. 할 수만 있다면 차를 되돌려 다시 짐을 싸 아이를 데리고 오고 싶었다.

나는 아이를 곁에 두고 평범하게 지지고 볶으며 사는 삶을 무엇보다 사랑했다. 많이 만지고, 안아주고, 버릇없는 행동이나 게으른 습관도 나중에 크면 다 고쳐질 거라고 믿으며, 그냥 편안하고 인자한 엄마의 모습으로만 살고도 싶었다. 반면 국, 영, 수, 논술학원 다 보내며 빚을 내서라도 반드시 SKY를 보내고 싶은 엄마이기도 했다. 자식 교육을 위해 세 번 이사를 했다는 맹자 엄마의 이야기도, 산에 공부하러 간 자식이 중간에 돌아왔을 때 불을 끄고 떡을 썰며 글을 쓰라고 했던 한석봉 어머니의 이야기도, 나의 지극한 자식 사랑에 비하면 크게 감동적인 이야기도 아니었다.

그런 내가, 아이가 내 그늘에서 벗어나 나보다 더 큰 사람이 되기를 기대하며 내 품에서 떠나보냈다고? 아니, 솔직히 말해 그때 나는 엄마로서 나의 한계와 실패를 인정하고 아이를 보냈다고 해야 옳을 것이다. 사실 변두리 중학교였지만 전교 1, 2등을 하는 아이를 소위 명문 사립고에 보내기 위해 3학년 내내 학원에 데려다주고 과외를 시키며 학습 매니저를 자처했다. 물론 이게 무슨 짓인가 싶을 때도 많았다. 하지만 불안해서, 또는 주변에 나와 다르지 않게 자식을 키우는 엄마들을 보며 애써 아무렇지도 않게 아이 교육에 열성을 부렸다.

꿈은 많았으나 아무것도 이루지 못한 채 그저 아줌마로 살고 있는 나의 인생을 자식을 통해 보상받고 싶은 마음도 있었음을 부인할 수 없다. 나는 열심히 정보를 수집하고, 자기소개서를 만들고, 면접 준비를 했다. 하지만 아이는 마지막 면접에서 정확한 탈락 이유도 파악하지 못한 채 보기 좋게 떨어졌다. 그렇게 공부를 통해 신분상승을 시키겠다는 나의 고군분투는 고입실패로 아이에게 심한 좌절을 안겨주며 막을 내렸다.

그러자 정신이 번쩍 들었다. 그즈음 세상만사 노력한다고 다 이루어지는 것도 아니고, 간절히 원한다고 뜻대로 되는 것도 아니라는 삶의 진리를 깨달아가는 중이었다. 그래서 다가오는 운명에 저항하지 않고 받아들일 각오 또한 되어 있었다.

그러나 다시 그 시간으로 되돌아가고 싶지는 않았다. '일반고를 보내면 또 다시 10시까지 학교에서 자율학습을 하고 그 이후에 또 학원을 가거나 과외를 해야 할 것이다. 자소서 한 줄 올리는 스펙을 위해 엄마의 정보력과 아빠의 재력은 더 많이 동원되어야 할 것이다. 논술, 자소서, 어쩌면 면접까지 사교육에 의지해야 할지도 모른다.' 이제는 더 이상 이 치열한 사교육 시장에 아이를 내놓고 싶지 않았다.

그런 열망으로 만난 학교가 안동에 있는 풍산고등학교였다. 풍산고는 폐교위기에 놓여 있던 시골 종합고등학교였는데, 우여곡절 끝에 전국 단위로 학생을 모집하며 신흥 명문고로 부상한 자율고등학교였다. 나는 좌절을 딛고 일어선 학교의 역사처럼 우리 아이가 그곳에서 벌떡 일어서 부흥하기를 간절히 바랐다.

그러나 현실은 달랐다. 그곳 역시 입시의 그늘에서 벗어나기는 커녕 흔히 말하는 엉덩이 힘으로 빡세게 공부시켜 많은 아이들을 명문대에 보내는 곳이었다. 아이들은 밤 11시까지 도서관에서 공부했고, 문·이과 상위 그룹은 따로 관리를 받았으며, 더 엄격하게 입시교육을 시켰다. 사교육이 아닌, 학교 내에서 이루어지는 공교육이라는 게 다르다면 다른 것이었다.

욕심 많은 아이는 공부를 따라잡기 위해 안간힘을 쓰다 툭하면 장염에 걸렸고, 시험 때마다 불면증을 호소하며 괴로워했다. 몇 번이고 전학을 결심했지만 서울 일반고에 다니는 아이들의 현실은 더했으면 더했지 크게 다르지 않았다. 무엇보다 그것을 잘 알고 있는 아이가 전학을 거부했다. 나는 그렇게 유배지에 자식을 보낸 심정으로 애간장을 끓이며 3년을 살았다

장마가 지면 학교가 물에 잠기는 상상을 했다. 태풍이 불면 돼지삼형제의 첫째가 지은 집처럼 기숙사가 날라가는 꿈을 꾸었다. 번개가 치면 혹 기숙사에 불이 날까봐 잠을 이룰 수 없었다. 또한 그 해 여름에는 공주사대부고 학생 5명이 극기훈련 중에 물에 빠져 사망한 사건이 터져 나를 더욱 불안에 옭아매었다.

그리고 결정적으로 아이가 2학년이 되던 봄, 같은 97년생 동갑내기 아이들이 허망하게 물에 잠기는 세월호 사건을 접하며 나는 극도의 불안과 두려움에 떠는, 내 안의 성장하지 못한 내면 아이를 직면하게 되었다.

다섯 살, 엄마를 잃고 이제 막 젖몽오리가 생긴 열여섯 언니의 젖을 만지며 잠들던 어린 시절의 나를 만나게 되었다. 그것이 아이에게 투사되어 나는 더 많이 힘들고 괴로운 시간을 보내고 있었던 것이다. 그렇게 심한 분리불안을 겪으며 나는 점점 우울감에 빠져들고 있었다.

바로 그 시절, 나를 견디게 하고 구원해 준 것이 이메일이었다. 나는 밤마다 자판을 두드리며 아이에게 나의 간절한 사랑을 편지로 전했다. 지금 돌이켜보면 다소 아이를 자극하고 더 불안하게 했을 수도 있는 내용도 보인다. 하지만 다행히 아이는 편지를 일

주일에 한 번 컴퓨터실에서 몰아 읽으며 엄마의 감정기복까지는 살피지 못했는지 힘든 시기에 많은 위로를 받았다고 했다.

엄마가 아무리 질풍노도의 시간을 견디고 있을지라도 다행히 아이에게는 제 수준만큼의 사랑으로 잘 정화돼 읽혀진 모양이었다. 그 편지를 쓰는 시간은 결국 아이에게 주는 위로보다 나 자신의 치유의 시간이었던 것이다.

엄마의 편지

뭔가에 실패해 지금까지 나를 돌아볼 때마다 난 항상 같은 걸로 실패했다는 생각이 들었어. 열심히 살아온 것 같은데 같은 장소에서 빙글빙글 원을 그리며 돌아온 것 같아 좌절했어. 하지만 경험을 쌓았으니 실패를 했든, 성공을 했든, 같은 장소를 헤맨 건 아닐 거야. '원'이 아니라 '나선'을 그렸다고 생각했어.

맞은편에서 보면 같은 곳을 도는 듯 보였겠지만 조금씩은 올라갔거나 내려갔을 거야. 그런 거면 조금 낫겠지. 아니 그것보다도 인간은 '나선' 그 자체인지도 몰라. 같은 장소를 빙글빙글 돌면서 그래도 뭔가 있을 때마다 위로도 아래로도 자랄 수 있고 옆으로도…. 내가 그리는 원도 점차 크게 부풀어 조금씩 나선은 커지게 될 거야. 그렇게 생각하니 조금 힘이 나더구나.

-영화 「리틀 포레스트」 중-

2019년 1월 편지를 묶어내며

진유정

프롤로그 • 5

1학년, 그 해

쓰라린 실패를 맛보고 새로운 삶에 도전하는 딸에게 • 19

익숙함과 안정을 떠나 • 21

신화 속 주인공처럼 • 23

또 다른 이기심 • 25

이것 역시 지나가리라 • 28

다이돌핀 • 31

감사하는 삶 • 33

주철환의 주전자 • 35

화창한 봄날 오후 • 37

엄마의 자궁을 선택해준 너 • 40

법륜스님의 즉문즉설 • 42

가장 너답게, 가장 멋지게, 가장 당당하게 • 45

온전히 너를 떠나보내기 • 47

사방이 온통 아름다운 연둣빛이다! • 49

역동적인 풍산의 봄 • 51

풍산고등학교 설명회 • 53

기명이가 없는 어버이날 • 55

세상에서 가장 행복한 아빠 • 57

문경새재 과거길 달빛 걷기 • 59

엄마의 고백 • 62

외할아버지가 집으로 오신 날 • 66

온 우주의 도움 • 69

내가 보고 싶었던 세계 • 72

김유정 그리고 박경리 • 77

코스모스 추억 • 79

입양을 결심하며 • 82

기말시험 치르느라 고생이 많았지? • 85

잘했다. 큰딸! • 88

삶에 대해 겸손하고 성실한 사람 • 91

아빠와 딸 • 93

관계에 대하여 • 96

내가 잘할 수 있을까? 하는 의심과 두려움이 몰려올 때 • 99

오랜만에 깨어 있는 새벽에 • 102

무더위에 고생하는 딸에게 • 105

자연의 질서 • 108

엄마의 임신일기 • 111

입양교육 • 114

한가위 보름달 • 117

열일곱, 엄마의 가을 • 120

두 남자, 마광수와 유시민의 자서전 • 123

생로병사가 다 하늘의 뜻임을 • 127

오늘의 감사 • 131

가장 위대한 사랑 • 134

새벽녘 바람 부는 풍경을 바라보며 • 137

불면증이라는 불청객을 대하는 자세 • 140

다시, 잠에 대하여 • 142

네가 어떤 삶을 살든 엄마는 너를 응원할 것이다 • 144

2학년, 그 해

행복 • 149

재수생 • 151

라푼젤의 마녀 • 153

꽃샘추위에 잘 지내는지 • 155

봐도 봐도 내성이 생기지 않는 시험 • 158

저 달이 우리 딸을 지켜주겠지 • 160

흔들리지 말고 소신껏… • 163

가고 가고 가다 보면 • 167

살아남은 자의 슬픔 • 169

깃털처럼 가볍게 가볍게 • 171

잃어버린 꿈 • 173

입양을 포기하며 • 176

즐거운 우리 집 • 178

빛과 그림자 • 180

인생의 다양성 • 183

오지 않은 시간을 미리 걱정하는 어리석은 인간이기에 • 185

시간의 한 점 한 점을 핏방울처럼 진하게 • 188

나를 사랑하는 일 • 190

재미있게 살아라, 기명아 • 192

괜찮아, 다 괜찮아! • 195

고통과 행복 • 197

수도승 같은 삶을 살아가는 딸에게 • 199

가을의 쓸쓸함을 즐겨라 • 202

수능 D-365 • 205

손바닥으로 하늘 가리기 • 207

대한민국 입시 • 210

거인의 어깨 • 212

3학년, 그 해

설날 저녁에 • 217

성장하는 학생들의 행동패턴 • 220

콩씨네 자녀 교육 • 223

입시설명회를 듣고 • 226

보름달 같이 환한 딸에게 • 229

흐린 봄날 오후에 • 232

더 사랑하는 사람이 언제나 약자 • 234

자매 • 237

새로 이사 온 집에서 • 240

내려놓음 • 243

불암산 새소리에 눈을 뜨며 • 246

어느덧 여름이구나! • 248

메르스 때문에 취소, 금지, 불가 • 251

힘든 시간 함께해 주지 못해 미안! • 253

방학 중에도 독서실에서 사는 딸에게 • 255

수능 D-100 • 258

피할 수 없으면 즐겨라 • 261

애썼다, 큰딸!!! • 263

대한민국 고3의 시간 • 265

밤 길 • 268

단풍 같은 열정이 우리 딸 가슴에 불길처럼 일어나길 • 270

힘내! 기명아! • 273

시간의 흐름에 모든 것을 맡기며 • 275

너 자신을 믿고, 이해하고, 그리고 깊이 사랑하길 • 277

목표가 있어 감사한 삶 • 279

수능이 끝나고 • 281

논술시험 시간에 • 284

결과를 보고 아쉬워하지 않기를 바라며 • 286

합격! 김기명 • 288

에필로그 • 291

풍산, 내 마음의 고향 • 294

1
학년, 그 해

쓰라린 실패를 맛보고 새로운 삶에
도전하는 딸에게

> 시간이 흐르는 동안 그 고통을 묵묵히 참고 견뎌내며, 스스로의 삶을 각고의 노력 끝에 재창조해낸 사람에게만 인생의 성공과 행복이 주어질 것이다.

기명아.

우리의 삶이란 게 참 저마다 간단치가 않다. 다시 말해 누구나 삶의 곡절이 있고, 실패가 있고, 애환이 있다. 그것을 잊게 하는 것은 곧 시간이 아닐까 싶다. 시간이 지나면 아픔도 슬픔도 많이 퇴색되어 조금 담담해지기는 하지. 하지만 그 시간이 흐르는 동안 그 고통을 묵묵히 참고 견뎌내며, 스스로의 삶을 각고의 노력 끝에 재창조해낸 사람에게만 인생의 성공과 행복이 주어질 것이다.

　이번에 Y외대부고에 떨어지고 많이 고통스러웠을 텐데도 일상의 모든 것을 흐트러뜨리지 않고 담담하게 견디어내는 너를 보고 엄마는 참 많이 감동했다. 딸만도 못하게 흔들리는 엄마의 모습이 참 많이 부끄러웠다. 엄마의 마음이 안 좋으니까 자꾸만 너를 위로하려고 했던 말들이 오히려 너를 더 속상하고 열 받게 만들었지?

'그래 그냥 바라봐주어야 한다'고 몇 번이나 속으로 다짐하면서도 그게 쉽지 않더라. 엄마가 아무래도 너에게 미안한 마음이 컸던 것이지. 그래 기명아! 그게 또 엄마의 마음이야. 엄마를 용서해라.

이제 너에게 새로운 꿈의 학교 '풍산고등학교'가 나타났으니 이제 그곳이 너의 희망과 천국이 될 것이다. 네가 가는 학교가 명문고이니 엄마는 그곳이 대한민국 최고의 학교라고 생각하고 기쁘게 오늘 입학금 및 등록금 501,340원을 입금했다. 물리적인 거리가 늘 엄마의 마음에 걸렸으나 멀리 해외로 유학 보내는 사람도 있는데 싶더라. 엄마는 이제 진심으로 자주독립한 너를 축복하며 너의 밝은 미래를 위해 기도한다.

영화 「아바타」의 여주인공 시고니 위버는 방한 중 인터뷰에서 자신의 성공비결에 대해 "쉽게 낙담하지 않았고, 스스로를 믿으며, 내가 하고 있는 일에 집중했다."고 말하더라.

정말 여전사다웠다. 엄마는 우리 기명이가 그런 여전사처럼 자신을 믿고 열심히 자신의 일에 매진하기 바란다. 물론 기명이는 충분히 그럴 수 있는 사람이지. 엄마가 이 세상에 태어나서 한 가장 위대한 일이 기명이 같은 멋진 딸을 낳은 것이라고 생각한다. 늘 밝고, 자신감 있고, 당당하게 무소의 뿔처럼 앞으로 나아가길 바란다. 파이팅!!

13-01-15 (화) 19:17
기명이를 품에서 떠나보낼 준비를 하며, 엄마가

익숙함과 안정을 떠나

익숙함과 안정을 떠나야 새로운 열정을 찾을 수 있다. 네가 가
있는 그곳 풍산고등학교가 너에게 분명히 뜨거운 열정을 선물
할 것이다.

기명아.

오늘 굵은 소금을 볶아 집 구석구석 뿌리고 청소기를 밀었더니 집
안이 뽀송뽀송해졌다. 이렇게 하면 먼지와 습기가 제거되고 나쁜
기운도 제거된다고 해서 오전 내내 정말 열심히 했다. 그렇게 한
바탕 청소를 하고 났더니 정말 좋은 소식이 날아들더구나.

담임선생님이 전화로 네가 안동시에서 주는 장학금을 받게 되
었다고 하더라. 장하다, 우리 딸! 네가 받는 장학금은 당연히 너의
통장에 꼬박꼬박 저축해주마. 나중에 네가 꼭 필요할 때 요긴하게
쓰도록 해라.

한 번도 불평불만 없이, 밥도 맛있고, 친구들도 좋고, 선생님도
인자하시고, 기숙사 생활도 즐겁다는 너의 말이, 엄마 걱정할까봐
하는 빈말이 아니면 좋겠다. 어찌 불편함이 없겠느냐? 단체생활
이고, 객지생활인데…. 앞으로 네가 살아가는 데 필요한 것은 정

보와 지식이 아니라 시시각각 변화하는 사회에 적응하는 능력일 것이다. 그렇게 감사하며 긍정적으로 그곳 생활에 잘 적응하는 것 같아 엄마는 감사하고 또 감사할 따름이다.

아무리 열심히 공부하고 스펙을 쌓아도, 세상이 하도 빨리 변해 그걸 써먹을 수 없는 세상에 우리가 살고 있다. 그래서 사회학자들은 저마다 변화에 대처할 줄 아는 기본을 갖추어야 한다고 말한다. 무엇보다 스스로 변화하면서 배울 수 있는 자세를 갖추는 게 중요하다는 것이지. 우리 기명이는 지금 어쩌면 그 훈련 과정이 아닐까 싶다. 스스로 변화하면서 배우고 그 흐름에 맞추어 잘 흘러가는 네가, 엄마는 그저 대견하다.

익숙함과 안정을 떠나야 새로운 열정을 찾을 수 있다. 네가 가 있는 그곳 풍산고등학교가 너에게 분명히 뜨거운 열정을 선물할 것이다. 고생할 각오를 하고 노력을 기울이는 건 분명 의미 있고 가치 있는 도전이라 생각한다. 너의 그 각오와 용기에 엄마는 늘 갈채를 보낸다. 3년 후 서울에서 그 시절을 아름답게 추억하게 될 것이다.

매일, 매시간 처음 살 듯이, 다시는 못 살 듯이 귀하게 여기며 최선을 다하길 바란다. 이곳에서 엄마도 너를 생각하며 하루하루 1분 1초도 아끼며 열심히 살게.

13-03-22 (금) 00:11
변화에 잘 적응하는 딸에게 감사하며, 엄마가

신화 속 주인공처럼

담덕이 그랬고, 주몽이 그랬고, 모세가 그랬다. 집을 떠나 세상 속에서 체득한 삶의 큰 깨달음이 그들을 그렇게 위대한 신화의 주인공으로 만들었을 것이다.

요즘 엄마는 기명이의 전화를 기다리는 낙으로 살아가는 사람 같다.

딸의 토끼같이 발랄한 목소리를 들으면 막 기쁘고 신이 나는구나. 너희 학교 저녁식사 시간인 6시부터 전화기에 귀를 쫑긋 기울이고 있다가, 벨이 울리기가 무섭게 득달같이 달려가는 엄마를, 아빠는 애인 전화 기다리는 사람 같다고 놀리기도 한다.

맞지. 사랑하는 사람의 전화를 기다리는 심정은….

생각해 보니 모든 신화의 주인공들은 반드시 어려서 집을 떠났다. 담덕이 그랬고, 주몽이 그랬고, 모세가 그랬다. 집을 떠나 세상속에서 체득한 삶의 큰 깨달음이 그들을 그렇게 위대한 신화의 주인공으로 만들었을 것이다.

기명아, 아무런 고난 없이 평탄한 길로 간 사람과 많은 시련을 통해 단련된 사람이 다다른 지점이 같을 수는 있다. 하지만 그 사람의 내면의 깊이는 분명 다르리라고 본다. 나는 깊고 향기가 있는 사람이 좋다. 우리 기명이가 정금처럼 단련되어 내면이 꽉 차고 향기가 나는 아름다운 사람이 되길 진심으로 바란다.

사람은 늘 가지 않은 길에 대한 아쉬움이 있지. 그래서 늘 선택의 갈림길에서 우리는 고민하고 힘들어하는 거란다. 하지만 삶에 정답이 있다면 지금 살고 있는 삶이 가장 최선이라는 것이다. 네가 지금 살고 있는 그 삶이 너에게는 정답이다. 그 삶을 늘 긍정하고 감사하며 살기를 바란다. 엄마도 엄마의 정답인 현재의 삶에 열심히 최선을 다하마.

네가 서울 와 있는 내내 엄만 부엌 앞에서 밥만 했구나. 해줄 게 정말 그것밖에 없더라. 그곳 풍산에서 잘 먹고, 잘 자고, 그리고 늘 행복하길 바란다. 엄마 딸로 이 세상에 나타나 주어서 많이많이 고맙다. 사랑한다. 내 딸!

13-03-23 (토) 22:40
서운하고 아쉽기만 한 기명이의 첫 번째 외출 날. 엄마가

또 다른 이기심

너의 투정도 받아주고, 너의 재잘거림도 듣고, 떠오르는 해를 같이
맞이하고, 지는 석양을 같이 바라보며, 그렇게 함께 성장하고 늙어
가는 게 옳지 않을까?

학교생활이 늘 재밌다고 하더니 막상 집 떠날 때쯤에는 뭉그적거
리는 너를 보며 엄마 마음이 한동안 짠했다. 편하게 눕고, 편하게
TV보고, 편하게 밥 먹고, 편하게 화장실 갈 수 있는 집을 두고 불
편한 기숙사 생활을 감수해야 하는 먼 길을 떠나는 마음이 오죽
했을까.

　학교 가고, 학원 가고, 뭐 그렇게 빡빡하게 다람쥐 쳇바퀴 돌듯
살아야 하는 서울 생활도 고등학생들에게는 고단하기 짝이 없을
것이다.

　그런데 오늘 문득 그저 너의 투정도 받아주고, 너의 재잘거림
도 듣고, 뭐 그렇게 지지고 볶으며 한솥밥 먹고 사는 게 맞지 않
을까 싶은 생각이 들었다. 사는 게 별건가. 먹고 자고 눕고 서고
뭐 이런 것이 삶이라면, 온 가족이 떠오르는 해를 같이 맞이하고
지는 석양을 같이 바라보며, 그렇게 함께 성장하고 함께 늙어가

는 게 옳지 않을까, 하는 감상적인 생각들이 엄마를 많이 쓸쓸하게 했다.

무엇이 되는 것이 그리 중요한가? 못났든 잘났든 그냥 가족이 아웅다웅 기쁨도 함께, 슬픔도 함께 그렇게 나누며 살면 되지 않을까 하는 생각이 들었다.

네가 그곳 안동에 가서 얻는 것은 무엇일까. 저렴한 학비? 맑은 공기? 면학분위기? 아니 어쩌면 우리는 궁극적으로 좋은 대학을 목표로 하고 그 학교를 선택했을 것이다. 생각할수록 참 맹랑한 목표 같지만 그것은 또 가장 현실적인 목표이기도 하다. 그런데 오늘 문득 다 부질없고 헛되게 느껴졌다. 왜냐하면 그 어떤 목표도 너보다 더 소중하지 않으니까. 그런데 또 한참 생각해보니 이 모든 생각들이 또 다른 나의 이기심일 뿐이라는 생각이 들었다.

사는 게 별거여야 하고, 뭔가 특별한 사람이 되고 싶은 너의 마음을 엄마가 잘 헤아려야 했는데 말이다. 그런 불편함을 감수하고서라도 반드시 열심히 공부해 좋은 대학에 가고 싶고, 성공하고 싶은 너의 욕망을 읽지 못한 것이지. 그래, 물리적인 거리가 멀다뿐이지 이곳 서울에서 학교 다니고 학원 다니는 것보다 훨씬 유익할 것이다.

얼른 그 힘든 기숙사 생활 잘 적응해서 행복하게 고교시절 보내고, 네가 원하는 대학 가서 빨리 편안한 서울 집으로 돌아오길 바란다.

아빠는 우리가 너를 위해 해줄 것은 우리가 각자의 자리에서 최선을 다해 살아가는 것이라고 하시더라. 그래 그 말이 옳다. 너는 그곳 풍산에서, 엄마와 아빠와 문정이는 이곳 서울에서 각자 제 삶에 충실하게 살도록 하자.

13-03-24 (일) 00:11
벌써 딸이 보고 싶은 엄마가

이것 역시 지나가리라

> 모든 것은 다 순간이요, 곧 지나가 버리는 것임을 알 때, 우리는 성
> 공의 순간에도 지나치게 교만해지지 않을 수 있고, 실패의 순간에
> 도 지나치게 절망하지 않을 수 있다.

어느 날 다윗 왕이 궁중의 우두머리 보석 세공인을 불러 명령을
내렸단다.

"나를 위하여 반지 하나를 만들어라. 거기에 내가 매우 큰 승리
를 거두어 그 기쁨을 억제하지 못할 때 그것을 조절할 수 있는 글
귀를 새겨 넣어라. 그리고 동시에 그 글귀가 내가 절망에 빠져 있
을 때는 나를 이끌어낼 수 있어야 하느니라."

명을 받은 보석 세공인은 명령대로 곧 매우 아름다운 반지 하나
를 정성을 다해 만들었단다. 그러나 마땅한 글귀가 생각나지 않아
걱정하다 솔로몬 왕자에게 도움을 구하러 찾아갔지. 그러자 솔로
몬이 대답했어.

"이것 역시 곧 지나가리라. 왕이 승리의 순간에 이것을 보면 곧
자만심이 가라앉게 될 것이고, 그가 낙심 중에 그것을 보게 되면
이내 표정이 밝아질 것입니다."

이처럼 모든 것은 다 순간이요, 곧 지나가 버리는 것임을 알 때, 우리는 성공이나 승리의 순간에도 지나치게 흥분하거나 교만해지지 않을 수 있고, 실패나 패배의 순간에도 지나치게 절망하지 않을 수 있겠지. 지나친 행복이나 슬픔에 빠진 순간에 "이것 역시 지나가리라"라는 말을 생각한다면 우리는 쉽게 마음의 안정을 되찾을 수 있고 무력감을 훌훌 털고 추스를 수 있으리라 믿는다.

"이것 역시 지나가리라!"

오늘 노원구민회관에 김창옥 씨가 와서 특강을 했는데 자신이 우울증 걸린 시절을 이야기하며 그 이야기를 하더라. 그는 공고를 나와 스물다섯에 경희대 성악과에 가서 공부를 하고 지금은 명강사로 활약하고 있다. 그렇게 방송, 기업, 학교 등에서 강의하며 화려하게 사는 것 같은데도 저마다 괴로움과 아픔이 있는 것을 보고 참 많은 생각을 했다.

그렇지. 희로애락을 선택할 수 없는 인간이니 다 겪으며 살아야겠지. 하지만 그때마다 "이것 역시 지나가리라" 위로하며 다시 힘을 낼 수 있을 것 같다. 중학교 다닐 때 네가 시험을 앞두고 너무 힘들어하면 엄마가 자주 했던 말이기도 하지. 그래서 한때 우리 집 가훈을 "강하고 담대하라"에서 "이것 역시 지나가리라"로 바꾸려고 했던 기억도 있다.

우리 딸, 앞으로 시험 때마다 참 많이 부담스럽고 힘들 수 있을 것이다. 하지만 그때마다 "이것 역시 지나가리라" 하고 마음을 잘 다스리길 바란다.

　아빠도 말하길, 어떤 일이 어렵고 힘들 때라도 자연스럽게 시간이 흐르면 해결된다고 하시더라. 압력솥에 눌어붙은 누룽지는 아무리 긁어내리려고 해도 잘 긁어지지 않지만 물을 붓고 시간이 지나면 자연스럽게 떨어진다. 그러니 우리 기명이도 순리대로, 힘들수록 모든 것을 시간의 흐름에 맡기면서 편하게 생각하기 바란다.

13-03-30 (토) 09:07
마음을 잘 다스리는 사람이 되길 바라며. 엄마가

다이돌핀

봄에 핀 목련을 보고, 날아다니는 나비를 보고 계절의 아름다움에
감동하며, 시 한 구절에도 감탄하고, 친구의 작은 행동에도 큰 깨
달음을 얻는 오감이 열린 사람이 되었으면 좋겠다.

사람은 감동받거나 큰 깨달음이 있을 때 '다이돌핀'이라는 물질이
나온단다.

그것은 즐거울 때 나오는 엔돌핀보다 유익한 것이어서 그 어떤
보약보다 우리 몸에 더 좋다고 하더구나. 즉 사람은 즐거울 때보
다 깨달음을 얻을 때, 또 자연이나 예술이나 사람을 통해 감동을
받을 때 더 행복하다는 것이지.

엄마는 우리 기명이가 많이 깨닫고 많이 감동하는 삶을 살았으
면 좋겠다. 봄에 핀 목련을 보고, 날아다니는 나비를 보고, 계절의
아름다움에 감동하며, 교과서에 나오는 시 한 구절에도 감탄하고,
친구의 작은 행동에도 큰 깨달음을 얻는, 오감이 열린 사람이 되
었으면 좋겠다. 다이돌핀이 마구마구 뿜어져 나오도록 말이다.

공부하느라 바쁘겠지만 가끔 밤하늘의 빛나는 별들도 바라보
고, 아름다운 소설도 읽고, 사색에도 잠기고, 친구의 고민도 진지

하게 들어주는 그런 여유로운 사람이 되길 바란다.

엄마가 사실 널 그렇게 시골 학교에 보낸 이유 중 하나는, 이 도심에서 보지 못한 풍경과 이 도시 문명에서 느껴보지 못한 낭만을 느끼게 해주고 싶은 마음도 있었다. 네가 나중에 도시에서 내내 살아야 한다고 생각하면 한 3년 그렇게 시골에서 묻혀 사는 것이 일생을 두고 볼 때 잊지 못할 귀한 시간이 될 것이다.

스마트폰과 노트북 없는 아날로그식 삶이 너에게 얼마나 많은 사유와 사색의 시간을 안겨주고, 또 얼마나 너의 삶을 여유롭고 풍요롭게 할지 예측할 수 없을 정도다. 그러니 그 시간을 온전히 받아들여 마음껏 느끼고, 그리고 즐겨라. 견디지 말고, 노력하지 말고, 그냥 즐겨라.

엄마가 늘 그렇게 기도할게.

사랑한다, 우리 딸.

2013-3-31 (일) 20:20
딸만 생각하면 늘 다이돌핀이 솟아나는 엄마가

감사하는 삶

> 엄마 어릴 적 시골에서 자식을 객지에 보낸 엄마들은 장에서 물건을 깎지 않고, 지나가는 거지에게 밥 한술이라도 먹여 보내고, 남해 끼치는 일도 안 하더니 엄마가 그 마음이 되더라.

오늘 우이천을 걸었는데 봄 햇살이 참 따뜻하고 좋더라.

예전에 우리 가족 함께 우이천 사다리를 타고 다니며 걷던 생각이 나 네가 더욱 그리웠다. 그래, 나이 들면 추억을 먹고 산다고 하더니 사방이 너와의 추억으로 가득하더라. 사람은 힘들고 슬플 때 유년시절 행복했던 기억으로 산다고 하더라. 우리 기명이가 학교생활이 힘들고 괴로울 때 엄마와 아빠, 그리고 문정이와 함께했던 즐거웠던 나날을 기억하며 힘을 얻고 신나게 살았으면 좋겠다.

기명아.

옛날에 외할머니는 큰 외삼촌과 큰 이모를 서울로 돈 벌러 보내며 얼마나 가슴이 아렸을까? 이렇게 공부시키려 학교에 보내고도 곁에 두지 못한 게 늘 애절한데, 외할머니는 가난해서 자식을 학교에 보내지 못하고 돈 벌러 보내며 얼마나 노심초사했을지 이제야 그 마음이 헤아려지는구나.

자식을 낳아 키우다 보면 부모 마음을 이해한다더니 엄마가 요즘 그 심정이 되는구나. 맛난 것을 먹으면, 또 좋은 것을 보면, 편안하게 누워서도 딸은 어떻게 지낼까 늘 마음이 간다. 널 떠나보내고 아침저녁으로 엄마는 참 많이 겸손해지려고 노력한단다.

엄마 어릴 적 시골에서 자식을 객지로 떠나보낸 엄마들은 시장에서 물건을 깎지도 않고, 지나가는 거지에게도 밥 한술이라도 더 먹여 보내고, 내가 좀 손해 보더라도 남 해 끼치는 일도 안하더니, 엄마가 그 마음이 되더라. 우리 딸 잘되라고, 우리 딸에게 내가 쌓은 덕이 복으로 가라고 착하게 착하게 살고 싶더라.

딸, 엄마는 어쨌든 너의 엄마이니까, 기쁘고 신나고 즐거운 일도 나누어야겠지만 힘든 일, 슬픈 일, 괴로운 일도 다 엄마에게 얘기하고 상의해라. 기쁨은 배가 되고 슬픔은 반으로 줄어들 것이다. 그렇게 우리 3년을 따로 또 같이 잘 지내보자. 너의 각오와 결심에 엄마가 기꺼이 박수를 보내마. 사랑한다. 우리 딸! 파이팅!!!

13-04-01 (월) 11:05
만우절에 딸이 하나도 보고 싶지 않은 엄마가

34

주철환의 주전자

> 사람은 삶의 가장 어려운 순간에 가장 많이 사색하고 최고의 교훈
> 을 얻는 것 같다. 돌이켜보니 엄마도 힘든 시절을 지나오면서 철이
> 많이 들었던 것 같다.

하루 종일 비가 오네.

그 덕에 엄마는 오랜만에 두문불출하고 꼼꼼히 신문을 읽고 스
크랩도 했다. 신문에 주철환 피디의 인터뷰가 실렸는데, 피디가
되기 위한 가장 중요하고 기본적인 요건은 성실함이라고 하더라.
그 다음이 밤새 일할 수 있는 체력과 프로그램을 이끌어갈 끈기가
필요하다고 하더구나. 그걸 보면서 그것은 피디에게만 필요한 요
건이 아니라 세상의 모든 직업이 그 세 가지만 있으면 다 해낼 수
있지 않을까 싶더라.

거기에 '주전자(주체성, 전문성, 자신감) 정신'으로 도전하라고 하
더라. 그분은 특히 주체성을 '내 삶의 주인공이 되기 위한 고난을
겪어내라는 것'이라고 강조하였는데, 여섯 살 때 어머니가 돌아가
셔서 고모 손에서 자란 경험이 자신을 주체적으로 살게 만들었다
고 하더라. 고난의 시간을 그렇게 쿨하고 명쾌하게 해석하는 것이

참 멋져 보였다.

　그래 기명아, 사람은 삶의 가장 어려운 순간에 가장 많이 사색하고 최고의 교훈을 얻는 것 같다. 돌이켜보니 엄마도 힘든 시절을 지나오면서 철이 많이 들었던 것 같다. 우리 기명이도 어쩌면 지금 가족과 떨어져 힘든 고교 시절을 보내고 있는지도 모르겠다. 그 시간이 우리 딸을 주체적 인간으로 그리고 전문성을 갖춘 자신감 넘치는 인물로 만들어 주리라고 확신한다.

　엄마는 우리 기명이가 그렇게 훌륭하게 자라 인류에 기여하는 사람이 되기를 간절히 기도한다. 그럼 우리 딸, 오늘도 행복한 토요일 보내길 바랄게. 파이팅!!!

13-04-06 (토) 13:25
비 오는 날 큰딸을 그리워하며. 엄마가

화창한 봄날 오후

비가 온 뒤라 햇살도 맑고 봉오리 졌던 개나리, 진달래, 벚꽃 등이
슬며시 피어나기 시작하는데, 이 찬란한 봄날 엄마는 가슴 한켠이
왠지 모르게 스산해지더라.

오늘 아침에 광운대를 지나고 우이천을 지나 교회에 가는 길이 매
우 따뜻했다. 일부러 요즘에는 운동 삼아, 산책 삼아 걸어서 문정
이와 교회에 간다. 어제 비가 온 뒤라 햇살도 맑고 봉오리 졌던 개
나리, 진달래, 벚꽃, 산수유가 슬며시 피어나기 시작하는데, 정말
찬란한 봄날이라는 말이 실감나더라. 그런데 엄마는 가슴 한켠이
왠지 모르게 스산해지더라.

　우리 딸이랑 함께 이 길을 걸으며 이런저런 이야기를 나누고,
교회를 갔다 오는 길에 아이스크림을 사 먹던 일까지 떠올라 울컥
눈물이 날 뻔했다. 네가 없는 이곳 서울에서 모든 사물이며, 건물
이며, 사람이며, 심지어 길까지 너를 떠올리게 하는구나. 아마 오
늘 너를 만나러 가려고 했다가 못 가서 더 그런 쓸쓸함이 밀려왔
는지도 모르겠다. 그래서 집으로 돌아오는 길에 중화요리 집에 들
러 문정이와 함께 자장면과 탕수육을 먹었다.

요즘 조금 마음의 여유가 생겨서 보니 문정이도 나름 힘든 시간을 보내고 있는 것 같더라. 늘 언니와 함께 언니를 의지하고 살던 녀석이 하루아침에 외동딸이 되었으니 얼마나 외로웠을까 싶더라. 그래서 엄마가 요즘 무지무지 문정이에게 친절해지고 있다. 문정이도 나름 언니 없는 집에서 뭐든 스스로 해내려고 하며 제 역할을 잘하고 있다.

　우선 무슨 요구를 해도 "예" 하는 모습이 기특하다. 그리고 그제부터는 독서실 끊어서 중간고사 준비도 하고 있다. 알아서 잘하고 있으니 잔소리할 필요가 없다. 그저 고맙고 고마운 일이다.

　오늘 목사님 설교 중에 '가치 있는 삶을 추구해야 한다'는 말씀이 오래오래 가슴에 남는구나. 스티브 잡스가 애플이라는 회사가 아직 크게 성장하지 않았을 때 펩시콜라의 영업이사로 부와 명예를 다 얻어 남부러울 게 없었던 잔 스콜리를 스카우트하기 위해 이렇게 말했단다.

　"남은 생을 설탕물 파는 데 쓰겠습니까? 아니면 세상을 바꾸는 데 사용하겠습니까?"

　물론 잔 스콜리는 당연히 가치 있는 일을 위해 잘 나가던 직장을 버리고 애플사로 이직을 했지. 그리고 그들이 정말 세상을 얼마나 많이 변화시켰니?

　그래, 엄마도 물론 기명이가 열심히 공부해 돈도 많이 벌고, 이름도 널리 알려진 사람이 되길 원한다. 하지만 그것이 가치 있는 일이 아니라면 엄마는 절대 권하고 싶지 않아. 그 일이 온 힘을 다해 수고할 가치가 있는가, 인류에 보탬이 되는가, 세상을 긍정적으로 변화시키는 데 기여하겠는가를 먼저 따져보길 바란다.

 아직 진로를 정하지 않았으니 네가 정말 하고 싶은 일 중 가치 있는 일을 찾아보면 어떨까 싶다. 요즘 가만히 생각해 보면 너무 물질 만능시대가 되어 너나 할 것 없이 돈 많이 버는 일에만 뛰어드는 것 같아 조금 안타까운 마음이다. 이 나이가 되고 보니 사람은 사랑해야 사는 존재이고, 베풀고 희생해야 행복한 존재라는 것을 절실히 깨닫는다.

 기명아.

 오늘 오후에는 따스한 햇살 아래서 기지개도 크게 켜보고, 푸른 하늘도 바라보고, 주변에 보이는 노란 개나리도, 하얀 목련도, 붉은 진달래도, 화사한 벚꽃도 자세히 봐주고 향기도 한 번 깊게 맡아보면 좋겠다. 발밑에 이제 막 움터 올라오는 새싹도 들여다봐주고 그렇게 한껏 봄을 만끽해 보길 바란다. 그러면 막 네 몸에 다이돌핀이 솟아나 행복한 일요일 오후가 될 것이다. 엄마도 그렇게 우리 기명이처럼 예쁜 꽃들을 바라보며 기명이 생각 많이 할게.

 사랑한다, 우리 딸!!

13-04-07 (일) 13:54
나른한 봄날 오후에 딸을 그리워하며, 엄마가

엄마의 자궁을 선택해준 너

엄마의 자궁을 선택하여 이 세상에 나타나 주어서 정말 고마워! 엄마가 세상에 덕을 많이 쌓아 우리 딸에게 그 복 다 갈 수 있게 많이 봉사하고 배려하며 살게.

오늘은 의정부 영아원에 가서 우리 새싹반 아이들을 만나고 왔다. 그곳에도 봄이 와 아이들이 분홍색, 노란색 원피스를 입고 있었는데 얼마나 예쁘던지….

엄마는 아이들을 돌보고 집에 오면 온 몸이 쑤시고 목도 아파와. 오늘은 아이들이 서로 안아달라고 해서 두 놈을 한꺼번에 안아주었더니 집에 와 힘들어서 한두 시간 누워 있어야 했다. 우리 기명이가 아이일 때 엄마가 "누구 딸?" 하면 "엄마 딸!" 하고 예쁘게 대답하곤 했는데, 이곳 영아원 아이들도 말을 배우기 시작하면서 아주 예쁜 짓을 하는구나.

무엇보다 그렇게 밥 먹기 싫어하던 우리 꼬마숙녀가 밥도 잘 먹고, 이제 안아달라고 떼쓰지 않고 잘 논단다. 그 말라깽이가 살이 뽀얗게 올라 얼마나 예뻐졌는지 몰라. 아이들이 앓고 나면 큰다고 하더니, 정말 지난번에 단체로 감기에 걸려 끙끙대더니 아주 예뻐지고 말도 잘하고, 부쩍 의젓해졌단다. 무얼 해주지 않아도 세월이 아이들을 키우는 것 같아 참 신비롭기까지 하더라.

생각해 보니 너는 어릴 때부터 엄마에게 많은 기쁨을 주었어. 공부 잘해서 늘 자랑스러운 딸이었고, 자기 일 혼자 척척 잘해서 성가시게 한 적도 없고, 잘 먹고 건강하게 쑥쑥 잘 커서 그야말로 걱정 한 번 끼친 적도 없었지. 엄마에게 정말 과분한 딸이었던 것 같아.

요즘 영아원 다니면서 우리 기명이와 문정이 어릴 적 모습들이 새록새록 떠올라 참 많이 미소 짓는다. 엄마의 자궁을 선택하여 이 세상에 나타나 주어서 정말 고마워! 엄마가 세상에 덕을 많이 쌓아 우리 딸들에게 그 복이 다 갈 수 있게 더 많이 봉사하고 배려하며 살게.

기명아.

스피노자는 내일 지구가 멸망해도 한그루의 사과나무를 심는다고 했지. 요즘 나라가 시끌시끌하다. 그럴 리야 없겠지만 내일 당장 우리나라에 전쟁이 일어나도 우리는 우리의 일상을 최선을 다해 살아야겠지? 중간고사가 코앞이어서 많이 부담되고 힘들겠다. 그냥 네가 할 수 있는 만큼만 최선을 다하기 바란다.

13-04-08 (월) 23:55
어릴 적 분홍색 원피스가 잘 어울렸던 딸에게, 엄마가

법륜스님의 즉문즉설

"인생은 답이 없다. 순간순간 선택만 있다. 어떤 선택이든 선택에 대한 책임을 지면 어려운 것이 아니다. 우리가 괴로운 것은 선택에 대한 책임을 지려고 하지 않기 때문이다."

새벽에 운동을 다녀왔더니 6시 40분쯤 네게 전화가 왔더구나. 무슨 일일까? 궁금해 하다가, 괜찮겠지 하다가, 정말 뭔 일 있나? 걱정했더니 저녁 전화에, 아침에 일어나 함박눈이 날려서 혹시 미사일 파편인가 걱정돼 전화했다고 해서 한참 웃었다. 웃으면서 얘기했지만 '서울에 있는 가족이 걱정되어 한 전화'라는 것을 알고 속 깊은 우리 큰딸의 마음을 헤아리고도 남음이 있었다.

귀찮을 텐데 매일 6시 저녁 식사 전 어김없이 전화를 해 안부를 전하는 우리 딸 정말 고맙다.

그 덕에 엄마가 아무리 바빠도 헐레벌떡 그 시간에는 집으로 달려와 전화기 앞에 대기해 있어야 하지만 그마저도 행복하다. 우리 딸 환한 목소리를 들을 수 있어서….

오늘 오전에는 노원구민회관에서 '법륜 스님의 희망세상 만들기'라는 주제로 즉문즉설이 이루어졌다. 바로 그 자리에서 질문하고 답하는 형식으로 이루어진 강의인데, 보통 강의와는 다른 형식이었지만 워낙에 도통하신 분이라 즉석에서 하시는 말씀 한마디 한마디가 정말 가슴에 와 닿고 큰 깨달음을 안겨주었다.

아무래도 저런 분들은 후천적 교육보다 타고난 근기根機가 있어서 저렇게 쉽게 진리에 도달할 수 있지 않나 싶었다. 법륜 스님의 말씀 중 엄마 가슴에 오래오래 남는 것이 있어 여기에 적어본다.

"인생은 답이 없다. 순간순간 선택만 있다. 어떤 선택이든 선택에 대한 책임을 지면 선택은 어려운 것이 아니다. 우리가 괴로운 것은 선택에 대한 책임을 지려고 하지 않기 때문이다."

정말 맞는 말 같다. 선택을 하고 그것에 온전히 책임을 지는 것이 진짜 사람이 되는 길인 것 같다. 가만히 생각해 보면 엄마는 늘 선택을 하고도 그것에 대한 책임을 회피하려고 했기 때문에 힘들고 미련이 남았고, 아빠는 어떤 선택이든 책임을 지려고 했기 때문에 늘 쿨하게 받아들였던 것 같다. 그래서 아빠는 결과에 상관없이 늘 자신의 선택을 최선이었다고 생각하며 유쾌하게 살고 있지. 삶을 자유롭고 즐겁게 사는 아빠가 가끔 참 철없고 한심해 보이기도 하는데, 이런 강의를 들을 때마다 아빠야말로 진짜 현명한 사람처럼 여겨진다.

그리고 또 한 가지, 엄마가 늘 말했듯이 10년, 20년 지나면 우리의 지식은 평가기준이 안 된다고 역설하시더구나. 가지고 있는 지식을 가지고 문제를 어떻게 해결하느냐가 실력이 되는 세상이 온다고 말이야. 그러고 보면 지금 우리 기명이는 안동에 홀로 떨어져 생활하며 많은 문제 해결 능력을 키우고 있을 거라는 생각이 드는구나. 친구와 관계하는 법, 자기 주도로 공부하는 법, 스스로 생활을 꾸려나가는 것이 잘 훈련된다면 어떤 문제도 잘 해결해나갈 수 있지 않을까 싶다.

기명아.
기대가 크면 실망이 크고 기대가 작으면 만족이 크다고 했다. 첫 시험이니 이번 중간고사에 너무 욕심 부리지 말고 그냥 좀 작은 목표를 세워 성취하는 기쁨을 맛볼 수 있기를 바란다. 엄마는 우리 기명이가 실장도 하고, 동아리 활동도 재미있게 하고, 거기다 치어리더까지 도전한다니 더할 나위 없이 기쁘다.
우리는 이 세상에 경험하러 왔다. 뻔뻔하게 당당하게 신나게 춤추며 살아라. 알겠지? 정말 기대된다. 우리 딸!!

13-04-12 (금) 18:52
딸의 씩씩한 목소리를 듣고 행복해진 엄마가

가장 너답게, 가장 멋지게, 가장 당당하게

엄마가 가르쳐 주지 못한 삶의 지혜, 또는 잘못 가르쳐 주었을지도
모르는 지식들, 켜켜이 쌓아 꼬옥 눌러 납작하게 만들어 버리고 그
곳에서 새로 삶의 기술을 배워 나가길 바란다.

어제에 이어 오늘 모처럼 우이천을 걸었다. 물론 창신교까지….

그동안 춥기도 하고 비가 왔다가 눈이 왔다가, 하도 날이 지랄
맞게 까불어서 엄두도 못 냈는데 걷고 오니 한결 기분도 좋아지고
몸도 활력이 생긴다.

피려다 멈춤하던 벚꽃들이 만개하기 시작하고, 민들레도 돌 틈
에서 노랗게 올라오고 있더라. 원래는 목련이 제일 먼저 피어 지
고, 그다음 개나리와 진달래가 피고, 이어 벚꽃이 피는 것 같더라
만 올해는 모든 꽃들이 일제히 봉오리를 터뜨리며 제 자태를 뽐내
려고 한창 바쁘다.

이번 주말이 절정이고 다음 주 중순에는 다들 꽃잎이 지기 시작
하겠지. 특히 벚꽃은 바람이 불면 꽃눈을 휘날려 한 세상 풍미하
겠지.

어릴 적 엄마가 독서지도하며 시 쓰러 야외수업 나갔을 때가 문

득 떠오른다. 우리 아파트 오솔길에서 벚꽃나무를 흔들어 눈이 내린다고 하면 우리 기명이, 문정이가 참 호들갑 떨며 좋아했는데…. 오솔길 작은 언덕길에서 엉덩이를 톡 하고 때리면 또그르르 도롱태처럼 굴러가던 너희들 모습이 눈에 선하다. 그때 웃음소리는 정말 옥구슬이 따로 없을 만큼 맑고 싱그러웠는데….

　우리 큰 딸, 어느새 커서 엄마 품을 떠났구나.
　기명아, 우리는 죽을 때까지 사는 법을 새로 배워야 한단다. 엄마가 가르쳐 주지 못한 삶의 지혜, 또는 잘못 가르쳐 주었을지도 모르는 숱한 지식들, 켜켜이 쌓아 꼬옥 눌러 납작하게 만들어 버리고 그곳에서 새로이 삶의 기술을 배워 나가길 바란다. 그래서 가장 너답게, 가장 멋지게, 가장 당당하게 살아가길 바란다. 우리 딸.

13-4-14 (일) 12:00
기명이가 더 그리운 주말 오후에 엄마가

온전히 너를 떠나보내기

> 너와 이렇게 떨어지는 것을 힘들어하는 것이, 너를 못 믿는다거나
> 너를 향한 집착이라기보다는 엄마의 어릴 적 상처로 인한 투사 때
> 문이라는 것을 알아차렸단다.

어제 기숙사에 잘 들어갔다는 너의 밝은 목소리를 듣고 반가웠다. 엄마는 아들이 없어서 군대 보낸 엄마들의 마음을 잘 헤아리지 못 했는데 우리 딸과 한 달에 한 번 만나고 이별하며 그런 마음도 이 해하고, 세상에 사별이든 생이별이든 헤어짐을 경험하는 사람들 의 고통을 조금은 헤아릴 수 있을 것 같더구나. 그런 삶에 단련되 면서 사람은 때론 강해지고, 때론 겸손해지고, 또 때로는 착해지 는 것 같아. 어제 널 터미널에서 배웅하고 돌아서는데 처음 보낼 때보다 많이 담담해지는 것을 느꼈다. 그리고 새삼스럽게 엄마의 모습이 객관적으로 보이더라.

　너와 이렇게 떨어지는 것을 힘들어하는 것이, 너를 못 믿는다거 나 너를 향한 집착이라기보다는 엄마의 어릴 적 상처로 인한 투사 때문이라는 것을 알아차렸단다. 너도 알다시피 엄마는 아주 어릴 때 외할머니를 여의어서 사람을 떠나보내는 것이 많이 고통스럽

다. 그래서 너를 멀리 떠나보내는 것도 그렇게 뼈를 깎는 아픔으로 느껴진 것 같다.

　역시 그것 때문에 네 전화를 기다리고, 너를 애타게 그리워하며, 너를 엄마 품에서 제대로 떠나보내지 못한 것 같다. 그러니 기명이도 이 엄마를 생각하느라 마음이 편안하지 않았을 수도 있겠더라. 그래서 집으로 돌아와 이런저런 생각을 하며 결심을 하게 되었다. 너를 3년간 온전히 떠나보내기로….

　그것이 우리 기명이도 엄마에게 의지하지 않고 성장할 수 있게 할 것 같구나. 자식이 아무리 사랑스럽고 애처로워도 과감하게 자식을 위해 떠나보내는 것이 엄마의 일인 것 같다. 그러니 기명아, 우리 힘들어도 단단하게 결심하고 서로에게 연연하지 말고 열심히 살자.

　전화도 매일 줄을 서면서까지 애써 하지 말고, 그냥 일주일에 두 번만 하자. 네가 원해서 하는 것은 괜찮지만 엄마가 기다릴까 봐 엄마 생각하고는 하지 마라. 엄마도 무소식이 희소식이라고 생각하고 맘 편히 있을게.

　엄마는 어떻게든 자식하고 연결되어 있어서 네가 지금 슬픈지 기쁜지 아픈지 다 느껴지는 것 같더라. 그러니 우리 딸도 이 엄마 그리워하지 말고 그곳 생활에 최선을 다하길 바란다.

13-04-29 (월) 18:06
어릴 적 상처로부터 벗어날 것을 결심하며, 엄마가

사방이 온통 아름다운 연둣빛이다!

천변 둑 꽃들이 지고 난 자리에 피어난 여리디여린 이파리들이 얼마나 연하고 예쁜 연둣빛으로 물들어가고 있는지 모른다.

봄 햇살이 너무 따사롭고 아름다워 그 기운에 취해 우이천을 산책했다. 오늘 따라 우이천 물이 더욱 맑아서 엄마 팔뚝만한 잉어떼들이 보이고 간혹 오리들도 한가로이 헤엄치고 있더라.

천변 둑 꽃들이 지고 난 자리에 피어난 여리디여린 이파리들이 얼마나 연하고 예쁜 연둣빛으로 물들어가고 있는지 모른다. 엄마는 이맘때가 가장 날도 좋고 눈에 보이는 모든 자연이 최고로 아름답더라. 시간이 조금씩 지날 때마다 이파리도 커지고 초록도 점점 더 진해지는 게 참 오묘하다.

우이천은 한 2년 공사를 하더니만 이젠 물도 더 맑아지고 외양도 아주 멋있어졌다. 나무나 꽃들이야 원래 있었던 거지만 군데군데 아치형 구름다리도 만들고 드문드문 돌다리도 만들어 제법 운치가 있다. 인공으로 만든 바윗돌들이 징검다리 삼아 몇 개 놓여 있는데, 엄마는 어릴 적 시골 냇가 생각이 나 그곳에 빨랫감을 한

함지박 이고 가서 박박 문질러 빨래하고 싶은 마음까지 들더라.

그리고 기명이가 중학교 1학년 땐가 2학년 땐가 함께 걸으며 엄마에게 과학 공부를 가르치던 생각도 났다. 왜 네가 한동안 엄마에게 강의하면서 시험공부를 하기도 했잖아. 어디 그뿐이냐? 어느 봄날 모래사장에 앉아 치킨을 시켜 먹으며 벚꽃 구경도 했었고, 가족이 산책하며 길가에 있는 운동기구에서 까르르까르르 웃으며 한참 운동을 하기도 했었지.

그런 저런 추억을 떠올리며 걷다 보니 입가에 저절로 미소가 번지더라. 지난주에 청계천변을 걸으며 물에 떠다니는 오리새끼가 귀엽다고 사진을 찍으며 좋아하던 네 생각이 간절해져서, 네가 서울에 입성하면 매일매일 이 길을 걸으며 추억을 쌓아야겠다고 생각했다.

중간고사 끝나고 영어 B반으로 가게 되어 조금 낙심했겠지만, 어쨌든 처음 시험이어서 너도 조금 감을 찾지 못했을 테니 용기 잃지 않았으면 좋겠다. 그래도 수학이 A반이라고 하니 다행이지 않냐. 다 경험해 보고 기말고사 잘 봐서 둘 다 A반에 들어가 열심히 공부하길 바란다. 기죽지 말고, 씩씩하고 당당하게 파이팅!!!

13-05-01 (수) 17:44
절대로 좌절하지 않는 오뚝이 김기명에게. 엄마가

역동적인 풍산의 봄

시골 들판이 사방에 펼쳐져 있어 속이 확 트이기도 했지만, 무엇보다 아름다웠던 것은 체육대회 준비하느라 땀을 뻘뻘 흘리며 운동에 열중인 너희들이었다.

사랑하는 기명아.

우리 딸 덕분에 모처럼 어제 행복한 봄나들이를 했구나. 네 동생 표현대로 70년대 영화세트장 같은 풍산 읍내를 돌면서 고향의 정취도 느끼고 추억에 잠길 수 있었다. 엄마는 시골 태생이라 '다방'이라는 간판도 정겹고, 다 낡은 방앗간, 비좁은 가게 장터 등등 그저 모든 게 정답고 포근하더라. 특히 장터 옆에 우뚝 솟은 교회는 정말 평화롭게 보이더라.

다행히 문정이도 풍산에 대한 인상이 깊었는지 오늘 학교 다녀와서 또 언니에게 가고 싶다고 하더라. 자기도 꼭 풍산고등학교에 가서 언니와 함께 생활하고 싶다고 하는데, 아무래도 시험기간의 그 긴장감과 살벌함을 몰라서 그러는 것일 테지. 암튼 화기애애한 체육대회 시즌에 학교를 찾아간 것은 문정이를 위해서 잘 한 것 같다. 독서실에 앉아서 공부하는 모습만 봤더라면 십중팔구 풍산고

갈 생각도 안 했을 테니 말이다.

엄마도 늘 추운 날에만 풍산고를 방문하다가 햇살 좋은 봄날에 가보니 정말 아름다운 곳이라는 생각이 들더라. 특히 꽃이 많은 뒤뜰이 참 아름답더구나. 목련이나 벚꽃 같은 나무에 핀 꽃이 아니라 풀처럼 키 작은 식물에서 피어난 꽃들이 참 곱고 인상적이었다. 불행하게도 엄마가 아는 꽃이 철쭉 말고는 없어서 유감스럽다.

우람한 나무들도 막 신록을 자랑하고, 너른 시골들판이 사방에 펼쳐져 있어서 속이 확 트이더라. 하지만 무엇보다 아름다웠던 것은 체육대회 준비를 하느라 땀을 뻘뻘 흘리며 운동에 열중인 너희 학생들이었다. 열정이 많아서 그런지 운동이든 춤이든 뭐든 열심히 하는 것 같아 대견했다. 어쩜 그렇게 인사도 공손히 잘하던지 다들 안아주고 싶은 심정이었다.

다들 너처럼 부모 슬하에서 벗어나 열심히 살고 있다고 생각하니 모두 내 자식처럼 애틋하더라. 그런 친구들과 함께여서 너에게도 좋은 영향이 가겠지. 그곳에서 자연과 많이 친해지고, 좋은 친구들과도 많은 우정 쌓아가길 바란다.

13-05-06 (월) 21:20
풍산에서 좋은 친구들과 더불어 성장하길 바라며. 엄마가

풍산고등학교 설명회

폐교 위기에서 명문고로 발돋움한 너희 학교 전설처럼 좌절을 극
복하고 우리 딸도 우뚝 서길 바라는 마음 가득하다.

문정이가 풍산고등학교를 간다고 해서 입학 설명회에 참석했다.
막연하게 언니 따라 강남 가는 일은 만들지 말아야 했으므로 맘먹
고 시간을 내 문정이와 함께 풍산까지 내려가 설명회를 들었다.

　정작 들어야 할 네 동생은 무료해하는 것 같더라만 엄마는 아주
진지하게 설명회에 임했다. 너 입학할 당시에는 그저 마음이 무거
워서인지 아무 내용도 들리지 않았는데, 이번에는 약 2시간가량
학교에 대한 설명을 아주 간곡하게 하는데 마음이 숙연해지더라.

　시골 종합고등학교였던 폐교 위기의 학교가 이렇게 명문학교가
된 스토리가 놀랍다. 학생을 유치하고자 선생님들이 가정방문을
하며 학생을 보내달라고 했다고 하니, 지금 너희 학교가 전국단위
자율고등학교로 변한 시점에 되돌아보면 참 감회가 새롭다. 그렇
게 사라질 학교가 선생님들의 노력으로 명문고로 발돋움한 것처
럼 너희도 어려움을 극복하고 우뚝 서길 바라는 마음이 가득하다.

그 학교에 대해 온 마음을 다해 얘기하시는 자율학교 운영부장 선생님의 모습도 감동적이더라. 이런 선생님들의 열정과 사랑이 학교를 이렇게 우뚝 서게 했구나 싶었단다. 학교 갈 때마다 마치 아빠에게 하듯이 막역하게 대하는 사제지간의 모습도 참 좋았다. 정말 그곳의 선생님들은 모두가 가족인 것 같더라. 공부만 가르치는 것이 아니라 너희들을 보살피고 다독여 주는 모습이 얼마나 엄마로 하여금 마음 놓이게 했는지 모른다.

사실 그동안 엄마는 네가 아무리 '친구들도 좋고 선생님도 좋고 기숙사 생활도 재미있다'고 해도 내심 약간 불신하는 마음도 있었는데, 오늘 보고 다 내려놓고 믿고 맡기기로 했다. 이제 풍산고등학교를 믿고 우리 기명이를 믿으니 엄마는 이제야 평안하다. 엄마도 이곳 서울에서 열심히 엄마 일을 할게.

엄마가 가서 책상 정리정돈 안 했다고 잔소리만 하다 왔지? 주변 정리가 되지 않으면 산만해서 공부도 안 되는 것이니 부디 책상 위는 잘 치우기 바란다. 엄마가 『청소력』책 보낼 테니 읽어보고 잘 실천하도록 해라. 그리고 아침에 비타민 꼭 챙겨먹고 저녁에 홍삼도 꼭 먹도록 해.

건강해야 뭐든 의욕적으로 할 수 있다는 것을 명심하고 체력관리에 각별히 힘써라.

13-05-06 (월) 21:20
어제 본 기명이가 또 그리운 엄마가

기명이가 없는 어버이날

가까워서 또는 너무 편해서 가족과 관계를 잘 해 나가는 방법에 대
해서는 노력하지 않는 것 같다. 그렇게 엄마가 우리 기명이에게 혹
상처 주고 아프게 했다면 미안해!!

오늘은 어버이날이라 외할아버지를 모시고 저녁을 먹고 우이천
을 산책시켜 드렸다. 외할아버지가 모밀국수도 맛있게 드시고 모
처럼 바깥바람 쐬니까 무척 좋아하시더라. 그 모습을 보니 문득
죄송한 마음이 생겼다. 이렇게 날이 화창한데 거동 불편하다는 핑
계로 꽃구경 한번 제대로 못 시켜 드리고 그냥 방안에만 모셔 뒀
으니 얼마나 답답하셨을까? 너 안동 보내고 마음 쓰느라 사실 올
봄에 다른 때보다 외할아버지께 더 소홀했었다. 아무리 내리사랑
이라지만 자식을 향한 마음의 반에 반도 부모에게 쏟지 못하는 것
같다.

시골 친할머니 친할아버지께는 '행복명과'에서 과자 한 박스를
포장해서 보내드렸더니 참 좋아하시더라. 나이 들면 군것질이 좋
아진다고 하더니 다른 어떤 선물보다 기꺼이 받으시는 것 같아 종
종 보내드려야겠다는 생각을 했다.

그리고 네가 문정이에게 2만원 주면서 어버이날 아침에 엄마 아빠에게 맛있게 밥 지어주라고 했다는 말 들었다. 문정이가 장 봐다 콩나물도 무치고, 계란말이도 하고, 김치찌개도 해서 맛있게 밥 먹었다. 고맙다. 우리 딸!!! 늘 어버이날 아침에는 편지도 전해주고, 엄마 아빠도 안아주며 고맙다고 하던 기명이가 없으니까 조금 서운했지만 그래도 문정이가 혼자서도 잘 챙겨줘서 행복하게 지냈다.

어버이가 되어 보고, 또 자식이 되어 보니 그 관계가 얼마나 귀하고 소중한 인연인지 가슴 절절하게 느끼게 된다. 하지만 가까워서 또는 너무 편해서 그 관계를 잘해 나가는 방법에 대해서는 너무 무지한 것 같다는 생각이다. 그렇게 엄마가 우리 기명이에게 혹 상처주고 아프게 했다면 미안해!! 사랑이라는 이름으로 너무 집착하고 욕심 부렸을 많은 일들에 대해 진심으로 사과한다.

우리 딸이 체육대회 연습하느라고 목이 쉬고, 피곤해하는 목소리를 전화기 너머로 들을 때면 조금 안쓰럽고 걱정되면서도 사실 자랑스러운 마음이 더 크다. 열정이 있어서 여러 종목에 참가하는 것이고, 또 최선을 다하느라 목까지 잠겼다고 생각한다. 그래도 지나치게 욕심 부리지 말고, 부상 조심하고 안전하게 마쳤으면 좋겠다. 가서 보고 싶지만 워낙에 거리가 있는 곳이라 마음만 그곳에 보내마. 파이팅 우리 딸!!!

13-05-08 (목) 10:11
기명이의 강철 체력을 기원하며, 엄마가

세상에서 가장 행복한 아빠

> 문정이가 아빠생일날 보낸 편지 중에 '세상에서 가장 아름다운 미
> 녀들과 사는 행복한 남자'라는 말이 있어 한참을 웃었다.

생일 날, 아빠는 한밤에 기숙사 친구들을 불러내 전화로 생일축
하 노래를 불러준 큰딸이 있어 행복했고, 무려 네 장의 편지와 해
법수학에서 받은 장학금으로 예쁜 크록스 신발을 선물해준 작은
딸이 있어 행복했고, 새벽같이 일어나 흰 쌀밥에 미역국을 끓여준
사랑스런 아내가 있어 행복했을 것이다. 엄마가 지켜본, 마흔다섯
번째 생일을 맞은 아빠는 정말이지 최고로 행복한 사람이었다.

아빠는 카카오스토리에 문정이가 사준 신발과 편지를 올려 친
구들에게 자랑을 하더라. 문정이 편지 중에 '세상에서 가장 아름
다운 미녀들과 사는 행복한 남자'라는 말이 있어 한참을 웃었다.
거기에 밑줄까지 그어 중요 표시를 해놓았더라. 기뻐하는 아빠를
보며 사는 것이 이런 것이지 싶었다.

기명아, 드디어 내일모레면 '문경새재 과거길 걷기'에 함께 동행

하는구나. 아빠는 다리를 삐어 갈지 말지를 고민하는 너를 휠체어에 태워서라도 데리고 가겠다고 아주 의욕이 넘치신다. 문정이는 입고 갈 옷도 사고 다이어트에도 최선을 다하고 있다. 살도 많이 빠지고 아주 예뻐졌다. 엄마는 오늘도 뭐 맛있는 것을 싸가지고 가서 우리 딸을 기쁘게 할까 고민 중이다.

하회마을 내 나루터 민박도 예약했다. 우리가 재작년에 여름휴가 때 묵었던 작은 초가집이다. 밤새 '묵찌빠'를 하고 새벽에 일어나 하회마을 산책도 했던 그 집 말이야. 아마 성경이네가 우리와 함께 그 집에 머무를 것 같다. 성경이 엄마는 얼굴도 한 번 본 적 없지만, 자식을 같은 학교에 보낸 인연으로 전화통화만 했는데 워낙 소탈하신 성격이라 친숙한 느낌이었다.

농심 체험도 하고, 문경새재 과거길 걷기도 하고, 풍산고에 가서 우리 딸이 다양한 경험을 하고 재미있게 지내서 참 다행이고 고맙다. 물론 우리가 대입이라는 목표를 향해 가는 것이기는 하지만 고교시절의 여러 과정을 다 소중히 여기고 잘 경험한다면 더 큰 성숙의 길로 들어설 수 있을 것이다.

엄마는 풍산고등학교가 우리 딸에게 그런 귀한 마당임을 의심치 않는다. 오늘은 감사로 행복한 오후다.

13-05-24 (금) 12:57
풍산고 학부모라 감사한 엄마가

문경새재 과거길 달빛 걷기

선비들이 한양으로 과거 보러 가는 길을 굳이 그 험준한 문경새재
를 고집한 이유는 '문경聞慶'이라는 지명이 '경사스러운 소식을 듣
는다'는 뜻이었기 때문이라는구나.

새들도 날아서 넘어가기 어려워 쉬어가는 고개라고 해서 '새재'라
고 불리는 문경새재를 이 엄마가 너무 우습게 안 것이다. 지금은
길이 잘 다듬어져 힘들지 않게 걸을 수 있는 길이라고 하여 만만
하게 여겼더니 문경새재 과거길 걷기 행사를 마치고 와 엄마는 내
내 힘들다. 특히 엉덩이 주변 안 쓰던 근육들이 무리를 했는지 걷
기도 힘들어 한동안 구부정하게 걸어 다녔다.

　매일 우이천을 걷긴 하지만, 10km 산길을 걷는 것은 몸에 좀 무
리였던 모양이다. 그래도 비록 달은 뜨지 않았지만 우리 가족 그
밤 숲속 길을 걸어 내려오며 참 행복했다. 다리를 다친 너를 아빠
가 업었을 때 네가 얼마나 해맑게 웃으며 좋아하는지 동심에 젖은
그 모습을 보는 것만으로도 충분히 뿌듯했다. 문정이가 자기도 업
어달라고 조르는 바람에 아빠가 두 딸들 번갈아 업어주느라 힘들
었는지 집으로 돌아와 발바닥이 아프다고 하시더라.

옛날 영남의 선비들이 한양으로 과거를 보러 올라가는 길이 여러 군데가 있는데도 굳이 그 험준한 문경새재를 고집한 이유는, 가장 짧은 지름길이기도 했지만 '문경聞慶'이라는 지명이 '경사스러운 소식을 듣는다는 뜻'이었기 때문이라는구나.

청운의 꿈을 품고 과거를 보러 가던 옛 선비들의 간절한 마음이 느껴져 사뭇 숙연해진다. 그 길을 걸어갈 때 지루하고 힘든 것보다, 과거를 보러 가기 전에 숱한 슬럼프와 싸우면서 부단히 공부했을 선비들의 여정이 얼마나 힘겨웠을지가 느껴지더라. 너희 학교에서 매년 그 길을 택해 달빛걷기 행사를 하는 것도 바로 그 이유겠지.

아무튼 덕분에 너희반 아이들도 만나고 엄마 아빠들 얼굴도 익히고 좋았다. 화통한 강릉 성경이 엄마, 늘 밝고 환한 경주 지영이 엄마, 부지런한 울산 혜빈이 엄마, 늘 다정다감한 다정 엄마… 전국에 아는 사람들이 생겨 엄마의 관계망이 얼마나 다양해졌는지 모른다. 모두 우리 큰딸 덕분이다.

문경새재에서 다시 안동 하회마을로 가 민박을 하고 아침에 산책을 하면서, 아빠 말대로 안동이 정말 제2의 고향이 된 것 같더라. 편안하고 포근하고…. 물론 우리 딸이 그곳에서 공부하고 먹고 자기 때문에 더 정겹게 느껴지기 때문이겠지만, 안동과는 어떤 인연의 끈이 깊이 이어진 느낌이다.

엄마 아빠가 신혼여행지로 택한 곳도 안동이었으니 말이다. 틀림없이 안동이 우리 딸에게 기회의 땅이 되어 우리 딸이 더 높이 비상할 수 있게 도울 것이다.

"우리 딸 건강하고 씩씩하게 3년 잘 지내다 꼭 과거 급제하여 한양으로 입성하게 해 주세요."

달빛도 없는 깜깜한 밤에 문경새재 과거 길을 앞서가는 너희들을 뒤따라 걸으며 엄마는 수없이 많이 그렇게 기도했다.

우리 딸, 다리도 아픈데 어쨌든 고생이 많다. 그럼 금요일 학부모 참관학습 때 반갑게 만나자. 파이팅!!!

13-05-27 (월) 14:26
늘 기명이를 사랑하는 엄마가

엄마의 고백

너무 잘하려고 하지 마. 그냥 네가 좋고 네가 행복한 선택을 하며 살아. 남이 주는 상이 아니라 스스로에게 상을 주고 격려하는 사람이 되었으면 좋겠다.

네가 그곳 풍산으로 간 지 어느덧 3개월이 되어가는구나. 지난번 집에 왔을 때 다친 다리는 괜찮은지 모르겠다. 절룩거리며 버스를 타는 너를 보내고 집에 돌아와서 맘이 편치 않았다. 4층이나 되는 기숙사계단을 어찌 올라다닐까? 샤워할 때랑 머리 감을 때 누가 도와주지도 않을 텐데 얼마나 힘들까? 체육 시간이나 태권도 시간에는 뭐하며 지낼까? 마음이 쓰이는구나.

기명아.

이제야 고백하는데 엄마가 스무 살, 고등학교 막 졸업하고 한 3개월 기숙사 생활을 했던 적이 있다. 아무리 시골이지만 그래도 공부도 좀 하고, 늘 글짓기를 잘 해서 모든 백일장 대회를 휩쓸던 엄마가 대학을 포기하고 스스로 선택한 길이었으니, 그 참담한 마음은 이루 말할 수 없었다.

사실은 더 좋은 조건의 일도 구할 수 있었고, 전문대라도 가겠다고 우기면 갈 수 있었으며, 하다못해 서울에 오빠 언니들이 다 살고 있었으니 굳이 부산으로 갈 필요가 없었다. 그것은 일종의 시위 같은 것이었다. 그래 여자라고 대학을 보내주지 않겠다는 부모님에 대한 반항 같은 것이었을 것이다.

그래도 엄마는 늘 성공을 꿈꾸었기에 그 시절이 엄마의 인생에 큰 경험이 될 것이라고 생각했다. 물론 딱 1년만 다니고 다시 대학에 들어갈 생각이었지. 하지만 세상물정 모르는 철부지 결정이었고 결정적으로 나의 체력이 많이 달렸다.

S라면 양산 공장에서 엄마가 느낀 것은 '왜 이렇게 내 몸은 다른 사람들처럼 튼튼하지 못할까'였다. 그때 야간을 하면서 어찌나 졸음이 쏟아지던지 혼났던 기억 밖에 없다. 물론 나는 일도 다른 사람들처럼 능숙하게 해내지 못했다. 그보다 더 힘든 것은 기숙사에서 언니들이랑 함께 생활하는 거였다. 엄마는 늦둥이 막내라 늘 혼자 생활에 익숙해서 가뜩이나 공동생활이 힘들었는데 언니들이 얼마나 사납고 무섭던지….

다들 가정형편이 어렵고 힘들게 살아와서 생활력들이 강하고 자기 보호 본능이 강했다. 그래서 서로 어떤 문제로 다투기 시작하면 거의 목숨 걸고 머리카락을 잡고 싸웠는데, 엄마는 가난한 시골집에서 자랐지만 장성해서 돈 벌고 있는 언니 오빠 덕에 외동딸처럼 비교적 갖고 싶은 것 다 갖고, 하고 싶은 일 다 하며 순하고 평탄하게 살아왔던 터라 그 실상이 무서웠다. 그저 사람들과 섞이지 못하고 체력이 달려 작업시간에 막 졸리던 기억밖에 나지 않는구나.

마침 두 달 만에 작은 삼촌이 와서 간곡히 서울로 올라오라는 바람에 엄마는 더 이상 고집 피울 이유가 없어 서울로 돌아왔다. 그리고 재수를 해 엄마가 원하는 학교, 원하는 과에 갈 수 있었지.

돌이켜보니 행운이었다. 하지만 또 한편으로는 한 1년은 그곳에서 버텼어야 했다는 생각이 들기도 한단다. 그때야말로 엄마가 제대로 세상을 배우는 시간이었다는 생각이 들어서 말이야. 아무튼 그 공장을 생각하면 돈 버느라 잠을 못자 얼굴에 새까맣게 다크서클이 내려앉은 사람들과 간식으로 생라면을 먹던 사람들, 지저분한 샤워장이 떠올라 가슴이 짠하다.

물론 그때 엄마는 공장에서 돈을 버는 것이었기에 더 힘들었을 것이고, 너는 공부하는 학생이니 비교의 대상이 될 수 없겠지만 객지 생활이니 집보다 편하지 않을 것은 자명한 일이다. 더구나 공동체 생활이니 예민한 우리 딸 얼마나 애쓰고 살까 싶다.

선생님을 비롯해 여러 사람들에게 칭찬의 소리를 들을 때마다, 네가 얼마나 잘하려고 노력하며 사는지 느껴진단다. 다들 기명이는 성격 좋고 리더십 있어서 학교생활 하나도 힘들지 않을 거라고 하지만, 너 나름으로는 힘들고 갈등하며 노력하고 있는 것 엄마는 다 안다. 인정욕구가 강한 너이기에 두 배로 노력하고 있을 테지.

그런데 기명아, 너무 잘하려고만 하지 마. 그냥 조금 여유롭고 편하게 살아. 엄마는 우리 딸이 남들에게 인정받고 사는 것도 좋지만 남들 의식하지 말고 그냥 네가 좋고 네가 행복한 선택을 하며 살았으면 좋겠다.

네 마음의 소리에 귀를 기울였으면 하는 마음이야. 그리고 남이 주는 상이 아니라 스스로에게 상을 주고 격려하는 사람이 되었으면 좋겠다. 엄마 말 무슨 말인지 알지?

13-05-31 (금) 06:29
기명이의 안녕을 기원하며, 엄마가

외할아버지가 집으로 오신 날

> 할아버지 몸이 이보다 더 악화되면 요양원으로 모시기로 하고 우
> 리 집으로 모셨으니, 이제 엄마가 많이 인내하고 마음 써서 돌봐드
> 릴 생각이다.

기명아.

오늘 드디어 외할아버지께서 완전히 짐을 싸서 오셨다. 작은 외숙
모의 몸이 너무 편찮으셔서 우리가 모실 수밖에 없단다. 그동안 작
은 외숙모가 일하시면서 많이 애쓰셨지. 같은 며느리 입장에서 보
아도 작은 외숙모는 정말 훌륭하고 대단한 분이다. 할아버지 몸이
이보다 더 악화되면 요양원으로 모시기로 하고 우리 집으로 모셨
으니, 이제 엄마가 많이 인내하고 마음 써서 돌봐드릴 생각이다.

　비록 친정아버지이지만 노인의 몸이라 거동도 불편하시고, 드
시는 것도 신경 쓰이고, 대소변도 가리지 못할 때도 있으니 엄마
도 나름 큰 결심을 한 것이다. 아빠는 우리 집에 복을 주려고 외할
아버지가 우리 집으로 오셨다고 하지만, 결국 사위에게 신세를 져
야 하는 할아버지의 마음은 많이 편치 않으신 모양이더라.

　다행히 네가 기숙사에 가 있어 방이 하나 비어 네 방에서 엄마

아빠가 지내고 안방에서 할아버지가 지내시기로 했다. 거동이 불편하시니 아무래도 화장실 딸린 안방이 편하시겠다는 생각으로 그렇게 했으나 할아버지는 그것도 많이 미안해하시더라.

"내가 지은 죄가 많은 갑다. 어떤 사람은 복이 많아 70에 죽고 80에 죽고 허는디 나는 왜 이렇게 오래 살아 이 고생을 하는지 모르것다."

그리고 침대에 돌아누우시더라. 복이 많으면 원래 장수한다고 하는데 할아버지는 빨리 죽는 게 복이라고 하시니 참으로 아이러니가 아닐 수 없다.

할아버지 나이가 올해 89세인데 73세에 시골서 올라오신 뒤로 큰 외삼촌네, 막내 외삼촌네, 그리고 우리 집, 얼마나 많은 집을 전전하셨냐. 큰 외삼촌이 돌아가신 뒤에는 줄곧 작은 외삼촌네 계셨지만 당뇨에 심부전증에, 이런저런 병으로 노인정도 못가고 집에만 계셨으니 일하느라 바쁜 며느리에게 짐이 되는 게 미안해 늘 어쩔 줄 몰라 하셨다.

그런 할아버지가 너무 가여워 엄마가 정말 큰 결심하고 모셔온 것이지만 아빠와 우리 두 딸의 동의가 없었다면 불가능한 일이었다. 네가 집에 와 네 방이 없어져 조금 불편할 것이다. 그래도 우리 큰딸이 다 이해해주리라 믿는다.

"오늘이 일요일이냐?"

오후에 104동 놀이터 앞에서 휠체어에 태워 산책을 하며 일광욕을 시켜드렸더니 좀 한가롭게 느껴졌던지 엉뚱한 질문을 하시더라. 일요일이 아니라 목요일이라고 아무리 큰 소리로 얘기해도 잘 알아듣지 못하시고 내내 엉뚱한 소리만 하시더라. 손짓발짓 다 동원해 설명했더니 그냥 웃기만 하시네. 이제 할아버지 귀가 완전히 꽉 막혀서 소리를 질러도 잘 알아듣지 못하신다.

너는 왜 할아버지에게 소리를 지르느냐고 가끔 이 엄마를 패륜딸로 만들지만, 사실은 할아버지 귀가 안 들려 소리를 지를 수밖에 없는 상황이 더 많다. 물론 막내로서의 투정까지 합해져 짜증이 섞이긴 하지만 그것까지도 아버지와 딸의 막역한 관계를 과시하는 것으로 알고 네가 이 엄마를 이해해주면 좋겠다.

내리사랑이라고 너희 낳고 나서는 사실 할아버지에게 많이 소홀했는데, 이번에는 할아버지에게 예전보다 더 많이 측은지심이 생긴다. 오래오래 이 마음으로 효도할 수 있도록 우리 딸이 기도해주면 좋겠다.

13-06-03 (월) 11:13

진심으로 효녀가 되고 싶은 엄마가

온 우주의 도움

그렇게 자기 관리 잘하고 열심히 살면 주변에서 다들 돕는 손길을
내미는 것은 어쩌면 당연한 일인지도 모르겠다.

기명아,

새벽부터 나선 먼 길이었지만 우리 딸을 만난다는 설렘에 기꺼이
네가 있는 그곳으로 갔단다. 너희 학교 들어서기 전 정문 옆 밭에
서 너희들이 가꾸어 놓은 고구마 밭도 보고, 고추 밭도 보는데 참
마음이 뿌듯했다. 이렇게 좋은 자연에서, 이렇게 다양한 경험도
하며, 우리 딸이 잘 지내고 있을 거라고 생각하니 절로 발걸음이
가벼워지더라.

　햇볕에 타 새까만 우리 딸을 만나는 기쁨은 더할 나위 없이 신
나는 일이었지. 항상 밝게 웃고, 늘 적극적이고, 늘 의욕적인 우리
딸의 환한 모습은 정말 이 엄마를 세상에서 가장 행복하게 했단
다. 낯선 환경에 잘 적응하고, 친구들과도 잘 어울리고, 수업시간
에도 열심히 임하는 딸을 보며 엄마는 그동안의 염려와 우려를 다
털어버렸단다.

체육관 앞에서 네 동아리 담당 선생님과 수학선생님을 만났는데 다들 네가 아주 훌륭한 학생이라고 칭찬을 해주서서 몸 둘 바를 몰랐단다. 네 담임선생님도 책임감 있고, 리더십 있고, 공부도 열심히 하고 있다고 하셔서 많이 뿌듯했어. 역시! 잘하고 있었구나, 우리 딸! 그렇게 자기 관리 잘하고 열심히 살면 주변에서 다들 돕는 손길을 내미는 것은 어쩌면 당연한 일인지도 모르겠다. 집에 와 아빠에게 너의 근황을 말했더니 아빠도 많이 대견해 하시더라.

체육관에서 잠깐 윤영동 교장 선생님의 훈화말씀이 있었는데, 토끼의 재주가 아니라 거북이의 끈기가 원하는 대학에 갈 수 있게 해준다고 하시더라. 하고 싶은 대로 편하게 살아서는 자신의 꿈을 이룰 수 없으니 무엇보다 절대 초심을 잃지 말아야 한다고 강조하시더구나.

지금 내가 할 일이 무엇인가, 에너지를 어디에 쏟을 것인가, 확실하게 정하고 가야 한단다. 주변 기웃거리지 말고 1학년 때부터 그렇게 굳게 맘먹고 임해야지 1, 2학년 때 어영부영 지내다 3학년 되어서 정신 차리면 이미 늦는다고 하시더라. 오랜 세월 동안 그곳에서 아이들을 가르쳐 보시고 내린 결론이니 지당하신 말씀이라고 생각된다. 그렇게 확고한 신념을 갖고 아이들을 지도하시는 교장선생님이 계셔서 얼마나 다행인지 모른다.

자랑스러운 큰딸 기명아.

물론 잘하겠지만 늘 옷 단정하게 입고, 규칙도 잘 지키고, 선생님 말씀 잘 듣고, 무엇보다 네 마음을 잘 다스려 공부에 매진하기 바란다. 네가 그 학교에 간 이유와 목적을 언제나 기억하면서 나아가거라. 그래서 3년 후 우리 기쁘게 환호하며 서울에서 만나자. 그날을 소원하며, 엄마도 우리 기명이를 위해 열심히 기도하며 성실하게 살아갈게.

13-06-04 (화) 12:21
늘 자랑스러운 딸에게. 엄마가

내가 보고 싶었던 세계

> 사실 가장 쉬운 것은 지지고 볶더라도 자식을 곁에 두고 키우는 것
> 이더라. 이렇게 품안을 떠나보내는 것이 어쩌면 가장 큰 모험이고
> 고통이라는 것을 너를 떠나보내고 알았다.

기명아.

오랜만에 한 편의 문학작품 같은 아름다운 자서전을 읽어 너에게
소개한다.

『내가 보고 싶었던 세계』의 작가이자 주인공인 석지영 씨는 아
시아 여성 최초로 하버드 법대 종신교수가 된 우리나라 여성인데,
그 이력보다 삶을 대하는 진지한 태도와 열정이 참 많은 울림을
준다.

진정한 공부란 무엇이며, 자신의 길을 만드는 삶이란 과연 무엇
인가 라는 질문을 스스로에게 해볼 기회를 주는 것 같다. 워낙에
매스컴이나 많은 사람들에게 회자되는 인물이라 유명한데 네가
사는 그곳이 텔레비전도 스마트폰도 없는 외딴 섬 같은 곳이니 낯
설 수도 있겠다.

사실 이 책을 처음 읽었을 때 엄마는 부모로서 그렇게 좋은 배

경을 만들어 주지 못해 미안했고, 최고의 환경에서 교육을 시키고자 했던 그녀의 엄마처럼 극성맞은 엄마가 되지 못한 게 조금 안타까웠다.

하지만 끝까지 읽으면서, 그녀를 키운 것은 그녀의 배경이 아니라 그 안에 숨겨진 열정이었고, 또 오히려 엄마의 강요로 인해 자신이 하고 싶은 일을 하지 못한 것에 대한 회한이 그녀를 덜 행복한 사람으로 만들었을 것이란 확신이 들어 스스로 위로를 했다.

그녀는 운이 좋은 여자다. 정말 사는 내내 운이 따라주는 것처럼 보인다. 겉으로 보기에는 말이다. 하지만 책을 읽으며 그녀가 얼마나 많이 노력하고, 얼마나 많이 갈등하고, 또 얼마나 많이 좌절했는지, 그러면서도 인내했는지 가슴 저리게 다가온다. 무엇보다 자신이 그토록 좋아하고 열심히 했던 발레를 엄마의 반대로 포기했을 때 얼마나 상실감을 느꼈는지 책 곳곳에 그 아쉬움이 남아 있더라.

그 때문인지 그녀는 '자녀가 그들의 관심사를 가지고 앞으로 나아가도록 내버려두라'고 주문한다. 그러면 그들이 날아오르는 모습을 보게 될 것이라고 말이다. 엄마의 마음을 쓸어내리게 하고 위로해 주는 내용이었다. 엄마는 극성맞게 널 위해 애쓰지는 않았지만, 최소한 네가 하고 싶은 일을 하게 놔두거나 응원해주지 않았을까 하는 믿음 때문이다. 이 또한 엄마의 착각일까? 어릴 적 꿈이 발레리나였던 그녀가, 성인이 되어 눈물을 흘리지 않고 발레를 관람한 적이 한 번도 없었다는 대목에서는 그 애절함이 느껴져 가슴이 뭉클해지기도 했다.

그리고 엄마가 아닌 여성으로서 그녀를 바라보자면 그녀의 열정과 끈기에 대해 경의를 표하게 된다. 한 분야의 정점에 오른 사람들이 대부분 그렇듯, 그녀에게도 특별한 열정이 있었다. 글쓰기가 어려워 공부하는 내내 힘들었던 문학 과정을 끝까지 포기하지 않고 마치는 끈기는 그녀의 힘처럼 느껴지더라. 그 끈기와 인내심이 그토록 원하는 발레를 하지 못하게 된 상황에서도 삶을 포기하지 않고 다른 길에서 성취를 이룰 수 있게 해주었던 것 같다. 결국 다시 하버드 로스쿨에 진학해 법을 공부하며 드디어 재미를 느끼고 성공한 그녀를 보니 꼭 '그 길'이어야 한다는 믿음은 어리석게 느껴지더라. 삶에는 하나의 길이 아니라 또 다른 길이 있고, 하나의 문이 닫히면 또 다른 문이 열린다는 사실도 알게 되었다. 다만 그 선택이 운명을 결정한다는 생각이 들었다.

또한 석지영 교수는 아침에 눈을 떴을 때 벌떡 일어나 하고 싶은, 진정으로 내가 즐겁고 신나는 일을 찾으라고 한다. "내가 소망하여 선택한 일을 하고 있노라면 아침에 눈 뜰 때마다 일을 시작하고 싶어 기다릴 수 없을 정도다. 활기가 넘치고 사람답게 사는 것 같은 기분이 든다."고 말이다. 최선을 다하고 싶은, 정말 우리의 일생에 자신이 즐겁고 잘할 수 있는 일을 선택하는 것이 중요한 것 같다.

우리 기명이도 하루빨리 그런 가슴 뛰는 일을 찾았으면 좋겠다. 너의 그 큰 열정과 끼를 다 발산할 수 있는 너만의 재능을 빨리 발견할 수 있기를 기도한다. 물론 그 일을 성취하기 위해서는 그것이 어떤 일이든 연습이 필요할 것이다.

석 교수도 그 일이 어떤 일이든 자신을 불편하게 하는 것이 있다면 사람들 앞에서 말하기건 글쓰기건 힘들더라도 노력해서 그것을 익힐 기회를 찾으라고 한다. "쉬워질 때까지, 아니 즐길 수 있을 때까지 스스로를 밀어붙여 하고 또 하고 반복한다."고 강조하더라. 공부도 마찬가지일 것이다. 물리든 수학이든 직접 부딪히며 연습에 연습을 거듭해 숙달하는 법을 익혀야할 것이다.

이제 와서 엄마의 삶을 돌이켜보면, 그 연습이 부족하지 않았나 싶다. 그래서 늘 끓는 점 100도를 도달하지 못하고 99도에서 멈춰버리지 않았나 싶다. 아직 인생이 끝나지 않았으니 엄마도 반성하고 노력하겠지만, 내 두 딸들이 이런 엄마의 전철을 밟지 않고 늘 성취하는 삶을 살았으면 하는 소망이다. 그래서 이렇게 눈에 넣어도 안 아플 자식을 먼 객지로 보내 공부시키는 결단도 하는 것이다.

자식을 낳아 기르면서 사실 가장 쉬운 것은 지지고 볶더라도 자식을 곁에 두고 키우는 것이더라. 이렇게 품 안을 떠나보내는 것이 어쩌면 가장 큰 모험이고 고통이라는 것을 너를 떠나보내고 알았다.

한석봉의 어머니가 돌아온 한석봉을 다시 보내는 것도 가슴 저린 큰 결단이었을 것이다. 아무튼 나보다 더 나은 삶을 살게 하고 싶은 과정의 일환으로 허락한 유학이니 너의 모든 열정과 에너지를 다 쏟아내어 꼭 네가 원하는 대학, 원하는 과에 들어가 원하는 삶을 살 수 있기를 바란다.

마지막으로 석지영 씨가 이 책에서 전하고자 했던 핵심을 옮겨

적으며 엄마의 글을 마치려고 한다. 네 삶에도 잘 적용할 수 있으면 좋겠다.

"하고 싶은 일을 찾을 것, 일을 놀이처럼 즐길 것, 언제나 새로운 것을 시도하고 위험을 감수할 것, 적절한 시점에 하던 일을 멈추고 휴식을 취하면서 스스로에게 상을 줄 것, 깊은 우정을 맺고 그 우정을 유지하기 위해 힘쓸 것, 크건 작건 무엇인가를 만들고 창조하는 데 온 힘을 다할 것, 젊은이에게 조언자가 되어 주고 스스로의 조언자도 구할 것, 다른 사람들을 가르침으로써 배울 것. 즐길 것."

13-06-05 (수) 11:12
뜨거운 열정의 소유자 기명에게. 엄마가

김유정 그리고 박경리

> 나이 들수록, 점점 멀어져가는 꿈에 대한 그리움이 있단다. 젊을
> 때, 기회가 많을 때, 나는 누구인가, 나는 무엇을 하고 싶은가, 많이
> 고민하고 도전하길 바란다.

엄마는 오늘 원묵고 독서클럽에서 가는 문학기행에 함께 참여하
고 왔다. 강원도 춘천 김유정 문학촌, 원주의 박경리 문학관과 생
가를 방문했단다.

해설사의 해설이 아주 진지하고 맛깔나서 정말 작가를 깊이 이
해하는 계기가 되었다. 마침 비도 촉촉이 내리고 풍경들도 아주
고요해서 정말 간만에 가슴이 묵직해지더라. 김유정 문학촌은 네
가 중1 때 문정이와 함께 와서 연극도 보고 추억이 많이 서린 곳
이지. 박경리 문학관과도 재작년 가을에 아빠랑 함께 다녀갔던 곳
인데 오늘은 유난히 감회가 새롭더라.

특히 박경리 씨의 그 신산스러운 삶이며, 문학을 위해 모든 것
들을 차단하고 오로지 글쓰기에만 매달렸다는 해설사의 설명이
참 엄마의 가슴을 치더구나. 『토지』 속 주인공들처럼 각고의 인
내, 용기와 집념의 역정을 살아온 작가의 삶에 저절로 고개가 숙

여지더라.

사방에 관심이 많고, 늘 여기저기 기웃거리느라 정작 제대로 된 작품 하나 발표하지 못하는 엄마가 참 한심하고 부끄럽더라. 아무리 지금의 삶을 합리화한다고 해도 그 어떤 것을 위해 목숨 걸고 매달려 보지 못한 자의 변명에 불과하다는 생각이 들더구나.

아빠는 늘 자기가 살고 있는 삶이 정답이라고 하지만, 실은 그 삶에 최선을 다할 때 그런 말도 할 수 있는 것이 아닐까 싶다. 아빠는 이제는 아빠가 하는 일에 있어서는 타의 추종을 불허할 만큼 모두에게 인정받는 전문가가 되어 있고, 또 어쨌든 그 일에 최선을 다해 열심히 하고 있으니 그런 말을 할 수 있는 것이지. 반면 엄마는 이상은 딴 곳에 있고 현실은 이곳에 있어 늘 지금 살고 있는 삶이 정답이 아닌 것 같이 느껴지는 것이겠지.

기명아, 가끔 엄마는 엄마의 사라진 열정에 대해 많은 아쉬움이 있단다. 나이가 들수록, 세월이 갈수록 점점 멀어져가는 꿈에 대한 그리움이 있단다. 젊을 때, 기회가 많을 때, 나는 누구인가, 나는 무엇을 하고 싶은가, 많이 고민하고 찾아내 도전하길 바란다.

열정 덩어리 우리 딸은 꼭 자신이 원하는 일에 매진하며 멋지게 살 거야. 길가의 풀 한 포기 나무 한 그루도 다 쓸모가 있어 존재할 터인데, 우리 인간이 이 땅에 나타날 때는 다 저마다의 사명이 있겠지. 그 사명을 발견하고 즐겁게 살았으면 좋겠다!!

13-06-20 (목) 15:57
이상과 현실 사이에서 아직도 서성대고 있는 엄마가

코스모스 추억

"우리 아버지가 내가 아버지에게 진 빚 다 받아내고 돌아가시려고
저러나봐."라고 푸념했더니 네 아빠가 "자식이 부모에게 받은 은
혜를 어찌 다 갚느냐."고 호통이다.

요즘 엄마는 외할아버지 밥상 차리느라 하루해가 다 간다. 아침에
는 스프, 점심에는 국수, 저녁에는 죽…. 건더기를 못 드시니 간간
히 과일도 갈아드리고 있다.

　외삼촌댁에서는 별일 없이 잘 드시던 밥을 안 드시고, 이젠 반
찬도 잘 안 드셔서 하루 세 끼 식사 차리는 게 보통 일이 아니다.
"우리 아버지가 내가 아버지에게 진 빚 다 받아내고 돌아가시려
고 저러나봐."라고 푸념했더니 네 아빠가 목소리를 높이며 "자식
이 부모에게 받은 은혜를 어찌 다 갚느냐."고 호통이다. 그 다음
이어지는 잔소리. 너 알잖아, 아빠의 그 오버액션. 그래 그 말이 맞
지. 자식이 어찌 부모의 은혜를 다 갚겠냐. 특히 외할아버지와 외
할머니가 마흔 넘어 낳은 이 늦둥이 엄마가 받은 사랑은 갚을 길
이 없지.

엄마가 고등학교 다닐 때도 야간 자율학습이 있었다. 읍내에 있는 여고를 다녔던 엄마는 자전거를 타고 코스모스 핀 신작로 길을 달려 통학을 했지. 저녁 야간 자율학습을 마치고 자전거를 타고 집에 오면 한 10시쯤 되었는데, 외할아버지는 단 한 번도 거르지 않고 동네 앞 정자나무 아래서 엄마를 기다려 주셨다.

농사일이 아무리 바쁜 가을에도 피곤한 몸을 이끌고 나오셨으며, 비가 오는 날에는 우산을 쓰고, 바람이 불면 갈색 모자를 쓰고 그렇게 엄마를 마중 나오셨다. 그러다 내가 조금 늦게 오는 날에는 손전등을 들고 신작로를 천천히 걸어오시기도 했는데, 섬진강 다리 위에서 만나 함께 자전거를 끌고 걸어오다 보면 그렇게 마음이 따뜻할 수가 없었다. 늘 신작로 가에는 키 큰 코스모스가 흐드러지게 피었었는데 달빛에 비친 꽃길을 걷는 우리 부녀의 모습도 퍽 낭만적이었지 않았을까 싶다.

엄마는 할아버지가 마흔 다섯에 낳은 늦둥이 막내딸이니 고등학교 때에는 환갑이 넘은 노인이었다. 지금이야 환갑 넘어도 청년 같더라만 그때는 정말 말 그대로 머리 허연 노인이었다. 그런 자상하고 따뜻한 할아버지가 엄마는 참 존경스럽고 좋았다. 그래서 '나중에 크면 우리 아빠 같은 사람과 결혼해야지' 했었다. 이모도 어릴 때 그런 생각을 하며 살았다고 하는 걸 보면 비록 가난하고 무식한 농사꾼이었지만 그래도 우리 딸들에게 할아버지는 꽤 멋진 아빠였던 것 같다. 그런 추억을 떠올리면 더 외할아버지에게 잘해야 하는데 며칠 전 할아버지가 설사를 하고 혼자 해결하려고 사방에 변을 묻혀놓았을 땐 나도 모르게 또 짜증을 내고 말았다. 우리 기명이가 외할아버지에게 잘하라고 신신당부하고 갔는데 말이다.

  기명아.

  네가 없는 자리에 외할아버지가 오셔서 엄마는 정말 최선을 다해 모시고 싶었다. 가족이라는 것이 핏줄보다 추억으로 묶여진 것이 아닐까 싶을 정도로 너와 함께 했던 소중한 날들이 새록새록 떠올라 그립고 또 그리웠다.

  너를 떠나보내고 나니 너의 빈자리가 더 귀하고 소중해진 것도 사실이고, 이별의 상실감을 맛보고 나니 세상의 모든 존재에게 겸손해지더라. 그래서 가족에게 또 친구에게, 아니 이름 모를 타인에게도 착하게 되더라. 그 때문에 엄마 아빠가 입양을 서두르게 되었는지도 모르겠다. 아무튼 이제 서류 준비 중이니 곧(그래도 3개월 걸린다더라) 네 동생이 생길 것이다. 두렵고 떨리는 마음은 이루 말로 다할 수 없지만, 또 우리 큰딸 어깨에 짐을 지어주는 것 같지만, 우리 다 같이 좋은 마음으로 이 결심을 실천해 보자.

13-06-27 (목) 14:05
늘 최선을 다하는 딸을 응원하며, 엄마가

입양을 결심하며

그 아이에게 새엄마가 그랬던 것처럼 사랑도 주겠지만 상처도 주
며, 어릴 적 나의 상처받은 내면 아이를 만나지 않을까 싶다.

참 오랫동안 우리 가족은 입양에 대해서 많은 얘기를 나누었다.
아빠는 지금 입양하지 않으면 죽을 때 후회할 것 같다고 하시는구
나. 출세에 대한 야망도, 돈을 많이 벌고 싶은 욕구도 없는 평범하
고 소박한 아빠가 유일하게 자기 안에서 일어나는 욕망이 있다면
입양을 해서 한 아이를 잘 키워 사회에 내보내고 싶다는 것이라는
말을 듣고 엄마는 엄마의 게으른 성격도, 글 쓰는 데만 몰두하고
싶은 이기적인 마음도 내려놓게 되더구나.

물론 지금도 사실 엄마는 두렵고 부담스러워. 너희들을 키울 때
보다 지금 훨씬 성숙하고 지혜로워졌겠지만 어쨌든 그때보다 늙
었고, 내가 너희들과 똑같은 마음으로 그 아이를 대할 수 있을까
자신이 서지 않기도 하고 말이야. 실은 너희들이 적극적으로 입양
을 권유하고 기대하고 있으니 엄마는 사실 사면초가다. 그냥 마음
착하고 정직한 아빠만 믿고 결심한 것인데 잘할 수 있을까?

너도 알다시피 엄마는 새엄마의 손에서 키워졌다. 물론 돌이켜 생각해보니 새엄마는 아주 헌신적으로 나를 정성껏 사랑으로 키워주셨다. 그래서 나도 막연하게 내가 받은 사랑을 다른 아이를 키우며 갚고 싶은 생각도 있었다. 그래도 내가 받았던 것은 사랑만이 아니라 상처도 함께였기에 결심하기가 쉽지 않았지.

사람은 기억으로 사는 동물이라 그 기억을 백지화하기란 쉽지 않다. 입양한 아이를 키우면서 나는 그 아이에게 새엄마가 그랬던 것처럼 사랑도 주겠지만 상처도 주고, 아울러 어릴 적 나의 상처받은 내면아이를 만나지 않을까 싶다. 그것은 사실 조금은 아픈 치유의 시간이 될 것이다. 어쩌면 엄마는 그걸 두려워하는지도 모르겠다. 하지만 또 새엄마의 입장이 되어 새엄마를 더 이해하고 사랑하는 시간도 되겠지. 그래 이렇게 정리하고 보니 어쩌면 입양은 사실 아빠보다 너희들보다 엄마가 더 원했을지도 모르겠다는 생각이 드는구나.

오늘 아빠랑 영아원에 갔는데 글쎄 우리 꼬마숙녀가 "엄마!" 하며 내게 달려오지 않겠니? 마치 뭘 아는 애처럼…. 아이들 모두 데리고 바깥 놀이터에서 놀았는데 꼬마숙녀는 너무 발이 작아서 신을 신발이 없더구나. 가늘고 작고 하얀 발을 보니 정말 꼬마숙녀는 특별한 여자아이같더라. 다른 아이들은 풀밭도 밟지 않으려고 하는데 우리 꼬마숙녀는 풀밭으로도 가고 앵두나무에서 앵두도 막 따먹고 겁이 없더라. 아이들 중에는 유난히 겁 많은 아이가 있는가 하면 유난히 씩씩한 아이도 있더구나. 미끄럼틀도 잘 타는 아이가 있는가 하면 무서워 못 내려오는 아이도 있고.

네가 18개월 때 놀이터 미끄럼틀 꼭대기에 올라가 엄마의 심장을 멈추게 하고, 1층에서 3층까지 계단으로 기어 올라와 엄마를 소스라치게 놀라게 했던 일이 떠올라 한참 미소를 머금고 아이들을 바라보았다. 정말 우리 기명이는 간 큰 아이였다. 무서운 게 없고 아주 모험적이었다. 하긴 그랬으니 초등학교 3학년 때 버스를 두 번 갈아타고 구리 두레교회까지 혼자 갔지. 엄마 아빠가 너를 믿어주었기 때문인지 넌 뭐든지 그렇게 씩씩하게 잘 해냈다.

너를 키우며 정말 시시때때로 감동하고 웃을 일이 많았지. 그래서 엄마 아빠가 겁 없이 입양을 결심하고 있는지도 모르겠다. 우리 큰딸처럼 야무지고 우리 작은 딸처럼 성격 좋은 아이들을 키우면서 아이 키우는 게 얼마나 행복하고, 신나고, 뜻깊은 일이라는 것을 아니까 말이야.

아빠는 요즘 정말 '우리 딸들은 우리에게 참 과분한 아이들'이라고 입버릇처럼 말하신단다. 성격도 좋고, 착하고, 건강하고 그리고 예쁘기까지 하다고…. 아빠의 너무나 주관적인 고슴도치 사랑에 엄마는 그저 고개를 끄덕일 뿐이지.

입양 관련 1차 서류를 접수했으니 이제 통과되면 2차 서류를 내고 면접 보고 교육 받고 아직도 갈 길이 멀다. 까다롭고 힘들지만 귀한 우리 아이를 만나는 일이니 기쁘게 준비하려고 한다.

13-07-03 (수) 14:57
늘 겁 없고 용감했던 기명이에게, 엄마가

기말시험 치르느라 고생이 많았지?

네 맘이 이끄는 대로 의심과 두려움을 버리고 한 번 해 보아라. 네
가 원하는 것이 무엇인지 마음의 소리에 귀를 기울여봐. 그리고 네
가슴이 원하는 것을 선택해,

기명아.

3일 동안 시험 보느라 고생이 많았다. 우리 딸 오늘 목소리에 기
운이 없는 것 같아 엄마가 조금 마음이 안쓰러웠다. 열심히 노력
했으니 결과에 너무 연연하지 말고 편하게 맘먹기 바란다. 네 말
대로 시험 보면서 영어는 어떻게 공부해야 하는지, 수학은 무엇을
공부해야 하는지 알아가는 게 중요하지. 그렇게 단계단계 올라가
다 보면 어느 지점에선 네가 노력한 결과가 나올 거야. 그러니까
힘내. 큰딸!

 그래도 물리, 수학 모두 지난 중간고사보다 잘했잖아. 2학기 때
는 더 나아질 거야. 우리 딸이 늘 성실하고 꾸준하게 노력하는 사
람이라 엄마는 그저 믿는 마음이 커서 이번 시험에도 하나도 걱정
이 안 되더라. 다만 시험 끝나고 집에 와 푹 자든지, 맛있는 것을
먹든지, 텔레비전이라도 보며 실컷 쉬어야 하는데 등산도 취소되

고 오후 자율학습을 해야 한다고 하니 좀 안됐네.

　문정이는 이번에 공부를 늦게 시작한 게 부담이 되었는지 무지 열공 하더라. 여덟 과목을 봤는데 세 개 밖에 안 틀렸다. 1시까지 하고 6시에 일어나고, 얼마나 열심히 하던지 옆에 있는 엄마 아빠가 다 긴장되었다. 그래서 사람은 다 때가 있나 보다. 그렇게 놀기 좋아하는 애가 얼마나 긴장하며 공부를 하는지….

　네가 있을 때는 너를 많이 의지하더니 네가 없으니 또 스스로 잘 해내는구나. "언니가 있었으면 좋겠어. 모르는 것도 물어보고…" 하면서 한동안 힘들어하더니 친구들에게 물어봐가며 눈치 껏 잘하고 있다.

　아빠는 아침마다 문정이 학교에 데려다 주고 역사랑 사회랑 암기과목 문제도 내주며, 문정이 시험 잘 보는 데 1등 공신이다. 문정이가 요즘 가영이랑 진원이랑 같이 공부하더니 A4용지에 내용 요약하는 것을 배워서 저도 그렇게 정리를 하더라. 아빠가 그것을 보고 아침저녁으로 물어봐 주는 것이지. 내가 "기명이 있을 때도 그렇게 좀 해주지" 했더니 "그러게!"라고 하시더라. 그렇게 네가 없는 우리 집에도 조금씩 변화가 찾아오는구나.

　문정이는 왜 그렇게 열심히 공부하려고 하냐고 물었더니 풍산고 가려고 그런단다. 네 동생은 너를 정말 사랑하고 존경하나봐. 그래서 너의 길을 밟고 싶은 모양이더라. 네가 언니로서 늘 열심히 공부하고 바르게 사니까 동생도 너를 따라하고 싶은 거지. 그래서 엄마 아빠는 늘 너에게 감사하고 있단다. 네가 잘 닦아 놓으니까 동생은 그렇게 해야 하나 보다 하고 또 열심히 한다. 시험 끝나면 영어랑 수학이랑 좀 더 잘 잡아주려고 한다. 고등학교에 가서 좀 수월하라고…. 이것 역시 언니인 네가 있어 생기는 팁이다. 이래저래 문정이는 복 많은 아이다.

전교부회장 선거는 네가 선택하는 게 최선이다. 늘 하는 말이지만 엄마 아빠는 너를 믿고 지지한다. 아빠는 꼭 나가서 부딪혀보라고 하신다. 어릴 때처럼 뭐든 겁 없이 나서보라고…. 기억과 기대로 사니 두렵고 겁나는 것이지, 그것만 내려놓으면 무엇이든 다 쉽게 해볼 수 있다는 게 아빠의 지론이다.

엄마는 가끔 아빠가 도인 같다. 정말 아빠의 '무대뽀 정신'이 세상을 사는 데 참 필요할 때가 많다. 네 맘이 이끄는 대로 의심과 두려움을 버리고 한 번 해 보아라. 네가 원하는 것이 무엇인지 마음의 소리에 귀를 기울여봐. 그리고 네 가슴이 원하는 것을 선택해, 알겠지? 파이팅 내 딸!!!

13-07-03 (수)
우리 딸에게 팍팍 힘을 보내며. 엄마가

잘했다. 큰딸!

> 나에게 일어난 일을 긍정적으로 이끌기 위해서는 어떠한 결정이든
> 간에 그 결정이 최선이었고 나에게 기회이며 행운이라고 생각해야
> 한다.

기명아.

나에게 일어난 일을 긍정적으로 이끌기 위해서는 어떠한 결정이든 간에 그 결정이 최선이었고 나에게 기회이며 행운이라고 생각해야 한다. 지금 우리 기명이는 꼭 해야 할 선택을 했고, 그 선택이 결국 옳았다고 생각할 거야.

전교부회장 선거에서 친구에게 양보하고 불출마한 것 잘했어. 같은 반에서 둘이 나가는 것은 너희 학교 같은 작은 학교에서는 좀 무리지 싶었다. 세상에는 내가 아무리 하고 싶어도 필요하다면 그만두어야 하는 상황이 무수히 많단다. 대가를 치르고 연습했다고 생각해라. 우리 딸 고민하느라 얼마나 핼쑥해졌을까 한달음에 달려가 꼭 껴안아 주고 싶구나.

엄마는 당연히 네 선택을 지지하고 그리고 응원한다. 그리고 네가 무엇을 하든, 엄마는 완전 네 편이야. 네가 많이 고민하며 힘들

었겠지만, 아픈 만큼 성숙해진다고 그 시간도 너에게 틀림없이 필요한 시간이었다고 본다. 그러니 너무 자책하지 말고 훌훌 털어버리기 바란다. 그리고 진심으로 너희 반에서 출마한 친구를 도우며 의연하게 지내기 바란다. 그마저도 싫으면 가만히 중용을 지키면 될 것이니 너무 애쓰지 말고 너 편한 대로 살아라.

이제 네 스스로 결단했으니 그저 그것에 대한 책임만 지면 된다. 예를 들면 네가 말한 대로 스스로에게 조금 실망한 것이랄지, 나중에 후회를 할 수도 있다는 것에 대해서 말이야. 스스로에게 실망하지 않고 후회하지 않으려면 더 강하고 멋진 너를 가꾸기 위해 노력해야 할 것이다. 물론 이번 일을 계기로 한층 더 강하고 성숙해졌겠지만 말이다.

그리고 기명아, 엄마가 살아 보니 내 몸과 내 맘은 생각대로 되더라. 다시 말해 기쁘게 생각하면 기쁜 일이 생기고 걱정을 하면 걱정하는 대로 되더라. 그러니 어제 전화로 말했듯이 가볍고 자유롭고 즐겁게 살려고 연구해라. 그리고 절대 자책하지 말고 "괜찮다. 김기명! 다 괜찮다. 김기명!" 그렇게 너 자신을 위로해 주기 바란다.

엄마가 오늘 문정이 학교 시험 감독을 하면서 국어시험 지문으로 나온 장영희 씨의 수필 한 대목을 읽게 되었다. 소아마비로 다리가 아픈 화자가 그날도 친구들은 다 놀러가고 집 대문 앞에 홀로 앉아 있는데 엿장수가 지나가다가 깨엿 두 가닥을 주며 "괜찮아!" 하고 가더라는구나. 다리가 아파도 괜찮다는 것인지, 엿을 그냥 먹어도 괜찮다는 것인지 잘 모르겠으나 그때 이후로 장영희 씨는 세상은 살 만한 곳이라는 것을 깨달았다는구나.

너도 중학교 1학년 국어교과서에서 배웠을 거야. 제목은 잘 모르겠다. 그래 넌 회피한 것이 아니라 내려놓은 거야. 욕심을 내려놓고, 집착을 내려놓고 통 크게 양보를 한 거야. 사실은 하나, 생각은 둘이니 이렇게 빛과 어둠 중 빛을 선택하며 살기를 바란다.

문정이는 아침에 너와 통화하는 소리를 듣고 짜증을 내더니 정작 학교 가면서 "아! 언니 보고 싶어~" 하더라. 저도 그렇게 심각하게 고민하는 언니가 안쓰러웠던 것이지. 그래 가족이라는 것이 그렇지. 다 표현하지 않아도 가슴 깊은 곳에서 서로 염려하고 함께 아파하는….

이렇게 멀리 있어도 너를 응원하고 지지하는 가족이 있으니 힘내라. 일요일에는 아빠도 문정이도 대동하여 너에게 달려가마. 가서 맛있는 것도 먹고, 수다도 떨고, 신나게 놀아보자. 너의 고민, 아쉬움, 회한, 시간이 다 해결해 줄 것이다. 우리 딸 일요일 만날 때까지 건강하게 파이팅!

13-07-04 (목) 17:03
더욱 성숙하고 깊어질 우리 딸을 응원하며. 엄마가

삶에 대해 겸손하고 성실한 사람

"내가 이룩한 성공을 기준으로 나를 평가하지 말라. 내가 얼마나 많이 쓰러졌고, 그리고 다시 일어섰는지로 평가해 달라."-만델라

기명아.

서울은 연일 비가 내리고 있다. 장마철에 습도도 높고 기분도 울적했는데 우리 딸 전화 받고 얼마나 기분이 상쾌하던지…. 도서관 시드가 되었다니 축하한다. 정말 기특하다. 네가 얼마나 열심히 노력해서 얻은 결과인지를 알기에 더 뿌듯했다. "엄마 나, 뭔가 뿌듯해!"라고 말하는 너의 마음도 아마 그런 마음일 거야. 노력이 헛되지 않아서 다행이다. 그렇게 조금씩 차근차근 노력하면 언젠가 고지에 다다라 있을 거야.

오늘 신문에 남아공의 만델라에 관해 쓴 기사가 있더구나. 지금 사경을 헤매고 있는 만델라에 대해서는 여러 평가가 있는데, 기자는 그를 '성인은 아니었지만 우리 세대에서 가장 크게 영감을 고취한 사람'이라고 썼더구나. 그러면서 그의 말을 인용했는데 만델라는 "내가 이룩한 성공을 기준으로 나를 평가하지 말라. 내가 얼

마나 많이 쓰러졌고, 그리고 다시 일어섰는지로 평가해 달라."고 요구했다는구나. 멋있지?

우리 기명이의 그 오뚝이 근성이 언젠가는 빛을 발할 날이 곧 올 거야. 이 나이가 되고 보니 늘 노력하고 늘 자신을 갈고닦는 사람들을 보면 엄마는, 그 사람이 굳이 세속적인 성공을 하지 못했어도 '어떻게 살았는가?'로 평가하게 되더라. 그래서 엄마는 아빠처럼 자신의 삶에 겸손하고 성실한 사람을 존경한다.

한자 시험과 태권도 승단시험이 겹친다고 고민했는데 우선순위를 정해서 결정하고, 둘 다 하고 싶으면 택시를 타고 오가는 시간이 충분한지 알아보거라. 너무 헐레벌떡 무리하지는 말고…. 다음 주 수학여행에, 귀가에, 마음이 부웅 떠 있겠지만 이럴 때일수록 시간 관리 잘하도록 해라. 암튼 엄마는 우리 딸에게 믿는 마음이 너무 커서 마냥 태평하다. 그저 이렇게 감사의 기도를 할 뿐이다.

"하나님, 우리 기명이를 제 딸로 보내 주셔서 감사합니다. 다 잘 될 거예요. 감사합니다."

우리 꼬마숙녀에게 가지 못하는 사이에 그리움이 더 쌓이는구나. 내일 오후에는 다녀오려고 해. 아동센터에서는 아직 연락이 없다. 절차가 복잡한 것인지, 우리에게 결격사유가 있는 것인지, 내일은 가는 길에 알아보아야겠다.

그럼 다음 주에 수학여행 잘 다녀와서 반갑게 만나자. 사랑해~

13-07-11 (목) 16:36
비 오는 날 기명이를 그리워하며, 엄마가

아빠와 딸

너도 아마 먼 훗날 너의 아빠를 엄마가 외할아버지를 기억하는 것
처럼 그렇게 열심히 살고 따뜻했던 아빠로 기억하겠지.

외할아버지는 요즘 정말로 죽과 국수만 드시고 연명하신다. 알아
보니 뇌졸중 전조증상으로, 혀가 굳어가서 침도 흘리고 말도 어눌
해지고 음식도 잘 못 드시는 상태이다. 그래서 매일 스프를 끓여
드리다가 오늘 아침에는 미숫가루를 타드렸다.

내일은 신경외과 검사를 받고 한동안 병원에 입원하시게 될지
모르겠다. 가끔 엄마에게 이렇게 할아버지를 모실 수 있는 기회가
와서 감사한 마음이 들기도 한다. 돌아가시기 전까지, 엄마가 모
시는 동안 최선을 다해 잘 해 드리고 싶다.

엄마가 아침에 죽을 들고 방으로 들어가면 외할아버지는 "아이
고…" 하시며 한숨을 길게 쉬고 힘겹게 일어나신다. 그 모습이 '아
이고 오늘도 또 어떻게 살아내나?' 하시는 것 같다. 정말 목숨이
붙어 있는 것이지 먹고 싶은 것도 못 먹고, 가고 싶은 곳도 못 가
고, 하고 싶은 일도 못하고, 보기에 딱하다.

그러니 하루 종일 누워 텔레비전을 보든지 내내 잠을 주무시는 게 일이다. 할아버지를 보면 젊어 움직일 수 있을 때 열심히 일해야 하지 않을까 싶긴 하더라. 늙으면 일하고 싶어도, 움직이고 싶어도 저렇게 식물인간처럼 살아야 하니 말이다.

할아버지를 생각하면 늘 열심히 일하고 자상하셨던 기억이 먼저 떠오른다. 맑은 날은 늘 들에 나가 농사일을 하고, 겨울에는 산에 나무를 하러 가시거나 공사판에 나가 돈을 버셨다. 이렇게 비가 오는 날이면 새끼를 꼬거나 가마니를 만들고 집안 연장을 고치셨지.

하루도 편하게 손 놓고 노신 적이 없었지. 술도 잘 안 드셔서 늘 단정하시고 또 꼼꼼하게 가족을 챙기셨지. 그런데 지금은 누워 하루 종일 천장만 보고 계시고, 도대체 귀가 막혀 소통도 어렵다. 그래서 요즘 엄마 친구들이 왜 그렇게 목소리가 커졌냐고 엄마에게 그런다. 할아버지와 대화를 하려다 보니 자연히 소리를 지르게 되고, 다른 사람과 대화할 때 무의식중에 드러나나 보다.

기명아.

네 소식을 들을 때마다 아빠가 참 많이 기뻐하고 대견해 하신다. 아빠도 외할아버지처럼 인정 많고 참 따뜻한 분이잖아. 돌이켜보면 아빠의 자식 교육이 참 앞서가고 있었으며 너희들을 잘 자라게 만든 것 같아. 알아서 스스로 하게 한 거랄지, 다양한 경험을 시켜주려고 하는 것이랄지, 너희들 경험에 도움이 되면 비용 상관없이 과감하게 투자하는 것이랄지…. 무엇보다 스무 살이면 모두 자립하라고 하는 것 등이 정말 앞서가는 교육 방법이라는 생각이 들어.

엄마가 요즘 법륜스님의 『엄마수업』이라는 책을 다시 읽는데, 정말 네 아빠 말이 다 맞더라. 어려서 소아마비를 앓고 "나는 왜 태어났는가?"라는 물음을 늘 갖고 살았다고 하더니 삶에 대한 이해가 참 심오한 것 같아. 겉으로 보기에는 술 좋아하고, 성격 털털한 것 같지만 무척 지혜로운 것 같아. 그래서 엄마는 요즘에야 그 진면목을 발견하고 "예, 당신 뜻에 따르겠습니다." 하고 산다.

아빠에게 전화도 자주 드리고 편지도 가끔 해라. 어제 네가 전화했다고 마냥 행복해하시더라. 엄마에게 듣는 것보다 너와 직접 통화하니까 더 좋았나봐. 너도 아마 먼 훗날 네 아빠를 엄마가 외할아버지를 기억하는 것처럼 그렇게 열심히 살고 따뜻했던 아빠로 기억하겠지.

암튼 오늘 점심은 비도 오니 외할아버지랑 맛있는 잣죽을 끓여서 따뜻하게 먹어야겠다. 넌 오늘 새로운 방으로 이사하느라 무지 바쁘겠구나. 좋은 룸메이트를 만나서 참 잘됐다. 또 다양한 사람들과 다양한 경험을 하면서 6개월 힘차게 살기 바란다.

13-07-12 (금) 12:49
비 오는 오후 이사하느라 바쁠 기명이를 떠올리며. 엄마가

관계에 대하여

누군가에게 감동을 받았으면 감동을 선사하고, 따뜻한 보살핌을
받았으면 보살펴 주고, 그리고 맛있는 음식을 대접 받았으면 너도
대접하는 사람이 되도록 해라.

문정이는 서점에 가고, 아빠는 의정부 친구들 만나 저녁을 먹고
오겠다고 해서 모처럼 우이천 산책을 했다. 연일 장마였던 탓에
참 오랜만에 나갔더니 천변 갈대도 많이 자라고, 둑에 잡초도 무
성하고, 무엇보다 물이 맑고 깊어져 오리들도 참 즐거이 노닐고
있더라. 이렇게 해질녘에 그 식물들과 물 사이를 걸으니 마치 고
향에 온 것처럼 평안해졌다.

　한참 걸었더니 등판에 땀은 났지만 바람이 불어 날도 적당히 선
선하고, 노을은 없지만 그래도 저녁 무렵이라 고즈넉하니 참 마음
이 고요해지더라. 물론 산책하는 사람도 많고, 자전거도 다니고,
종종 강아지들도 달음질을 쳤지만 그런 풍경들이 그저 소리 없는
그림처럼 보였다.

기명아.

택배는 잘 받았지? 자두를 잘 싸서 보낸다고 보냈는데 터지지 않았는지 모르겠다. 친구들과 잘 나누어 먹고, 소시지도 더운 날 너무 오래 두면 안 되니 친구들과 나누어 먹도록 해라. 그리고 솔라시와 레모나는 3학년 언니들 100일 기념으로 준다더니 잘 전해 주었는지 모르겠구나. 엄마는 우리 기명이가 엄마가 말하지 않아도 그렇게 언니들과 친구들 행사며 생일도 잘 챙기고 관계를 잘하는 사람이어서 참 고마워.

그래, 엄마가 언젠가 말했듯이 우리 인간관계는 결국 주고받는 거야. 그게 단지 물질적인 것뿐만 아니라 마음도 생각도 서로 주고 그리고 받는 것이지. 그것이 조화롭게 이루어질 때 관계는 신뢰의 바탕 위에 잘 지속되는 것이란다.

일방적으로 받거나 일방적으로 주는 관계는 아마 부모 자식 관계밖엔 없을 거야. 그러니 늘 누군가에게 감동을 받았으면 너도 감동을 선사하고, 따뜻한 보살핌을 받았으면 보살펴 주고, 그리고 맛있는 음식을 대접 받았으면 너도 대접하는 사람이 되도록 해라.

내일은 경북 안강에서 지영이 엄마 아빠가 오셔서 저녁을 같이 하기로 했다. 지난주에는 경주에서 다정이 엄마가 오셔서 즐거운 시간을 보냈는데 또 귀한 손님을 맞이하는구나. 우리 기명이가 학교생활도 잘하고 친구들과도 잘 지내니까 다들 서울 오시면 연락을 하시는구나. 고마운 일이다.

네 덕분에 친구가 전국구로 생겨서 부자가 된 기분이다. 공자의 『논어』에 보면 "멀리서 친구가 찾아오면 또한 기쁘지 아니한가."

라는 구절이 있는데, 요즘 그 말을 실감하고 사는 것 같다. 맛있는 것 대접하고 즐거운 대화 나누며 행복한 시간 보낼게….

기명아.

더운데 많이 고생스럽지. 엄마는 우리 딸 고생하니까 너처럼 6시 30분에 일어나고 1시에 자려고 했더니 체력이 달려 일주일 만에 포기했다. 커피와 허브차를 아무리 마셔도 힘들더라. 공부도 다 때가 있는 모양이다. 그러니 우리 딸 공부할 수 있을 때 열심히 해라.

그 대신 밥 꼬박꼬박 잘 먹고 잠은 좀 푹 잤으면 좋겠다. 잇몸이 안 낫는 거는 몸이 피로해서

그런 거야. 그럼 홍삼 꼬박꼬박 잘 먹고 잘 지내.

13-07-31 (수) 16:19
우리 딸 잇몸 빨리 낫기를 기도하며. 엄마가

내가 잘할 수 있을까? 하는 의심과
두려움이 몰려올 때

"의심과 두려움이 밀려올 때는 그냥 한 발 내딛고 해보는 거야. 그 럼 그 의심과 두려움이 사라지겠지."

사랑하는 기명아.

오늘은 대한사회복지회 의정부 아동상담소에 가서 우리 꼬마숙녀의 입양 관련 상담을 하고 왔다. 아빠도 오늘 모처럼 시간을 내 하루 쉬고 함께 인터뷰에 응하고 그리고 아이들을 한 두어 시간 돌보다 왔지. 막상 여러 가지 서류와 입양조건을 통보받고 나니 입양이 현실로 확 다가오더라.

거기다 우리 꼬마숙녀 친부와 친모, 그리고 태어난 과정들을 듣고 나니 많이 부담도 된 것도 사실이다. 막상 인터뷰를 마치고 꼬마숙녀를 만났는데 편견과 선입견 없이 잘 키울 수 있을까 하는 의심과 두려움이 확 밀려와 한참 마음이 복잡해지더라.

그동안 잘 키울 수 있다고, 너희 둘이 잘 자랐으니 꼬마숙녀도 잘 자랄 거라고 큰소리쳤는데 나도 모르게 뒤로 주춤주춤 물러나지며 도망치고 싶더라. 앞으로 내가 우리 꼬마숙녀를 입양하면서 얻게 될 기쁨과 보람보다 겪게 될 수많은 번거로움과 고통이 먼저 상상이 되면서 나의 게으름과 이기적인 마음들을 핑계 삼아 그만두고 싶은 생각도 들고 말이야.

이런 엄마의 혼란스러운 마음을 눈치챘는지 집으로 돌아오는 차안에서 아빠가 그러시더라.

"의심과 두려움이 밀려올 때는 그냥 한 발 내딛고 해보는 거야. 그럼 그 의심과 두려움이 사라지겠지. 우리 딸들 잘 자라고 당신과 나 모나지 않게 잘 살고 있으니 꼬마숙녀도 우리 집 오면 밥도 잘 먹고 밝게 자랄 거야."

그런데도 엄마는 그 곱고 귀하게 여겼던 우리 꼬마숙녀의 섬섬옥수와 흰 피부까지 염려가 되더라. 급기야 건강하게 잘 자랄까, 아이가 갖고 있는 특유의 몸과 끼를 잘 발현하도록 도울 수 있을까, 낳아준 부모에게 물려받은 업까지도 내가 잘 감당할 수 있을까 하는 지나친 걱정까지 하고 있더구나. 너와 문정이의 지지와 격려 속에서 한 결정이지만 너희들에게까지 짐을 지워 주는 게 아닌가 하는 염려도 되고 말이야.

입양을 선택하기로 했으면 그에 대한 수고와 대가를 기꺼이 치르겠다고 마음먹으면 쉬울 텐데, 자꾸만 그러고 싶지 않은 마음이 앞서 이렇게 힘든 것일 게다. 그래도 우리 큰딸이 꼬마숙녀를 간절히 원하고 기다려서 엄마도 열심히 서류도 준비하고 또 마음도 결심하려고 한다. 우리에게 다가온 기회를 기쁘게 감사로 받아들이기로 했다. 이런 일을 만장일치로 호응해주는 따뜻한 가족이 있어 진심으로 고맙다.

우리 꼬마숙녀는 18일에 외출을 허가받아 우리 가족과 함께 하루를 보낼 수 있을 것이다. 그 뽀얗고 가는 몸매에 변화무쌍한 새침한 표정을 보면 너도 반할 것이다. 8월 15일이 너와 엄마의 공동 생일이어서 그날 데리고 나와 함께 파티하고 싶었으나 공휴일은 어렵다고 해서 16일에 만나기로 했으니 다음 날로 우리의 생일파티도 미루어야겠다.

큰딸은 방학인데도 학교 기숙사에 있고, 둘째 문정이는 안면도 친구 할머니네 놀러가고, 셋째 꼬마숙녀는 아직 영아원에 있어 엄마는 앞으로 몇 년 간은 갖기 어려울 한가한 휴가를 보내고 있다. 이틀 동안 엄마에게 주어진 이 귀한 시간에 영화도 보고, 책도 읽고, 목욕탕도 가며 신나게 보내려고 한다.

너도 룸메이트이랑 영화도 보고 외출해서 맛있는 고기도 먹겠다더니 잘 진행되고 있겠지? 가끔 그런 일상에서의 탈출로부터 얻는 해방감과 짜릿함을 느껴보는 것도 좋을 것 같다. 암튼 어느 곳에 있든 최선을 다하며 즐겁게 살아가는 우리 큰딸이 엄마는 늘 대견하고 자랑스럽다.

잘 지내고 다음 주 수요일에 반갑게 만나자. 큰딸, 사랑해~.

13-08-03 (토) 10:24
신나고 즐거운 외출이 되길 바라며. 엄마가

오랜만에 깨어 있는 새벽에

자존심 강하고 깔끔했던 외할아버지가 몸의 모든 기능이 쇠퇴하여
본인의 의지와 상관없이 자꾸만 추해지고 그야말로 불가항력의 상
황이 벌어지는 지금, 어떤 마음일까?

사랑하는 기명아.

할아버지가 또 소변을 바닥에 봐버려서 치우고, 씻겨드리고, 기저
귀 채워드리고 이렇게 너와 마주한다. 사람이 산다는 것이, 그리
고 늙는다는 것이 참으로 덧없고 쓸쓸하다는 생각이 든다.

그렇게도 자존심 강하고 깔끔했던 외할아버지가 몸의 모든 기
능이 하나하나 쇠퇴하여 본인의 의지와 상관없이 자꾸만 추해지
고 그야말로 불가항력의 상황이 벌어지는 지금, 당신은 어떤 마음
일까? 다행히 그 마음조차 늙어 가는지 할아버지는 매우 무표정
한 모습으로 당신께서 흘려놓은 오줌과, 얼굴을 잔뜩 찡그린 채
그것들을 닦고 치우는 엄마의 동작을 그저 무심히 지켜보고 있을
뿐이다.

더 다행스러운 것은 엄마가 아직까지는 그런 할아버지에 대한
연민과 사랑이 남아 있어 그나마 담담하게 그 모든 상황을 받아들

이고 있다는 것이다. 만약 할아버지의 대변까지 엄마가 치워야 하는 상황이 온다면 엄마가 할 수 있을지 모르겠다. 어쩌면 엄마도 손들고, 결국 할아버지를 요양병원으로 모셔야 한다고 할 수도 있겠지.

부모가 자식을 낳아 대소변 다 받아내며 키우고, 늙어 다시 아이가 되어 그렇게 자식 앞에서 기저귀를 차고 나타나 '내가 네게 해준 것 같아라.' 하는데 뭐가 그렇게 이유가 많고 탈이 많은지….

부디 엄마가 할아버지 돌아가실 때까지 어떤 상태에 놓여 있어도 은혜 갚는 마음으로 기꺼이 수발할 수 있었으면 좋겠다. 인내도 용기도 필요 없이 아주 자연스럽게 마음에서 우러나와서 말이다.

더운데 공부하느라고 고생이 많지, 우리 딸? 방학인데 집에도 오지 못하고 기숙사로 독서실로 다람쥐 쳇바퀴 돌 듯 오가며 이 더운 여름을 이겨내고 있을 딸을 생각하면 참 대견하기도 하고 안쓰럽기도 하다. 올해 따라 기온도 높고, 습도도 높고, 간헐적으로 소나기를 동반한 태풍까지 몰아쳐 객지에 있는 우리 딸 안위가 늘 염려되는구나. 어쨌든 대한민국 현실이 그래도 아직까지는 대학을 나온 사람을 더 원하고, 그 대학을 가기 위해서는 그에 맞는 자격요건으로 수능을 치러야 하니 네 노고를 알면서도 엄마가 해줄 수 있는 일이 없구나.

네가 살아갈 미래사회는 물론 학벌보다 창조성과 문제해결 능력이 중요할 것이다. 하지만 그래도 지금의 교육 현실을 간과할 수 없고, 네가 하는 공부가 또 그것을 이루는 근간이 되리라고 엄마는 생각한다.

예를 들면, 비록 네가 가진 지식이 쓸모없어지더라도, 그 공부를 하면서 느끼는 깨달음과 성취감, 또 그 목표를 향해 가는 성실성과 끈기 등이 담보되지 않는 한 그 어떤 아이디어도 창조력과 연결되지 않을 것이며 문제해결도 쉽지 않을 것이다.

그래서 엄마는 우리 기명이처럼 그렇게 성실히 자신의 일에 묵묵히 임하는 자세가 어느 사회를 막론하고 필요하다고 본다. 그러니 항상 네 자신에게 자부심을 갖고 스스로를 격려하며 즐겁게 공부하길 바란다. 이제 '교육'에 대한 관심이 많아져 서울에 와 함께 서점에 가보자고 하는 제의도 반갑다. 그렇게 자발적으로 동기부여가 되어서 하는 공부가 진짜 너를 성장시키는 참 공부라고 생각한다.

13-08-11 (일) 06:31
외할아버지를 더 사랑하게 해달라고 기도하며, 엄마가

무더위에 고생하는 딸에게

퇴근한 아빠 옷이 땀 냄새에 절어 있는 것을 보면 많이 고맙고 미
안하고 검소하게 살아야겠다는 생각이 든다.

연일 폭염특보가 내려진 가운데 우리 딸 공부하느라 얼마나 고생
이 많을까? 객지에서 애쓴다, 우리 딸. 그래도 늘 밝게 전화하고
잘 지낸다는 소식 전해 주어서 고맙다.

　엄마가 복이 참 많아, 아빠처럼 정직하고 성실한 사람 만나 너
와 문정이를 낳았다. 요즘에는 너희 아빠를 낳아준 할머니와 할아
버지께도 감사한 마음이 생겨 엄마가 철이 드는가 싶다. 누워 계
신 외할아버지를 보면 사는 것이, 젊다는 것이, 그리고 내 사지육
신으로 돌아다니는 것이 얼마나 귀하고 감사한 일인지 새삼 느끼
고 또 느낀다.

　그러니 첫째도 건강, 둘째도 건강임을 명심하고 잘 먹고, 잘 자
고, 많이 움직이기 바란다. 아토피 치료하러 일주일을 강원도 산
속에서 살다 돌아온 문정이도 이 도심 속 무더위를 무척 힘들어하
는구나.

워낙에 에어컨이나 선풍기를 싫어하고 찬물도 잘 먹지 않을 만큼 더위를 타지 않았던 엄마도 올 여름은 "덥다, 덥다."를 입에 달고 산다.

그래도 아마 이 더위에 아빠만큼 고생하는 사람은 없을 것이다. 퇴근하는 아빠 옷이 땀 냄새에 절어 있는 것을 보면 많이 고맙고 미안한 마음이 든다. 처자식 먹여 살리느라 이 더위에 땀 뻘뻘 흘리며 일하는 것을 생각하면 진심으로 검소하게 살아야겠다는 생각이 든다.

문정이는 강원도 정선에 있는 기림산방에서 수련 잘 마치고 어제 오후에 돌아왔다. 엄마도 보고 싶고, 아빠도 보고 싶고, 언니도 보고 싶고, 학교도 가고 싶고, 심지어 풀 한 포기도 감사하더라고 아주 순한 표정이 되어 말하더라. 그곳 수련이 워낙에 몸을 많이 사용하는 것이어서 나름 힘들었나 보더라. 살도 많이 빠지고 아토피도 많이 나아서 돌아와 얼마나 다행인지 모른다. 그리고 무엇보다 괄목할 만한 변화는 드디어 엄마에게 어머니라고 부르고 존댓말을 쓰기 시작했다는 것이다.

물론 문득문득 옛날 습관이 나와서 반말이 나오지만 존댓말을 쓰려고 노력하니까 저절로 단어도 순화되고 어투도 부드러워지더라. 그곳 수련이 빡센 것 같지는 않은데 자연 속에서 몸으로 하는 수행이어서 그런지 아주 일주일 만에 달라져 와서 엄마는 좀 낯설기도 하고 좋기도 해.

어떤 경험이든 해봐야 한다는 아빠의 주장대로 전혀 다른 세상에 이렇게 한 발 내딛을 때마다 보이는 작은 변화들에 대해 새삼

경이로움을 느낀다.

우리 기명이가 캐나다에 다녀와서, 합스 캠프에 다녀와서 조금씩 조금씩 성장한 것처럼 우리 문정이도 그렇게 건강하고 밝게 변화되어 갈 것이라고 믿는다.

널 만날 날을 기다리고 기다리다 보니 참 시간이 더디 가는 것 같다. 정말 내일모레면 만나는구나. 만나는 날까지 건강하게 잘 지내길 바란다.

13-08-13 (화) 18:09
딸의 안녕과 건강을 위해 기도하며. 엄마가

자연의 질서

폭염과 요란했던 매미소리가 멈추고 이제 아침저녁으로 찬바람이
불고 귀뚜라미가 노래하고 한 치의 오차도 없이 변화하는 자연의
모습에 그저 고개가 숙여질 뿐이다.

사랑하는 기명아, 잘 지내는지?

어젯밤에 허브티를 마셔서 그런지 두 시에 깨고, 네 시에 깨고,
여섯 시에 깨고…. 그렇게 깊이 잠들지 못했다. 일찍 일어나 너에
게 편지하고 싶었으나 옆에서 자고 있는 아빠에게 방해가 될까봐
내내 누워서 큰딸 그리워하고, 꼬마숙녀 생각하고, 다가올 추석
준비물도 떠올리며 밤새 뒤척였구나.

폭염과 그 요란한 매미소리가 멈추고 이제 아침저녁으로 찬바
람이 불고 가을의 전령사 귀뚜라미 노랫소리가 들리는 것을 보니,
때에 맞추어 한 치의 오차도 없이 변화하는 자연의 모습에 그저
고개가 숙여질 뿐이다.

그래, 이렇게 세상의 모든 생물은 다 각자 자기가 맡은 일을 성
실히 해가는 것 같다. 매미는 매미대로, 귀뚜라미는 귀뚜라미대
로, 다람쥐는 다람쥐대로, 사람은 사람대로…. 우리 기명이도 풍

산에서 그렇게 네 할 일 하며 잘 지내고 있겠지?

문정이는 중간고사 열심히 준비하고, 아빠는 우리 꼬마숙녀를 잘 맞이하겠다고 드디어 그 좋아하던 술을 끊으셨다. 그리고 엄마도 매일 아침 6시 30분에 일어나 헬스를 다니고, 오후에는 가능하면 일주일에 3번은 우이천을 산책하면서 세살 꼬마숙녀의 젊은 엄마가 되기 위해 노력 중이다.

그리고 요즘에 엄마는 황석영 씨의 소설을 읽고 있다. 예전 같지 않게 눈도 많이 침침하고 집중력도 떨어져서 정말로 젊어서 열심히 공부하고, 젊어서 책도 많이 읽고, 젊어서 하고 싶은 일 다 해야겠다는 생각이 든다. 손에 잡으면 단숨에 읽어 내려갔던 책을 읽는 데만 한 일주일 걸리고, 그것마저도 주인공이 잘 기억나지 않는 상황이 되면 참말이지 마음이 아득해진다.

그래서 요즘 궁여지책으로 한자를 공부하고 있다. 언어를 공부하면 뇌가 덜 늙는다는구나. 젊어서부터 유창하게 한자를 쓰는 사람이 그렇게 부러웠는데 이제야 하고 싶은 공부를 하는 것이다.

그냥 공부하니까 실력이 안 늘어서 문정이랑 겨울에 한자능력검정시험 3급을 보기로 했다. 2급은 우리 큰딸이랑, 작은 딸이랑 셋이서 겨뤄보는 것이 어떨까? 아무튼 중·고등학교 시절에는 교육받고 훈련하는 시절이니 무엇이든 부지런히 습득해 놓는 게 좋은 것 같아.

돌이켜 생각해 보면 엄마가 알고 있는 영어단어, 한자, 역사지식 등도 다 그 시절에 습득해 놓은 걸 평생 써먹고 있는 것 같아. 그때 뇌의 기억회로가 가장 부지런히 일하는 시기가 아닌가 싶다.

그러니 우리 기명이도 당장 코앞에 닥친 시험이나 수능을 위해서가 아니라 평생 지식을 축적한다 생각하고 재미있게 공부하기 바란다.

13-08-31 (토) 07:46
큰딸을 응원하며, 엄마가

엄마의 임신일기

> 뜻하는 대로 세상일이 다 이루어지는 것도 아니고, 꼭 뜻하는 대로
> 이루어진다고 좋은 것도 아니며, 뜻대로 안 된 것이 나중에 보면
> 오히려 잘된 일이 되기도 한단다.

기명아.

지금 막 문정이가 엄마가 너 가졌을 때 쓴 임신일기를 보며 울고 있다. 왜 우냐고 그랬더니 그냥 감동적이란다. 엄마 아빠가 뱃속에 있는 아기를 생각하는 마음이 너무 애절해서…. 그러면서 왜 자기 가졌을 때는 임신일기를 안 썼냐고 그런다. 정말 문정이는 감수성도 풍부하고 공감 능력이 대단한 아이인 것 같아.

엄마가 너 가졌을 때 그 상황, 분위기, 극진한 사랑을 다 이해하는 것 같더라. 그래 그때 정말 널 뱃속에 담고 엄마는 많이 행복하고 많이 애달프고 많이 간절했었지. 그것은 말과 글로 다 표현되지 못한 것들인데 문정이가 느꼈나봐. 우리가 한 몸이었다가 이렇게 떨어져 살 줄이야 어디 꿈엔들 알았을까? 생각하니 마음이 찡하고 또 네가 많이 그리워지는구나. 모든 것이 운명이고, 그리고 하늘의 뜻인 것만 같구나.

사랑하는 큰딸.

아침저녁으로 쌀쌀한데 감기에 걸리지 않게 체력관리 잘하고 있겠지? 네가 아주 체력이 약한 것은 아니지만 그렇다고 강철 체력은 아니니 부디 규칙적으로 잘 시간에 자고 일어날 시간에 일어나 삶의 리듬을 깨뜨리지 않기를 바란다.

야영 가서도 캠프에 가서도 괜히 분위기에 휩쓸려 밤새워서 며칠씩 고생하지 말고 일찍 자야 한다. 그리고 비타민 꼬박꼬박 먹고, 반찬도 먹고 싶은 것만 먹지 말고 골고루 먹어야 한다. 초가을이라 포도도 맛있고, 천도복숭아도 맛있어서 우리 딸 생각이 간절하다.

'플레이그라운드' 동아리 견학이 재미있고 유익했다니 나도 뿌듯하다. 가서 보고 배운 것도 많았겠지만 엄마가 듣기에 선배들과의 대화시간이 가장 너에게 도움이 되었을 것 같다. 너도 너 자신을 잘 파악하고 잘 표현한 것 같고 선배들도 정말 적절하게 대답을 해준 것 같더라. 엄마가 늘 말하지만 너무 잘하려고 하지 말고 그냥 해라. 인간관계든 일이든 너무 완벽하게 하려고 하면 너 자신도 힘이 들지만 상대방도 부담스러울 수가 있단다. 여유 있게 좀 느긋하게…. 알겠지?

그리고 우리가 뜻하는 대로 세상일이라는 것이 다 이루어지는 것도 아니고, 꼭 뜻하는 대로 이루어진다고 좋은 것도 아니며, 뜻대로 안 된 것이 나중에 보면 오히려 잘된 일이 되기도 한단다. 그러니 다 내려놓고 하늘의 뜻에 맡기는 것이 가장 현명한 삶이다.

열심히 최선을 다하되 결과가 어떻게 되든 겸허히 받아들여야 한다는 뜻이다. 그럴 때 감사의 삶을 살 수 있다. 잘 돼도 감사, 못 돼도 감사, 주신 것도 감사, 안 주신 것도 감사…. 그렇게 지금 현재에 감사할 때 진심으로 행복한 사람이 되는 것이 아닌가 싶다.

그 잔인한 여름이 지나고 산들산들 바람이 부니 엄마 맘도 살랑살랑한다. 그래서 당장이라도 풍산에 달려가고 싶을 만큼 우리 딸이 많이 보고 싶다. 추석에 만나 시골 가면서 우리 많은 이야기 나누자꾸나. 사랑한다. 큰딸!!!

13-09-04 (수) 01:00
기명이가 무지 보고 싶은 엄마가

입양교육

지금껏 여러 종교를 공부하며 결국 이 모든 것이 신을 찾는 과정이
아니라 나를 찾는 과정임을 깨닫는다. 모든 것이 하나로 연결되어
있음을 이해하고 있는 중이다.

기명아.

오늘 아침 9시부터 6시까지 입양교육을 받았다. 긴 시간 책상에
앉아 강의를 듣는 게 힘들더라. 우리 딸 하루 종일 공부하느라 얼
마나 힘이 들까 짐작이 가더라만 아빠 말대로 넌 젊고 습관이 되
어서 괜찮을까?

입양교육은 오전에는 육아와 아동심리에 관해 배웠고 오후 시
간에는 입양가족의 간증을 들었다. 아이를 못 갖는 부부가 2명을
입양해 훌륭하게 키우는 모습도 아름다웠지만 아들 딸 둘을 키우
며 셋을 입양해 키우는 엄마도 참 대단하더라.

그런데 그 두 엄마의 공통점은 정말로 얼굴이 밝고 행복해 보이
더라는 것이다. 입양된 자기 아이들의 이야기를 하며 눈빛이 반짝
반짝 빛나더라. 그 모습을 보니 엄마도 엄청나게 꼬마숙녀가 보
고 싶더라. 내 품 안에 안기는 순간 부모자식으로 딱 하나가 된다

는 느낌이 막연하게 이해가 가더라. 지금은 비록 의심과 두려움이 있지만, 정말로 꼬마숙녀가 우리 집으로 오는 순간 엄마는 최고로 현명하고 지혜롭고 따뜻한 엄마가 될 것 같은 자신감이 생기더라.

그리고 입양하는 사람들 가운데 크리스찬이 많은 것도 인상 깊었다. 예수의 사랑을 몸소 실천하는 참 믿음의 사람들인 것 같았다. 아무리 기독교가 썩었다는 둥 어떻다는 둥 해도 남을 돕고 사랑하는 일에 늘 앞장서서 하는 기독교인들을 보면, 그래도 교회가 하는 일이 참 크다 싶다.

종교인의 역할에 대해 다시 한번 생각해보게 된다. 엄마가 지금은 교회를 성실하게 다니지 못하고 있지만, 늘 기독교 정신과 예수님의 사랑은 잘 기억하고 간직하려고 노력한다.

요즘 아빠와 엄마는 상계동에 있는 가을 불교대학에 입학해 1년여 부처와 불교에 대해 공부하고 있다. 물론 엄마의 종교는 변함없이 기독교이다. 그냥 불교는 엄마에게는 오래전부터 부처의 사상과 이론을 공부하고 싶은 학문 같은 것이었다. 기회가 되어 공부해보니 종교라기보다는 정말로 마음공부에 더 가깝더구나.

아빠가 술을 끊고 열심히 기도하고 정진하는 것을 보니 엄마는 많이 감사하다. 습관을 불교에서는 업식이라고 하는데, 아빠가 몇십 년에 걸쳐 몸에 밴 업식에서 벗어나고자 애쓰는 모습이 참 존경스럽다.

엄마는 지금껏 여러 종교에 대해 공부하며 결국 이 모든 것이 신을 찾는 과정이 아니라 나를 찾는 과정임을 깨닫는다. 모든 것이 하나로 연결되어 있음을 이해하고 있는 중이다. 이런 열린 마음을 갖게 된 것이 감사하구나. 사랑한다, 우리 딸.

13-09-15 (일) 21:57
우리 가족 다섯 명의 건강을 위해 기도하며. 엄마가

한가위 보름달

달빛에 비춘 황금들녘이, 옹기종기 모여 있는 시골 마을이, 길
가 미루나무가, 부드러운 산등성이가 또 얼마나 평화롭고 아름
답던지.

우리 딸, 추석을 지내고 또 훌쩍 갔구나.

엄마는 시골서 음식 준비하느라, 너는 독서실에서 공부하느라 서로 얼굴 마주할 새도 없이 그렇게 후다닥 연휴가 흘러가 버렸다.

마음은 우리 딸과 함께 있고 싶고, 또 딸 좋아하는 음식도 해주고 싶은데 그저 시골만 가면 엄마는 부엌에서 헤어 나올 길이 없다. 아직 엄마는 며느리의 역할이 엄마의 역할보다 더 커서 말이야.

그래도 우리 딸 밤마다 볼 수 있어서 좋았다. 독서실에서 공부하는 너를 데리러 가는 그 길이 꼬불꼬불 울퉁불퉁했지만 그래도 우리 딸 만난다는 생각에 설레기만 하더라. 생각해보니 그런 낭만이 없더라. 우리가 시골에 있던 3일 내내 둥근 보름달이 얼마나 밝고 예쁘게 떠 있던지. 그 달빛에 비춘 황금들녘이, 옹기종기 모여 있는 시골 마을이, 길가 미루나무가, 부드러운 산등성이가 또 얼마나 평화롭고 아름답던지. 엄마는 그런 가을날 고향의 모습만

봐도 참 가슴이 뭉클해진단다. 그 고향 땅에서 한가위 음식준비를 다 마치고 너를 데리러 가는 길이 얼마나 가슴 먹먹하게 행복하던지. 그 사소한 일상이 얼마나 귀하고 또 감사하던지….

그렇게 3일을 보내고 서울에 와서 넌 또 독서실로 향했지. 시골 고모들이랑은 독하다고 했지만 엄마 맘은 바라보는 내내 네가 짠했다. 하지만 한편으로는 네가 많이 자랑스러워. 자발적으로 네가 자신의 삶을 책임지며 살고 있다는 생각이 들어서 말이야. 엄마는 늘 생각으로는 열심히 최선을 다해서 살고 싶은데 그렇게 실천하지 못하는 경우가 많았거든.

농사꾼은 봄에는 밭에 나가 씨를 뿌리고, 여름에는 김을 매고 그래야 가을에 추수를 할 수 있다. 그런데 어리석은 자는 놀 때 다 놀고 가을에 저절로 추수가 되기를 바란다. 그리고는 내 논밭엔 아무것도 없다고 원망하고 억울해한다.

엄마의 나이 40대 중반은 이제 막 추수를 시작하는 가을의 시작에 해당되는데 10대, 20대, 30대를 그렇게 최선을 다해서 매진하지 않았기 때문에 엄마가 일에 있어서는 소출이 없는 것 같아 가끔 후회가 되기도 한단다. 씨 뿌리지 않고 김도 매지 않았던 지난 봄과 여름의 게으름과 무지에 대해….

그렇다고 엄마의 삶 전체가 잘못되었다고 생각하지는 않아. 왜냐하면 훌륭한 남편과 두 딸이 엄마의 삶을 빛나게 해주기 때문이지. 단지 너를 보고 있으면 그 열정과 그 성실함이 참 질투 날 정도로 부럽다. 엄마에게 없는 것, 그래서 간절히 갖고 싶은 것을 우리 딸이 갖고 있어서 뿌듯하기도 하고 말이야.

기명아.

너를 통해 엄마는 이렇게 또 한 인생을 배운다. 우리 딸이 그렇게 불철주야 열심히 살고 있으니 엄마도 단 1분도 허투루 쓰지 않고 최선을 다해 살게. 너를 지켜보며 엄마 많이많이 다짐하고 결심하게 된다. 그렇게 내 딸 기명이가 또 엄마를 키우는구나. 엄마 딸로 이 땅에 나타나 주어서 정말 고마워.

13-09-24 (화) 22:04
기명이의 열정이 부러운 엄마가.

열일곱, 엄마의 가을

> 그렇게 엄마는 사춘기의 가을을 견디고, 그 뒤 또 많은 사연의 가을을 보내고, 그 어느 때보다 힘을 내서 마흔 다섯의 가을 강을 건너고 있다.

사랑하는 큰딸.

오늘 아침부터 내내 가을비가 보슬보슬 내리더구나. 이 비가 끝나면 날이 많이 쌀쌀해지겠지.

우리 딸 중간고사를 앞두고 공부하느라 많이 힘들지? 가까이서 간식도 챙겨주지 못하고 함께 얘기 나누지도 못해서 많이 아쉽다.

전화로 엄마 보고 싶다고 하고, 외롭다고 하고, 힐링이 필요하다고 하는 걸 보면 우리 기명이도 가을을 타는 게 분명한데 엄마가 해줄 수 있는 일이 없구나. 그렇게 쓸쓸하게 가을을 견디고 나면 또 분명히 많이 성숙해 있을 거야.

'엄마는 고등학교 1학년 때 가을을 어떻게 보냈을까?'

엄마는 중·고등학교 6년을 자전거로 통학했는데 가을이면 신작로에 코스모스가 장관을 이루곤 했단다. 엄마는 제법 자전거 타는 솜씨가 수준급이라 그 울퉁불퉁한 신작로를 달리면서도 한 손으로는 핸들을 잡고 한 손으로는 키 큰 코스모스를 꺾으며 오갔다. 어제는 하얀 코스모스만, 오늘은 분홍코스모스만, 그리고 다음날은 붉은 코스모스만 꺾어 한 묶음씩 좋아하는 국어선생님 책상 위에 아침 일찍 몰래 갖다 놓기도 했고, 집으로 가져와 책갈피에 꽂아 예쁘게 말리기도 했었지.

뿐만 아니라 엄마 고향 곡성은 평야지대라 가을이면 늘 누렇게 익은 벼들로 황금물결이 출렁였는데, 해질녘이면 저 멀리 저녁노을이 눈물겹도록 아름답게 타오르기도 했다. 정말 석양의 그 붉은 노을은 그 불타는 빛깔만 보며 죽어도 좋겠다고 할 만큼 감동적으로 아름다웠다.

그렇게 가을이 무르익어 가면 추수한 들녘에 볏단이 쌓이고 날도 쌀쌀해져서 참으로 고독이니, 쓸쓸함이니 하는 가을을 대표하는 단어들의 의미가 저절로 깨우쳐지는 풍경이었지.

집으로 돌아오면 늦둥이라, 형제자매는 다 객지에 나가 없고 늙은 아버지와 좀처럼 편안해지지 않는 새엄마 사이에서 나는 또 혼자였다. 밤새 낙서를 하고, 책을 읽고, 그리고 음악을 들으며 가끔 이불을 뒤집어쓰고 울었던 기억이 난다. 그렇게 엄마는 사춘기의 가을을 견디고, 그 뒤 또 많은 사연의 가을을 보내고, 그 어느 때보다 힘을 내서 마흔다섯의 가을 강을 건너고 있다.

네가 옆에 없어서 더 많이 기도하게 되고, 더 많이 겸손해지려고 노력하면서 말이다. 내가 행복해야 네가 행복하고, 내가 평화로워야 너도 평화로울 것 같아, 더 많이 웃고 더 많이 잘 먹고 또 더 많이 일하고 움직이려고 노력한다.

그리고 더 많이 좋은 생각하고, 더 많이 책도 읽고, 더 많이 쓰려고 한다. 우리는 하나로 연결되어 있으니 나의 이 에너지가 너에게 전달되어 네가 이 가을을 잘 느끼고 사랑하며 아름답게 보내길 바라는 마음에서다.

다행인 것은 네가 사는 풍산 주변에 가을 들녘이 있고, 가을 산이 보이고, 그래서 네가 가을의 냄새를 맡고, 가을의 풍경을 보고, 가을의 소리를 들을 수 있다는 점이다. 아무리 바빠도 누렇게 익은 벼도 보고, 붉게 물들어가는 단풍도 보고, 그리고 맑고 드높은 가을 하늘도 쳐다보며 다시 못 올 열일곱 풍산에서의 가을을 실컷 느껴보기 바란다.

엄마처럼 네가 도시가 아닌 농촌에서 아름다운 감수성을 키울 수 있어 얼마나 감사한지 모른다. 그렇게 우리 감사하며 이 가을 잘 느끼자. 잘 지내 우리 딸!

13-09-29 (일) 22:39
우리 딸이 열일곱 가을을 실컷 느끼길 바라며. 엄마가

두 남자, 마광수와 유시민의 자서전

그 두 남자가 자신의 숙명을 그렇게 긍정하고 받아들였기 때문에
그들 앞에 뜻밖에 새로운 길이 나타나지 않았을까?

늘 사회적으로 이슈를 몰고 다녔던 두 남자의 자서전을 읽고 느껴
지는 감회가 새로워 몇 자 적는다. 월계1동 마을문고에 무라카미
하루키의 소설을 빌리러 갔다가 우연히 내 눈에 띄어 추석 전후해
서 읽었던 책이다.

『나는 야한 여자가 좋다』, 『가자 장미여관으로』 등의 야한 소설
을 써서 감옥에 투옥되기까지 했던 연세대 국문과 마광수 교수의
『나의 이력서』가 그 한 권이고, 다른 한 권은 젊어서 운동권으로
감옥에 가고, 한때는 100분 토론을 진행하기도 했으며, 『거꾸로
읽는 세계사』 등을 쓴 작가였다가 국회의원과 보건복지부 장관까
지 지냈던 유시민 씨의 『어떻게 살 것인가』가 그것이다.

마광수 씨는 지금 60대 중반이고 유시민 씨는 50대 중반이다.
딱히 자서전이라고 되어 있지는 않지만 어린 시절부터 현재까지
살아온 인생의 이야기가 서술되어 있고, 자신의 신념과 철학이 담

거 있으며, 죽음을 준비하는 과정이 담겨 있으니, 나는 그 책들을 자서전이라고 하는 게 맞다고 생각한다.

그런데 그 둘의 책은 참 다르면서도 닮았다. 그 두 사람은 각각의 자리에서 이방인 같은 존재였다. 마광수 씨는 유능한 국문과 교수였으면서도 소위 교수답지 못하다고 늘 학계나 문학계에서 왕따였다. 유시민 씨 역시 타협과 거짓이 난무하는 정치계에서 늘 눈치 없이 홀로 바르고자 했던 아웃사이더였다.

그러나 마광수 씨가 손톱이 길고 화장을 진하게 하는 야한 여자를 좋아하고 너무 시대를 앞서 산 쾌락주의 예술가였다면, 유시민 씨는 야학을 하고 노동운동을 하다 야당 국회의원이 되어 세상을 뒤집어 업고 싶었던 골수 진보주의자였다. 그래서 그들의 문체도 문장도 어휘도 많이 달랐다.

마광수 씨의 『나의 이력서』가 오냐오냐 자라 천방지축이지만 여린 외동아들의 글처럼 느껴진다면 유시민 씨의 『어떻게 살 것인가』는 동생 여럿을 거느린 의젓한 큰형이 진지하게 지나온 삶을 되돌아보며 쓴 글 같다.

유시민 씨보다 무려 10살 정도나 많지만 마광수 씨의 글이 재미있는 그림까지 그려져 있어 훨씬 젊고 자유롭다. 반면 유시민 씨의 글은 짜임새 있고 감수성도 풍부하고 사유의 깊이가 느껴진다. 그렇게 다를 뿐이지 비교우위를 논하는 것은 참으로 어리석은 일이라고 생각한다. 그렇게 다 나름의 재미와 장점이 있다.

하지만 그들의 글에서 추구하는 공통점이 있었다. 그들은 둘 다 자기만의 삶을 추구하고 있다는 것이다. 마광수 씨는 "세상 사람들이 다 인정하는 '둥글게 세상을 살아가는 법'에 점점 더 강한 의문을 품게 되었다. 그래서 우선 아쉬운 대로 '있는 그대로'의 나 자신을 받아들이기로 했다."고 쓰고 있다.

유시민 씨 역시 정치를 떠나 글 쓰는 작가로 돌아온 이유가 "내 인생의 남은 시간 동안은 내가 원하는 삶을 살고 싶어서다. 품격 있고 행복한 인생의 비결은 하고 싶은 일을 열정적으로 하면서 즐겁게 놀고 뜨겁게 사랑하는 것이다."라고 말한다.

이제 그들은 자신들이 갖고 있던 명예와 야망을 버리고 그냥 평범한 글쟁이로 돌아왔다. 그리고 여태까지 누리지 못했던 마음의 평화와 삶의 기쁨을 누리고 있다. 뜻밖에 자신에게 다가온 행운이든 불행이든 다 운명으로 받아들이고 순응하면서….

사실 삶에는 인과관계를 찾아 합리적으로 설명할 수 없는 일들이 너무나 많다. 마광수 씨는 그때그때 일어나는 생의 변화가 이미 작정된 것이라고 생각하고 하늘의 섭리로 받아들여야 한다고 했으며, 유시민 씨도 내 선택으로 바꿀 수 없는 것은 주어진 환경을 받아들이는 것이 최선이라고 했다. 자신의 숙명을 그렇게 긍정하고 받아들였기 때문에 그들 앞에 뜻밖의 새로운 길이 나타나지 않았을까? 그들이 살아온 여정을 들여다보며 알아차린 사실이다.

기명아.
엄마의 독후감이 장황했지? 너에게 조금 어려울 수 있겠으나 결론을 말하자면, 그냥 자기가 원하는 삶을 살고, 그리고 행운이든 불행이든 설명할 수 없는 상황이 닥쳐도 좌절하지 말고 받아들이라는 것이 핵심이다. 오랜만에 책을 읽으며 참 뿌듯한 시간을 가졌다. 그리고 내가 사실은 너무 좋아했지만, 한편으로 싫어했던 두 남자, 마광수와 유시민을 깊이 이해할 수 있는 시간이어서 더 좋았다.

　이렇게 엄마는 이 가을을 아픈 외할아버지와 함께 두문분출하고 책과 깊이 사귀어보려고 한다. 너도 시험도 끝났으니 책 많이 읽고 많이 사색하는 깊은 사람 되거라. 사랑해, 큰딸.

13-10-01 (화) 22:23
주거리주거리 말이 많아진 엄마가

생로병사가 다 하늘의 뜻임을

너무 성공에 연연해서 자신을 잃어버리고 살아서도 안 될 것 같고,
남에게도 좀 더 많이 베풀고 더 많이 사랑하며 살아야 될 것 같다.

사랑하는 기명아.

시험이 끝나도 두드러기로 성가실 널 생각하니 참 많이 마음이 안
좋다. 아마도 중간고사 때문에 네 몸과 마음이 많이 지쳐 있었던
모양이다.

하지만 지금 네가 겪는 많은 고난들이 나중에 훌륭한 자산이 되
어 널 강하고 지혜롭게 하리라 믿는다. 요즘 가끔 유튜브로 법륜
스님의 강의를 듣는데 어떤 청년으로부터 "스님은 어떻게 그렇
게 많이 아느냐?"는 질문을 받았을 때, "고생을 많이 하면 많이 안
다."고 한마디로 일축하시더라.

고생을 많이 해서 폐인이 된 사람도 있고, 고생을 많이 했기에
세상사에 통달한 사람이 있다. 즉, 고생을 많이 한다고 반드시 지
혜로워지는 것은 아니지만, 그러나 고생을 많이 하면 지혜로워질
수가 있단다. 고생을 많이 했다는 것은 결국 온갖 풍상을 겪었고,

수많은 실패를 겪었다는 말이다. 그래서 스님은 자신의 가장 큰 자산은 '실패'라고 단호히 말씀하시더라. 실패를 해야 진짜 경험이 된단다. 그래서 그 경험이 쌓여야 지혜롭고 도통한 사람이 되는 것이겠지.

요즘 할아버지가 많이 안 좋으시다. 미즈노 남보꾸라는 일본 관상가가 "사람은 식食이 다하면 죽는다."고 하더니 정말로 할아버지는 매일매일 드시는 음식량이 현격하게 줄고 있다. 피골이 상접한 할아버지의 모습을 대하는 게 마음이야 아프지만 이제 엄마도 엄마의 형제들도 할아버지의 임종을 받아들이고 있다. 그저 편안하게 천국 가실 날만을 기다리고 있다는 표현이 맞겠다.

지금 일단 식사를 잘 하지 못하신다. 미음이나 우유와 두유로 연명하셨는데 그나마도 드시지 않으려고 하는구나. 그런데 할아버지의 의식은 그 어느 때보다 명료하고 맑으시다. 엄마를 바라보는 눈도 깊고 표정도 순하다.

할아버지의 지나온 삶을 돌이켜보니 참 파란이 많았구나. 아내를 먼저 하늘나라에 보내고 큰 아들까지 앞세웠으니 결코 행복한 인생은 아니었던 것 같은데, 그때그때 할아버지는 최선을 다해 사신 탓인지 후회와 미련이 없어 보인다.

그래, 할아버지는 늘 근검절약하며 열심히 농사를 지었고, 술 먹고 주정을 부린 적도 없었으며, 남에게 해를 입힌 적도 없었다. 자식들에게도 그만하면 모범인 아버지였다. 가끔 산에서 나는 열매를 가지째 꺾어와 엄마에게 던져 주던 낭만적인 분이기도 했다.

그런데 할아버지는 지금 질긴 목숨을 원망하며 돌아가시기만을 학수고대하면서 하루하루 힘들게 보내시는 것만 같다. 오늘은 죽을 떠먹여 드렸더니 싫다고 하시며 "얼른 가고 싶다."고 하시더라. 사람은 모든 일을 다 자기 의지대로 할 수 있지만 태어나고 죽는 일만큼은 자기 뜻대로 할 수 없는 것 같다.

　'인명은 재천'이라는 말이 어떤 말인지 엄마는 실감하고 또 실감한다. 할아버지가 이도 없는 잇몸이 아프다고 자꾸 볼을 만지고 식사를 거부하실 때는 정말 할아버지가 편히 가실 수 있었으면 좋겠다는 생각이 들기도 한다. 먹지도 못하고, 걷지도 못하고, 그야말로 숨만 붙어 있는 목숨이 얼마나 구차스러울까 싶다. 흔히 노인들이 "얼른 죽고 싶다"는 말이 거짓말이라고 하는데 외할아버지 모습을 보면 딱히 그런 것 같지도 않다.

　할아버지의 인생이야말로 많은 고난과 실패의 연속이었다. 사회적으로는 일제치하와 6.25를 겪었고, 개인적으로는 많이 가난했고 또 무식해서 서럽게 사셨다. 이제 90이 다 된 할아버지가 이 세상에 두고 갈 것은 우리 가슴속에 남은 기억뿐이다. 인생이 이렇게 허망한데 왜 그렇게 아웅다웅 부질없는 것에 목숨 걸고 사는지 모르겠다.

　엄마가 할아버지 곁에 있으니 이 가을 자꾸만 염세주의자가 되어가는 것 같다. 너무 성공에 연연해서 자신을 잃어버리고 살아서도 안 될 것 같고, 남에게도 좀 더 많이 베풀고 사랑하며 살아야 될 것 같다.

　기명이도 더 여유롭게 더 많이 사랑하며 더 즐겁고 가볍고 재미나게 세상을 살기를 바란다. 그래야 몸도 마음도 건강하게 살 수가 있다. 이 가을 외할아버지가 편안하게 천국에 가실 수 있도록 우리 딸이 기도해 주길 부탁한다.

13-10-02 (수) 12:41
기명이의 두드러기가 낫기를 바라며. 엄마가

오늘의 감사

"아직 남은 손가락이 있어서 단추를 잠글 수 있구나. 입이 있어 밥은 먹을 수 있구나. 눈이 있어 볼 수도 있구나."

할아버지가 설암 진단을 받고 급기야 노인요양 전문병원으로 가시고, 우리 기명이의 마음에 작은 폭풍우가 일어 함께 힘들고 아프고….

참 많은 일들이 10월과 11월 초에 있었구나. 눈앞에 앓아누워 계시는 할아버지에게 마음이 더 가서 너에게 소홀한 점 미안하게 생각해! 그래도 늘 자나 깨나 네 생각하며 너를 위해 기도하고 축복했다. 요 며칠 6개월 동안 안방 침대에 누워 계시던 할아버지가 안 계시니 허전하고, 쓸쓸하더라.

사는 것이 무엇인가 싶기도 하고, 이것저것 다 부질없다 싶기도 하고 말이야. 그런데 그렇게 우울하게 며칠 보내고 났더니 이렇게 또 마음의 여유가 생기는구나. 사람은 참 쉽게 익숙해지는 존재라 그 침대에 누워 텔레비전도 보고 잠도 자면서도 병원에 누워 인공호흡기에, 콧줄에 묶여 꼼짝 못하고 누워 계시는 할아버지가 잊혀

져가는구나.

　큰딸, 힘들지? 이를 교정해 잘 씹어 먹지 못하니까, 위도 탈나고
장도 탈나고, 그래서 더 예민하고 힘들 텐데 그걸 견디고 사느라
얼마나 고생이 많을까 싶어 엄마가 마음이 짠하다. 중간고사 끝나
고 집에서 학교 다니고 싶다고 전학을 생각하며 괴로워하던 네 입
장을 깊이 헤아려주지 못해 미안해.

　서울 친구들 만나 얘기 듣고, 선배랑 얘기 나누고, 심사숙고하
더니 조용히 그 마음을 철회하는 것을 보고 엄마는 그저 안도하며
가슴만 쓸어내렸구나. 어디가나 대한민국 고등학생은 힘들 거라
는 게 엄마 생각이었고, 또 요령을 피우면 나중에 더 큰 대가를 치
르게 되는 경우를 엄마는 살면서 참 많이 경험했거든. 그렇게 인
내하는 시간이 널 더욱 성숙시키리라는 것이 엄마의 확신이었다.

　그런데 이번에 병원 가서 너의 몸 상태를 듣고는 참 많이 갈등
하게 되더라. 어차피 우리의 삶에 무슨 정답이 있겠느냐. 다 살자
고 하는 일인데 건강부터 살펴야 하는 게 아닌가 하고 말이다. 그
러니 기말시험 끝나고 진지하게 너의 진로를 함께 고민해 보자.
정말로 네가 원하는 삶이 무엇인지, 어느 것이 널 행복하게 하는
지 깊이 생각해 보자.

　기명아.
　『지선아 사랑해』를 쓴 작가 김지선 씨 알지? 교통사고로 전신화
상을 당하고도 꿋꿋하게 자신의 삶을 사랑하며 여러 사람에게 간

증하고, 책도 쓴 아름다운 그 여인 말이야. 그분의 그 엄청난 불행과 고통을 견디게 해준 것이 날마다 한 가지씩 감사한 것을 적어보는 것이었다는구나.

"아직 남은 손가락이 있어서 단추를 잠글 수 있구나."
"입이 있어 밥은 먹을 수 있구나."
"눈이 있어 볼 수도 있구나."

그렇게 하나씩 감사할 거리를 찾다 보니 자신이 살아 있는 것만으로도 감사하더래. 그리고 늘 감사하니까 진짜로 감사할 일이 자꾸 생기며 행복이 찾아오더란다. 그래서 엄마도 오늘부터 감사한 일을 하루에 하나씩 적어나가 보기로 했다.

요즘 엄마가 자꾸만 매사에 부정적이고 자신감이 없어지고 있거든. 얼른 추락한 자신감을 끌어올려 딸들에게 당당한 엄마가 되어야지. 너도 날마다 엄마랑 같이 감사한 일을 하나씩 적어보지 않을래?

13-11-12 (화) 19:50
첫눈 오는 날 딸을 그리워하며. 엄마가

가장 위대한 사랑

사람이 죽을 때 하는 가장 많은 후회가 바로 '내가 원하는 삶이 아니고 남들이 나에게 기대하는 삶만 살았던 것'이라고 한다.

생각해 보니까 우리 딸 말대로 너에게 편지 쓰는 시간이 엄마에게는 힐링의 시간인가 보다. 너와 마음을 나누기 때문이기도 하고, 엄마가 글을 쓰고 있는 시간이기도 해서 그런 게 아닌가 싶다. 오늘은 바빠서 밀린 신문을 한꺼번에 읽으며 같은 주제의 글이 있어 너에게 나누고 싶어 이렇게 글을 쓴다.

하나는 「가장 위대한 사랑」이라는 제목의 혜민 스님의 글이고, 다른 하나는 프랑스 작가 베르베르의 인터뷰 기사다. 너도 신문에서 혹 읽었을지 모르겠다.

'가장 위대한 사랑'이란 무엇일까? 그것은 연인간의 사랑도 부모자식간의 사랑도 아닌 바로 '자기 자신을 사랑하는 것'이란다. 그런데 어떻게 하면 나 자신을 사랑할 수 있을까? 혜민 스님은 '있는 그대로의 나를 받아들이는 것'이 가장 중요한 첫걸음이라고 말한다. 어릴 때부터 세뇌당한 '이렇게 살아야 옳다' 하는 기준에 이끌리지 말고 자기 자신을 이해하고 사랑하라고 한다.

"사람이니까 실수하는 거야, 그 기준은 나에게 물어보지도 않고 정해 놓은 거잖아. 나는 그 기준들보다 지금의 내 삶이 더 소중해."

다음으로 내 안에서 무엇을 필요로 하고 진정으로 무엇을 원하는지 귀 기울이고 실천해야 한단다. 사람이 죽을 때 하는 가장 많은 후회가, 바로 내가 원하는 삶이 아니고 남들이 나에게 기대하는 삶만 살았던 것이라고 한다. 너무 늦게 후회하지 말고 내가 하고 싶은 일을 눈치 보지 말고 해야 한다.

마지막으로 남들이 나에게 지나치게 무엇인가를 요구할 때 가끔은 "미안하지만 안 돼!"라고 말할 줄 알아야 한단다. 특히 평소 착하다는 말을 많이 들었던 사람일수록 자신의 능력이나 심리상태를 무시하고 무조건 남의 요구만 들어주다 결국 감당 안 되는 순간에 우울해지고 무기력해지는 경우를 자주 보게 된다.

내가 있으니 상대도 있는 것이다. 자신을 존귀하게 여길 줄 아는 사람이 남들도 존귀하게 여길 줄 안다는 것이 혜민 스님 글의 핵심이다.

베르베르의 인터뷰 기사 제목은 "남을 사랑하되 나를 먼저 사랑해야 더 행복합니다."이다. 베르베르는 『나무』, 『개미』로 유명한 소설가인데 『제3의 인류』라는 신작 소설을 들고 한국을 찾았다.

그는 "누구든지 자신 고유의 내면세계를 갖는 것이 중요하다. 사람들이 불행해지는 가장 큰 이유는 자신에게 필요한 것을 망각하고 남들만을 위해 살기 때문이다. 오히려 사람은 자기 자신을 사랑하는 것보다 타인을 사랑하려는 경향이 더 짙다. 자기 자신을 행복하게 하려는 시도는 거의 하지 않는다. 남들을 만족시키기에 앞서 내가 원하는 것이 무엇인가를 먼저 생각해야한다."고 했다.

엄마가 요즘 정말로 나 자신을 사랑해 주어야겠다고 많이 생각한다. 자꾸만 나의 실수를 자책하고, 나의 능력에 대해 회의를 느끼다 보니 너무 자존감이 낮아져서 행복하지 않게 되더라. 그래서 윗글들을 읽고, 엄마 자신을 있는 그대로 받아들이고 사랑하기로 했다.

"휴게소에 가방을 두고 올 수도 있지. 인간이니까 실수도 하는 거야."

그렇게 위로하며 말이다. 그러니 너도 네가 혹 실수하더라도, 네 모습이 맘에 들지 않더라도, 늘 널 위로하고 사랑하는 사람이 되길 바란다. 우리 그렇게 날마다 위대한 사랑을 해나가도록 하자.

13-11-19 (화) 20:43
추운 날 따뜻한 사랑을 보내며, 엄마가

새벽녘 바람 부는 풍경을 바라보며

> 그곳 풍산도 이렇게 바람이 세게 불고 있는지, 우리 큰딸이 살고
> 있는 기숙사 안에도 이렇게 무서운 바람소리가 들리는지, 혹 기숙
> 사 안이 춥지는 않은지…

사랑하는 기명아.

새벽녘 요란한 바람 소리에 저절로 눈이 떠졌다. 베란다 창밖으로
보니 관리사무실 태극기가 아주 심하게 흔들리고 나무들도 아주
심하게 춤을 추고 있더구나. 바닥에 나뭇잎들도 어찌나 어수선하
게 흩날리며 날아다니던지 정말 한바탕 난리가 난 것 같았다.

　이럴 때 엄습해오는 불안, 공포가 나를 잠시 동안 움츠리게 했
다. 그리고 바로 생각나는 우리 큰딸, 그곳 풍산도 이렇게 바람이
세게 불고 있는지, 우리 큰딸이 지내고 있는 기숙사 안에도 이렇
게 무서운 바람소리가 들리는지, 혹 기숙사 안이 춥지는 않는지
엄마는 내내 걱정이더라. 그렇게 새벽 4시쯤 일어나 엄마는 책도
읽히지 않고 좀처럼 잠도 들지 않아 뒤척거리다 아침을 맞았다.

　가까운 병원에서 치과치료를 잘 받았다니 다행이구나. 그 작은
읍에 있는 치과의사가 잘할까 걱정했으나 너에게 친절하게 질문

도 하고 치료도 잘 해주었다니 다행이다. 엄마도 어려서 곧잘 체해서 읍내에 있는 의원에 가서 치료를 받곤 했는데, 우리 딸이 엄마가 느꼈던 것들을 느꼈을라나 싶기도 하고 문득 어린 시절 생각이 나서 가슴이 따뜻해지더라. 그렇게 다양한 경험을 하고 다양한 사람을 만나고 네 나이에 흔치 않는 일들을 겪고 있으니 우리 딸은 아마 날마다 날마다 크게 성장하고 있을 것이다.

네가 서울에 살았었더라면 절대 알지 못할 삶의 신비와 희로애락을 아마 더 깊고 크게 느끼고 있으리라고 믿는다. 엄마가 가까이에서 돌보아 주지 못해 늘 안쓰럽지만 그래도 서울에서 학교와 학원을 뺑뺑이 돌며 스트레스 받을 것을 생각하면 그래도 조금은 위로가 된다.

네가 그렇게 스스로 '자기주도 학습'을 하면서 자신에 대해 깊이 숙고하는 시간을 갖게 된 것은 아마 평생을 두고 너를 강하고 단단하게 할 것이라도 믿는다. 어떤 일이든 빛과 그림자가 있지만 엄마는 네가 가는 길이 훨씬 더 밝은 빛으로 비추고 있다는 것을 확신한다.

오늘은 오후 내내 아빠 사무실에 있다. 이 편지도 아빠 사무실에서 쓰고 있는 중이다. 바로 옆에 문방구가 있는데 오락기를 두고 있어 가끔 꼬마들이 왁자지껄 떠들다 간다. 그 외엔 사실 고요하다. 아빠는 바깥 일로 바쁘니 엄마 홀로 지키고 있는 셈이다.

아빠는 이곳을 '엄마 글 쓰는 작업실'로 산 거라고 가끔 뻥을 치기도 한다. 어쨌든 집이 아닌, 내가 갈 수 있는 다른 공간이 있다는 것이 참 행복하다. 우리 딸이 시험이 끝나는 12월에는 아빠 사무실에 와서 놀고 옆에 있는 불암산 둘레길도 가보자.

　네가 왔다가 갈 때는 늘 아쉽기만 해서 어지간하면 계획을 잡지 않으려고 하는데, 손꼽아 기다리는 마음은 또 하나씩 하나씩 해줄 음식이며 데리고 갈 곳을 계획하고 있구나. 이렇게 오매불망 너를 그리워하고 사랑하는 가족이 있음을 기억하고 늘 건강 조심하고 감사하며 행복하게 지내거라.

13-11-22 (금) 04:43
우리 딸이 늘 안전하고 건강하기를 바라며. 엄마가

불면증이라는 불청객을 대하는 자세

일부러 막 자려고 노력하지 말고 그 시간에 차라리 책을 읽든지 다른 일을 해라. 의사들이 그러는데 잠이란 놈은 자려고 하면 더 달아난다고 하더구나.

불면증이란 놈이 또 찾아 왔구나. 얼마나 힘들까? 우리 딸!

긴장하지 않고 편하게 맘먹기가 네 입장에서는 얼마나 힘들겠느냐만 그래도 늘 담대하게 생각하기 바란다. 이것 역시 지나갈 테니 말이다.

사람이 잠을 잘 자지 못하면 아무것도 할 수가 없을 텐데, 엄마가 너무 안타깝구나. 그래도 일부러 막 자려고 노력하지 말고 그 시간에 차라리 책을 읽든지 다른 일을 해라. 의사들이 그러는데 잠이란 놈은 자려고 하면 더 달아난다고 하더구나.

그리고 당분간 비타민이랑 비타민음료도 절대로 먹지 말고 낮에 졸리면 운동장을 돌든지 해서 몸을 조금 피곤하게 하도록 해라. 그리고 햇볕이 나면 무조건 밖으로 나가서 해바라기를 해봐. 비타민D도 생성되고, 우울증도 없애주고, 불면증도 치료해준다고 하더라. 그곳은 공기도 좋고 햇볕도 좋아서 우리 딸 빨리 좋아질 것이라고 믿는다.

온 우주가 힘을 모아 돕는 우리 큰딸!

우리 큰딸 너무 고생하는 것 같아 엄마가 너무 마음이 아프다. 그래도 힘들고 어려울 때는 꼭 엄마에게 말하고 상의해야 한다. 엄마가 너에 대해서 잘 알아야 어떻게든 도울 수 있지. 절대로 혼자 끙끙 앓는 어리석은 짓은 하지 않도록 해라. 지금 네 앞에 놓인 많은 일과 사건들은 사실은 너의 긴 인생에서 보면 그야말로 아주 작은 점 같은 것들이다.

당장은 감당하기 벅차고 힘들지만 지나놓고 보면 아무것도 아닌 일들이 허다하지 않더냐. 그러니 이번 기말고사도 그냥 좀 편하게 생각하고 임했으면 좋겠다.

너의 의지와 의욕은 내가 충분히 알겠으나 조금씩 내려놓는 연습을 했으면 좋겠다. 주변사람과 경쟁하지 말고 너 자신을 믿고 좀 더 여유를 갖도록 해라.

엄마는 빨리 불면증이라는 녀석이 떠나가서 건강하게 잘 지낼 수 있기를 간절히 기도하마. 엄마는 그저 공부고 뭐고 다 필요 없고 우리 딸의 안녕만을 바랄 뿐이다. 엄마도 이곳에서 열심히 최선을 다해서 살도록 하마.

사랑한다. 우리 큰딸! 잘 자~

13-12-04 (수) 18:57
기명이의 단잠을 기원하며, 엄마가

다시, 잠에 대하여

> 공부는 단박에 끝내고 마는 것이 아니라 긴 마라톤 같은 것이니 뇌 용량도 키우고 체력도 키워야 마지막에 힘을 내 잘 견뎌낼 수 있을 것이다.

어젯밤은 잘 잤다니 다행이다. 그냥 잠이 오면 자고, 눈 떠지면 일어나고, 해 뜨면 깨고, 해지면 자고, 그렇게 원시시대처럼 살았으면 좋겠다. 현대사회는 너무 많은 것들이 압박해 와 잠조차 편히 못 자게 하는 것 같아 안타깝다.

잘 먹고, 잘 자고, 잘 싸는 것이 최고의 건강 비결인데 우리 딸이 정말 어렵겠다. 이 고난이 나중에 나중에 큰 축복으로 다가오리라 믿으면서도 참 많이 안타깝구나. 너의 고통을 함께 나누지 못해 미안하고, 더 챙겨줄 수 없어 속상하고….

딸, 너무 애쓰지 말고 살아라. 네가 할 수 있는 만큼만 하고 그만큼의 결과만 기대하자. 그러니 네 몸 지키고, 더불어 네 정신도 상처받지 않도록 지키며 행복하게 지내거라.

오늘 엄마가 월계중 특강에서 받은 교육 중에 사춘기에는 충분한 잠을 자야 한다는 내용이 있었다. 이성, 판단, 감정조절 등을 담당하는 전두엽은 여자는 25세, 남자는 30세까지 발달하는데 그 뇌는 충분히 잠을 자야 성장을 한단다. 수면부족은 스트레스와 직결되어 우울, 짜증, 기억감퇴로 이어져 오히려 학습능력을 떨어뜨린대. 그래서 사춘기에는 평균 9시간 15분 수면이 필요하다는구나.

물론 우리나라 고등학생에게는 무리한 요구이지만 그래도 최소한 6시간은 자야 낮시간에 제대로 활동할 수 있다고 엄마도 생각한다. 그러니 친구들 늦게까지 공부하는 것 너무 부담 갖지 말고 그냥 12시에 잠자리에 들었으면 좋겠다.

공부는 단박에 끝내고 마는 것이 아니라 긴 마라톤 같은 것이니 뇌 용량도 키우고 체력도 키워야 마지막에 힘을 내 잘 견뎌낼 수 있을 것이다. 그러니 엄마 말 허투루 듣지 말고 낮시간에 집중하고 밤에는 푹 자도록 해라.

잔소리가 길어졌구나! 어쨌든 내일 시험도 부담스럽겠지만 그래도 "이것 역시 지나가리라!" 주문을 외우며 파이팅 해라.

오늘도 푹 잘 자~

2018-12-11 (수) 18:00
기명이가 숙면하기를 바라며. 엄마가

네가 어떤 삶을 살든 엄마는
너를 응원할 것이다

엄마의 양육 태도에 따라 아이는 다이아몬드가 될 수도 있고 숯이
될 수도 있다는구나.

사랑하는 기명아.

오늘은 우리 큰딸 기말시험 첫째 날인데 날이 많이 춥구나. 우리 딸 많이 긴장하고 부담스러웠을 텐데 이 추위에 더 힘들었지? 서울에는 눈도 많이 내려 아침에 문정이 학교 데려다 주는데 길이 미끄러워 학교 올라가는 언덕을 못 올라가 많이 애먹었다.

문정이는 오늘도 세 과목 시험을 보았는데 다 좋은 결과가 나왔다. 정말이지 네 동생이 저렇게 공부를 열심히 하게 될 줄 몰랐다. 엄마의 태도에 따라 아이는 다이아몬드가 될 수도 있고 숯이 될 수도 있는데, 그동안 엄마는 문정이를 숯으로만 대했던 것 같아 조금 미안해지더라.

전교회장에 출마한다고 했을 때도 내심 저런 천방지축이 자격이 있나 걱정했었거든. 문정이 안에는 많은 잠재력이 있고 창의성이 있어서 어떤 위치에 무슨 일을 시켜도 잘 할 수 있을 텐데, 엄

마의 노파심이 문정이를 더 크게 키우지 못하는 것 같아 많이 반성했다.

어쨌든 그래도 전교회장 선거가 문정이에게는 많은 부담이 되는 것은 확실한 것 같아. 어제 번호 뽑기를 하고 와서 낙심하고 있다가 엄마의 깊은 공감과 위로를 받고 독서실에 가면서 "엄마, 가족이 없는 사람은 불쌍해, 힘들 때 가족 생각이 절로 나는 것 같아. 아까 많이 힘들 때 언니가 무지 보고 싶더라." 하고 고백하더라. 어쨌든 천방지축 문정이가 지금 많이 고뇌하고 견디며 성장의 시간을 갖는 것 같다.

살면서 계속 힘든 일도 회피하고, 부끄러운 일도 당하지 않으려고 하고, 그냥 편하게 편하게 가면 당장은 좋은 것 같지만 자기 발전은 꾀할 수 없지. 늘 도전하고, 모험을 시도해 보며, 그 속에서 성공의 단맛도 경험하고, 실패의 쓴맛도 느껴보며, 그렇게 사람은 성숙해지는 것 같다.

그래서 엄마는 이번 선거를 우리 문정이가 언니 도움 없이, 엄마의 지원 없이 홀로서기의 시간으로 갖기를 기도한다. 엄마는 그냥 마음으로 지지하고 그냥 조용히 안에서만 응원하기로 했다. 결과야 어찌 되었든 문정이는 자존감이 높고 탄력회복성이 좋은 아이라 설령 뜻대로 되지 않더라도 잘 극복하리라 믿는다.

물론 당선되면야 문정이는 스스로 이룬 것에 대해 더욱 뿌듯해하며 자신감을 갖게 되겠지. 엄마는 그렇게 우리 문정이가 아름다운 다이아몬드로 성장하는 것을 자랑스럽게 바라볼 거야.

우리 기명이도 어떤 경험이든 늘 시도해보되 결과에 대해서는 한 걸음 물러서 초연하게 바라볼 수 있는 여유 있는 사람이 되기를 기도한다.

우리 자랑스러운 두 딸들이 어떤 삶을 살든 엄마는 끝까지 너희들을 응원하고 지지할 것이다. 그러니 당당하게 뭐든 도전하고 시도하길 바란다. 파이팅!

13-12-16 (월) 22:38
두 딸이 어떤 삶을 살든 응원할 각오가 되어 있는 엄마가

2
학
년,
그
해

행복

지난 일요일, 하얀 눈을 맞으며 우리 셋이서 우이천변을 걸어 교회 가는 길, '정말 천국이 있다면 이런 곳이겠다' 싶을 만큼 행복했다.

방학인데도 집에 와 쉬지도 못하고 공부하느라 애쓴다. 아침에는 조금이라도 더 재우고 싶은 마음이 굴뚝같은데 6시에 운동을 하겠다고 일어나니 말리지도 못하고 안쓰럽기 짝이 없다.

그래도 그 덕에 엄마도 운동을 다시 시작하고 무엇보다 문정이가 함께 하게 되어 기뻐. 어쨌든 근력을 키우려면 운동은 해야 할 것 같으니 열심히 체력 단련하도록 하자. 개학하고 학교에 가서도 매일 규칙적으로 한 30분씩 운동을 하는 게 좋을 것 같다. 정말 너도 많이 깨닫겠지만 체력만큼 중요한 것이 없는 것 같아. 학자들도 예전에는 '지, 덕, 체'를 주장하더니 요즘에는 '체, 덕, 지'를 강조하더라.

엄마는 요즘 방학을 맞은 두 딸과 함께 집에서 지내고 있어 행복하다. 이렇게 너희들과 함께 운동하고, 함께 밥 먹고, 함께 수다 떠는 시간이 얼마나 감사하고 소중한지 모른다.

우리 기명이 덕분에 문정이까지 덩달아 열심히 공부하고 있어 정말로 기특하고 대견할 뿐이다. '형만한 아우가 없다'고 네가 맏이 역할을 잘 해주니까 문정이는 저절로 잘 자라는 것 같다. 네 말대로 복 많은 문정이는 아주 가까이 훌륭한 롤모델을 둔 것이지. 진심으로 고맙게 생각한다.

지난 일요일, 하얀 눈을 맞으며 우리 셋이서 교회 가는 길, '정말 천국이 있다면 이런 곳이겠다.' 싶을 만큼 행복했다. 다른 사람에게는 그냥 평범한 일상이 우리처럼 떨어져 지내는 사람들에게는 뭐든 함께 하는 것만으로도 한없이 고맙고 귀한 시간이다. 늘 이렇게 너는 존재함으로서 화합시키고 선함으로 이끄는 능력이 있는 것 같아.

문정이 데리고 성실하게 신앙생활 해야겠다는 생각이 들었다. 꼬마숙녀가 오면 엄마와 문정이와 꼬마숙녀 손잡고 함께 교회가려고 해. 네가 오면 엄마는 뒤에서, 셋이서 손잡고 가는 너희들 뒤를 따르마. 참 아빠도 함께.

그렇게 천국과 같은 가정을 만들도록 엄마 더 노력할게.

늘 고맙고 사랑해 큰딸.

14-01-14 (화) 18:33
딸들과 함께 겨울 방학을 보낼 수 있어 감사한 엄마가

재수생

대한민국이 참 희한한 나라여서 '초, 중, 고 그리고 재수, 대학'의
순서가 되어가고 있으니 이게 무슨 낭비인가 싶다.

너와 헤어진 지 어느새 1주일이 다 되어가는구나.

　네가 그곳에 가서 체력도 좋아지고, 또 새로운 독서실에 들어가
공부하고 있다니 매우 반갑다. 우리 딸은 단계단계 밟아가 꼭 정
상에 이르고 마는 사람이니 엄마는 너의 그 노력과 의지가 참 경
이로울 뿐이다. 그렇게 끈기 있게 차근차근 해나가다 보면 어느새
목표에 도달해 있을 것이다.

　어제 광주에서 큰 고모 내외와 영환이 오빠가 올라와 기숙학원
에 등록했다. 앞으로 9개월 동안 오빠는 그곳에서 그야말로 빡세
게 공부해야 할 것이다. 밤늦게 고모네 가족을 배웅하는데 영 마
음이 짠하더라. 너도 알다시피 고모 고모부가 얼마나 열심히 사시
는 분들이냐? 물론 영환이 오빠도 성실하고…. 내년에 꼭 좋은 대
학에 합격해서 옛이야기 할 날이 왔으면 좋겠다.

기숙학원들을 둘러보며 느낀 것은, 재수를 하면 비용도 많이 들고 고단한 일이 많겠다는 것이다. 그렇게까지 시간과 돈을 들여 투자할 가치가 있는가 하는 의문도 들고 말이다. 대한민국이 참 희한한 나라여서 '초, 중, 고 그리고 재수, 대학'의 순서가 되어가고 있으니 이게 무슨 낭비인가 싶더라. 오죽하면 우리나라 재수생을 고4라고 하겠냐? 주변에 재수생이 하도 많아 엄마도 실감나는 말이다.

우리나라 교육이 어디로 가는지 가끔씩 멈추어 생각해 보지만 결국은 답도 없고 부딪혀 극복할 수밖에 방법이 없다. 너 공부하는 것 많이 힘들겠지만 어쨌든 수시든 정시든 꼭 고 3때 끝내도록 하자.

기명아.

오랜만에 사무실에 나와 보니 새로운 열정이 솟는 것 같아. 봄의 기운 같은 것 말이야. 아무튼 엄마도 뭐든 열심히 포기하지 않고 끈기 있게 해나가야겠다. 너도 새봄에는 더 건강하고 더 신나게 학교생활 잘하도록 해, 알겠지? 사랑해~

14-02-06 (목) 17:33
새봄의 기운에 고무된 엄마가

라푼젤의 마녀

이 나이에 좀 젊어지고 귀여워지고 싶어서 뽀글뽀글 파마를 했는
데 문정이가 '만화 라푼젤'에 나오는 마녀같다는구나.

엄마가 어제 단골 미용실에 가서 파마를 했다. 이 나이에 좀 젊어
지고 귀여워지고 싶어서 뽀글뽀글 파마를 했는데 문정이가 '만화
라푼젤'에 나오는 마녀 같다는구나. 그래서 조금 실망했지만 그래
도 섹시해 보인다는 아빠의 한마디에 속절없이 기분이 좋아졌다.
어쨌든 스타일을 바꾸니 나름 기분 전환은 된 것 같다.

　머리를 윗부분 매직하고 아랫부분 셋팅 파마를 해야 해서 5시
간 걸렸는데, 그 덕에 미용실에 있는 김영준의 『공부하는 독종은
핑계가 없다』를 다 읽을 수 있었다. 뻔한 내용이었지만 중학교 때
까지 게임에 빠져 기초도 없었던 그가 독하고 무식하게, 그리고
긍정적인 마인드로 공부해 서울대를 간 것은 기적 같은 일이었다.

　"기적? 그것도 노력 없인 안 되더군요."라는 그의 친필 사인이
실감나더라. 머리 좋고, 기초 탄탄하고, 환경 좋은 수험생이 쓴 글
이 아니라 더 가슴이 와 닿더라.

오늘은 문정이가 동대문 서점을 가자고 해 일찍 나왔더니 여유롭고 좋다. 문정이는 모의고사 점수에 고무되어 향학열에 불타오르고 있다. 문제집도 사서 열심히 공부하겠다니 그저 감사한 일이다. 어제는 "빨리 꿈을 정해서 언니처럼 복잡하지 않게 해야겠다."고 하더라.

네가 생활기록부에 기재하는 진로를 바꾸고, 동아리 새로 들어가는 것을 보고 나름 고민을 하나보다. 네가 잘 알아서 하겠지만 이젠 동아리도 잘 정비해서 가야 할 때라고 본다. 2학년 때는 전공과 진로에 맞추어 동아리활동도 하고 봉사활동도 더 열심히 하고…. 뜻이 있는 곳에 길이 있다고 했으니 그렇게 열심히 가고 가다 보면 틀림없이 좋은 일이 있을 것이다.

내일모레면 네가 온다고 하니 엄마는 참 설렌다. 영화도 보고, 연극도 보고, 중계동에 가서 맛있는 피자도 먹자. 이제 네가 엄마 곁에 없어도 늘 함께 있는 것처럼 마음이 편하다. 아마 방학동안 너에 대한 엄마의 믿음이 더 커졌기 때문일 거야. 자기 관리 잘하고, 자신과의 약속을 지켜내려는 그 노력과 의지에 늘 감동한다.

우리 딸은 어디서나 잘 지낼 거라는 확신, 그리고 무슨 일이든 잘 해내리라는 기대가 있다. 그저 건강 관리 잘하고 마음도 잘 다스려 행복하게 지내길 바랄 뿐이다.

14-02-11 (화) 17:33
라푼젤의 마녀를 닮은 뽀글이 엄마가

꽃샘추위에 잘 지내는지

인간의 성공을 이끄는 가장 중요한 요소는 타고난 재능이 아니라
좌절과 실패에도 포기하지 않고 끊임없이 노력하는 습관이다.

기명아.

날이 많이 추워졌는데 잘 지내고 있는지?

해마다 봄이면 꽃피는 것을 시샘하는 이 늦추위가 참 독하게 지
나가더라. 입학식 때 단상에서 지휘하는 모습을 홈페이지에서 한
번 더 보고 이렇게 편지를 쓴다. 밝고 환하게 웃는 우리 딸의 모습
이 세상의 그 어떤 미인보다 예뻐서 우리 딸이 보고 싶을 때마다
열어본다.

너는 막 떨려서 엉망으로 했다고 했지만 화면으로 봐서는 썩 여
유가 있더라. 그렇게 자꾸 다른 사람 앞에 서보는 경험을 하다 보
면 나중에는 많이 차분해지고 덜 떨리게 될 거야. 다 네가 직접 해
보고 터득할 것인데 엄마가 괜히 잔소리를 했지? 길게 심호흡을
하라는 둥, 평소보다 한 템포 천천히 움직이라는 둥…. 아빠 말대
로 사실은 경험하면서 넘어가 보고, 그래서 네 안에 내성이 생겨

쉽게 되는 건데 말이야.

사실은 엄마도 중학교 때까지 국어시간에 시도 제대로 못 외웠다. 떨리고 부끄러워서 말이야. 그런데 자꾸 다른 사람 앞에서 말하다 보니 지금은 오히려 그런 시간에 더 마음이 가라앉고 고요해지는 것 같더라. 그래 우리 사람은 그렇게 경험한 만큼 성숙해지는 것 같아. 그런 의미에서 또 한 고개 넘어가 본 우리 딸 축하해!

오늘은 모처럼 아빠와 「만신」이라는 다큐영화를 보았다. 사람의 운명에 대해, 그리고 그 운명을 받아들이며 가는 자세에 대해 깊이 생각하는 시간이었다. '만신'이란 무당을 높여 부르는 말인데, 무형문화재 김금화 만신의 일생을 다큐멘터리 형식으로 만든 영화다. 김금화는 신내림을 받고 그냥 무당으로만 산 것이 아니라 그것을 예술로 승화시켜 인간문화재까지 되었으니

그녀의 파란 많은 삶이 참 치열하게 느껴지더라.

인간의 성공을 이끄는 가장 중요한 요소는 타고난 재능이 아니라 좌절과 실패에도 포기하지 않고 끊임없이 노력하는 습관이라는 것을 다시 한번 깨닫는 시간이기도 했다. 타고난 운명이 강하게 작용하는 무당일지라도 과학자나 예술가처럼 끊임없이 노력해야 그렇게 자기 분야에서 최고가 될 수 있더라.

기명아.

불철주야 단 한 가지 목표를 향해 부지런히 공부할 기명이를 생각하면 엄마가 단 일분도 헛되이 보내지 않아야겠다고 다짐한다.

아침에 일어나 홍삼 꼭 챙겨 먹고, 저녁에는 비타민 잘 챙겨먹길 바란다. 나중에는 결국 체력 싸움이니 틈나는 대로 운동도 규칙적으로 하고, 알았지? 엄마도 운동을 가장 우선순위로 두고 열심히 해서 건강한 엄마가 되려고 해. 그래야 우리 딸들 오래오래 돌보지.

그럼 오늘 하루도 잠자는 시간까지 평안하길 기도한다.

14-03-07 (금) 20:52
꽃샘추위에 얼어붙은 엄마가

봐도 봐도 내성이 생기지 않는 시험

마음 같아서는 우리 딸 힘들지 않게 꽃길만 걷도록 하고 싶지만, 우리 인간이 사는 길이 다 그렇게 갈피갈피 넘어야 할 산이 있더라.

내일모레가 3월 모의고사라니 많이 부담스럽겠다. 시험은 봐도 봐도 내성이 생기지 않고 매번 떨리고 부담되지? 너의 목소리에 많이 걱정하고 있는 게 역력하더라. 그 부담되고 걱정되는 마음 함께하지 못하고 가까이에서 위로할 수 없어 많이 미안하다.

하지만 어쩌겠니? 피할 수 없으면 즐기라고 했으니 그냥 맘 편히 받아들이려고 노력해라. 모의고사, 중간고사, 기말고사를 그렇게 보고도 수능 날은 또 그렇게 떨린다고 하더라. 그냥 너에게 그런 긴장되고 부담되는 마음이 올라오는 것을 알아차리고 지켜 바라봐주면 좀 낫지 않을까 싶구나.

요즘 아빠도 빌라 신축 공사를 하나 맡아서 많이 바쁘시다. 밤에 잠을 설칠 만큼 아빠도 일에 대해 많이 고민하고 신경 쓰더라. 그렇게 한 세상 사는 게 다 녹록지가 않구나. 맘 같아서는 우리 딸 힘들지 않게 꽃길만 걷도록 하고 싶지만, 우리 인간이 사는 길이다 그렇게 갈피갈피 넘어야 할 산이 있더라. 그냥 학창시절에 넘어야 하는 산이려니 하고 좀 여유롭게 받아들였으면 좋겠다.

문정이와 엄마는 아침마다 운동 잘 다니고 있다. 문정이의 건강을 생각해서 엄마가 1순위로 여기는 일이다. 오늘은 좀 늦게 일어났지만 그래도 습관 되라고 기어코 데리고 나가 한 25분 운동하고 왔다. 비록 문정이가 일어나기 힘들어하기는 해도 안 간다고는 안하니 참 기특하다. 엄마가 아빠 사무실에 나가 날마다 8시 넘어서 들어와 거의 저녁을 문정이 혼자 먹는다. 안쓰럽지만 나름 홀로서기를 하는 시간이라고 생각하고 있다

지난 일요일, 아빠랑 일보고 불암산 둘레길을 잠깐 걸었다. 가서 약수도 먹고 모처럼 많이 걸었더니 기분이 좋아지더라. 다음 주에 네가 오면 함께 둘레길 걸으며 오순도순 재미나게 이야기 나눌 수 있는 시간이 있었으면 좋겠구나.

그때쯤이면 새싹도 제법 파릇파릇 나고 개나리와 진달래도 꽃 몽우리가 터지지 않을까? 그럼 푹 잘 자고(다시 강조하지만 잠이 보약이다. 잠자는 시간을 아끼지 마라) 비타민도 잘 챙겨먹길 바란다.

사랑해, 엄마 딸!

14-03-11 (화) 01:20
모의고사를 앞둔 딸을 격려하고픈 엄마가

저 달이 우리 딸을 지켜주겠지

> 산등성이에 걸쳐 있는 커다란 보름달을 바라보고 있자니 쓸쓸하면
> 서도 뜻밖에 마음 한켠이 고요하고 평안해지더라.

사랑하는 기명아.

아직은 봄이라고 하기에는 이른 때라 풍산의 3월은 쌀쌀하더구나. 해가 뉘엿뉘엿 져가는 해질녘에 너를 두고 오는데 영 발걸음이 떨어지질 않더라. 이게 웬 생이별인가 싶고, 그저 하루 종일 공부하느라 애쓰는 너희들을 보니 내 자식 남의 자식 할 것 없이 모두 안쓰럽더라.

새로이 입주한 신관 독서실이 아담하고 주변에 정원도 예쁘게 꾸며 놓았더라만, 그보다 전교 1등부터 10등까지만 들어갈 수 있다는 그곳에서 치열하게 경쟁하며 붙박이처럼 앉아 젊은 청춘을 보내고 있을 너희들에 대한 연민이 앞서더구나.

이 입시지옥 대한민국에 너를 태어나게 한 것이 진심으로 미안해지더라. 그저 사교육에서라도 너를 해방시키고 싶어 했던 엄마의 갸륵하지만 낭만적인 생각이 시골구석까지 너를 끌고 와 이 고

생을 시키는가 싶어 마음이 무거워지더라. 그렇게 주입하고 암기하고 있는 동안 네 안에 숨겨져 있을 창의성이나 유연성 등등이 퇴화되는 것은 아닌지? 너의 잠재력이 그렇게 묻혀버리는 것은 아닌지?

그렇게 터덜터덜 애달픈 마음을 안고 정문 밖을 향해 내려가는데 저만큼 둥근 달님이 떠올라 있더라. 아직 푸른 잎도 돋지 않아 나뭇가지만 앙상한 산등성이에 걸쳐 있는 커다란 보름달을 바라보고 있자니 쓸쓸하면서도 뜻밖에 마음 한켠이 고요하고 평안해지더라. "그래, 저 달이 우리 딸을 지켜주겠지!" 그렇게 기도하는 심정으로 그 고즈넉한 사위를 밝게 비추는 달님을 한참 바라보다 돌아왔다.

곧 꽃피는 봄이 오고, 태양이 이글거리는 여름이 오고, 들녘에 황금빛 벼가 누렇게 익어가는 가을이 오면, 이 풍산 땅이 또 그런 대로 따뜻하고 정겹게 다가올 테지. 그렇게 엄마는 가슴을 쓸어내리며 스스로를 위로했다.

그래도 우리 딸을 보고 오니까 엄마 맘이 한결 평화롭다. 더 많이 예뻐지고 더 많이 의젓해졌더라. 미래에 대해 고민하고 상의할 줄도 알고, 계획을 하나하나 세워가며 홀로서기에 익숙해져 가는 모습이 아주 기특하더라. 일찍 집 떠나 그만큼 빨리 철이 들어가는 것일 테지.

네가 주문한 책은 바로 보낼 테니 걱정 말아라. 엄마는 우리 딸이 그곳에서 네가 품은 뜻을 펼치고 멋진 모습으로 돌아오리라 확신한다. 이제 풍산에서 지낼 날도 1년 반쯤 남았구나. 우리 딸의 염원이 꼭 하늘을 감동시키리라고 믿는다. 그럼 잘 지내거라.

14-03-18 (화) 06:24
기명이를 위해 늘 기도하는 엄마가

흔들리지 말고 소신껏…

슬픔이 오면 슬퍼하고, 기쁨이 오면 기뻐하고, 가끔 외로움이
오면 외로워하며, 인간이기에 느낄 수 있는 희로애락의 감정에
감사하자.

큰딸, 어젯밤 너랑 통화하고 많은 생각을 했다. 우리 딸이 아직도
학교에 대한 고민을 조금 하고 있는 것 같아 몇 마디 엄마의 생각
을 전한다.

　기명아, 사람은 매순간 선택하고 나아가야 한다. 우리가 풍산고
등학교를 선택할 때 이 모든 상황을 각오하지 않은 것은 우리의
무지였다고 봐. 집 떠나면 고생이고, 시골에서 사교육을 받을 수
없는 것은 당연한 일이며, 그 오지의 선생님들 실력이 서울보다
나을 거라는 보장도 없었던 상황이었어. 그런데도 우리는 어찌 됐
든 그곳을 선택했지.
　겨울방학 때까지 엄마도 사실 많은 고민을 했어. 또 한 번 선택
의 기로에 서 있었던 거지. 엄마가 과감하게 서울로 널 전학시키
지 못한 것은, 사실 서울의 일반 고등학교에서도 별 대안이 없다

는 결론을 내렸기 때문이야. 넌 여전히 명문대를 목표로 죽어라고 공부를 해야 할 것이고, 거기에 사교육까지 받으며 더 힘들어질지도 모른다는 염려가 컸어. 이곳 서울의 일반고는 모두 각자 교실에서 10시까지 야간 자율학습을 하는데 그곳, 조용한 독서실에서 공부하던 네가 적응하려면 또 한참이 걸리겠지. 학교에 오가며 한 1시간여를 차 안에서 낭비해야 할 것이고, 거기다 학원까지 오가느라 많은 에너지를 쏟아야 할 것이다.

거기다 서울의 공기는 비염에 알레르기까지 일으키기에 더 없이 좋을 만큼 오염이 되어 정신적으로 지친 너를 육체적으로 더 힘들게 할지도 몰라. 또한 그렇게 1년 동안 풍산에서 힘든 시간을 견뎌냈는데 다 놓아두고 새로이 이곳 생활에 적응시키는 것도 엄마로서는 모험 같더라. 그리고 알아봤더니 풍산고등학교 공부환경이 다른 일반 고등학교보다는 꽤 좋은 편이더라. 무엇보다 그렇게 개인 독서실책상이 마련된 학교는 얼마 되지 않아.

또 서울에서 사교육을 받으면 더 편하게 공부할 수 있을지도 모르겠지만 학교 밖 공간에서까지 끊임없이 주입식교육을 받느라 너의 페이스를 놓치게 될까봐 걱정도 되었어. 너는 자의든 타의든 그곳에서 자기주도 학습을 하며 실력을 많이 끌어올리기도 했잖아. 그래서 엄마의 결론은 '그곳 풍산고에서 끝까지 해보게 하자'였다.

물론 아쉬운 부분도 있지. 엄마는 여전히 온 가족이 같이 지내지 못해 아쉽고, 서울에서는 쉽게 얻을 수 있는 정보, 수시로 가기 위해 쌓을 수 있는 스펙 등등. 그럼에도 불구하고 네가 그 곳에 남는 게 낫다고 생각한 결정적인 이유는 고등학교를 딱히 대학을 위한 과정으로만 여기고 싶지 않았기 때문이야. 그곳에서의 좋은 친구들, 동아리활동, 사제지간의 돈독한 신뢰관계, 맑은 자연 등등이 너를 더 많이 성장시키리라고 믿었기 때문이야.

가끔 네가 도시의 명문 고등학교를 나와서 명문대학 가는 엘리트 코스를 밟는 것보다 이렇게 3년 고민하고 고생하며 보낸 학창시절이, 네가 나중에 어려운 사람을 이해할 수 있는 자산이 될 것이라는 확신을 갖게 된다. 네 꿈대로 교육학자가 되어서도 더 많이 그렇게 외롭고 힘든 학생들을 도울 수 있을 것이다.

기명아, 엄마가 말이 길어졌다. 우리 이제 전학에 대한 고민은 그만하자. 주변 친구들이 자꾸 흔들리니까 너도 힘들겠지만 그냥 그런 것들에 신경 쓰지 말고 네 페이스대로 소신껏 살았으면 좋겠다.

누가 전학을 가든 누가 전학을 오든 그냥 초연하게 넌 네 공부하고 네 생활을 즐겼으면 좋겠다. 아니, 말하면서 부정적인 에너지가 나오니 더 이상 그런 대화에도 끼지 않으면 좋겠다. 엄마도 반성하고 학교에 대해 긍정하고 우리 딸에 대한 확신과 응원을 아끼지 않을게. 그곳의 환경이 수시로 가기 힘들면 정시로 가면 되고, 그것도 어려우면 좀 낮추어 가면 되지. 우리 그냥 쿨하고 편하게 마음먹자.

어떤 환경이든 열심히 해서 좋은 대학 가는 사람 있으니 네가 꼭 그런 사람이 되었으면 좋겠다. 널 그 먼 데까지 가게 한 하늘의 특별한 계획이 있지 않겠니?

전교회장도 하고, 동아리 활동도 즐겁게 하고, 공부도 까짓것 1등 해버리고 말이야. 다른 친구들 사교육 하는 것도 신경 쓰지 말고, 전학을 가든 오든 관심 갖지 말고, 그 시간에 더 열심히 공부하면 되지. 엄마는 너의 화창한 앞날을 예비해 두신 하나님께 감사의 기도만 올릴게.

오늘은 저녁 무렵 잠깐 쓸쓸한 생각이 올라오더라. 아빠도 안 계시고 우리 큰딸도 없고…. 그러면서 그 쓸쓸함을 즐겼지. 그렇게 슬픔이 오면 슬퍼하고, 기쁨이 오면 기뻐하고, 가끔 외로움이 올라오면 외로워하며, 인간이기에 느낄 수 있는 희로애락의 감정에 감사하자. 엄마는 우리 큰딸이 그렇게 유연하게 신나게 잘 사는 사람이면 좋겠다.

14-03-24 (월) 20:22
모처럼 문정이와 단둘이 있는 오붓함을 즐기며. 엄마가

가고 가고 가다 보면

> 엄마 고교시절에도 진로에 대한 고민, 친구관계로 인한 방황, 내가
> 과연 잘 살 수 있을까 하는 내 삶 전체에 대한 의심과 두려움도 함
> 께 있었던 것 같다.

함께한 즐거운 시간은 잠시고 또 이렇게 우리는 헤어져 각자의 일
상에서 그리워하고 있구나. 엄마는 네가 학업에 대한 부담을 갖
고, 관계에 대해 고민하는 것을 보고 많이 안쓰러웠지만 또 꼭 그
시절에 해야 할 고민을 하고 있다고 생각한다.

생각해 보니 엄마도 고교시절이 마냥 즐겁고 낭만적이지만은
않았던 것 같다. 진로에 대한 고민도 있었고, 친구관계로 인한 방
황도 있었고, 내가 과연 잘 살 수 있을까 하는 내 삶 전체에 대한
의심과 두려움도 함께 있었던 것 같다. 그런 깊은 고민이 있었기
에 지금 이렇게 너의 엄마로 그나마 성실하게 살 수 있는 것 같다.

기명아.
그냥 그날그날 하루하루 하루살이마냥 성실하게만 살아내는 것
도 나쁘지 않은 것 같아. 꼭 무엇이 되어야겠다는 생각도 내려놓

고, 어떻게 살아야겠다는 생각도 내려놓고 그냥 오늘 나에게 주어진 일상을 열심히 살다보면 그래도 뭐라도 되어 있지 않겠니? 가고 가고 가다보면 뭔가 되어 있지 않을까?

엄마가 지나치게 많이 생각하고 고민하며 살아도, 그냥 별 생각 없이(?) 하루하루 열심히 사는 아빠의 삶보다 나은 것 같지 않더라. 그러니 기명아. 훌훌 털어버리고 "이런들 어떠리, 저런들 어떠리" 하며 좀 편하게 맘먹고 살아보자, 우리.

그럼 우리 딸 깃털처럼 가벼운 마음으로 살길 바라며, 엄마 이만 ….

14-04-14 (월) 19:35
큰딸이 무지무지 그리운 엄마가

살아남은 자의 슬픔

엄마에게는 네가 무엇이 되고, 어떻게 사는 것도 중요하지만 그보
다 건강하게 잘 살아내는 게 더 중요하다.

사랑하는 큰딸!

세월호 침몰로 온 나라가 뒤숭숭하구나. 일도 잡히지 않고 마음도
많이 심란하다. 그 차가운 물속에게 무섭고 외롭게 잠들었을 아이
들을 생각해도 참 마음이 먹먹하고 안타깝지만 어린 자식을 사고
로 잃은 부모들 마음이 어떨까 생각하면 참으로 참담한 심정이 된
다. 너와 똑같은 97년, 소띠 아이들이니 남의 일 같지 않고 감정이
입이 과하게 되는 것 같다.

　텔레비전만 틀면 온통 세월호 뉴스여서 눈물이 멈추지 않는다.
가급적 뉴스 보는 것을 자제하려고 해도 마음이 우울하고 괴로운
것은 어쩔 수 없네.

　정말 부모보다 오래오래 건강한 모습으로 살아 있는 것이 어찌
보면 가장 큰 효도이지 싶다. 그래서 공자님도 『효경』에 몸과 머
리털, 피부는 부모님으로 받은 것이니 감히 다치지 않는 것이 효

의 시작이라고 했던 모양이다.

　이런 일이 있을 때마다 사람의 마음이라는 것이 매번, '공부가 뭐가 중요하고, 대학이 뭐가 중요해, 건강하고 밝게 사는 것이 최고지' 싶으며, 스스로 간사해지는 마음을 바라보게 된다. 기명이도 너무 중간고사 준비에 무리하지 말고 몸 상하지 않게 공부하기 바란다.

　오늘 사무실 가까운 둘레길을 산책하며 문득 그런 생각이 들더라. 아프리카 등지의 못 사는 나라 아이들은 너희들처럼 스트레스 받으며 공부하지 않아도 되지만 가난과 싸우며 힘든 노동을 해야 하는 어려움이 있듯이, 다 그렇게 저마다 갖고 있는 환경 속에서 고초와 스트레스를 견디며 사는 것 같다.

　네가 태어난 이 환경이 결국은 너의 운명이라는 말이지. 그러니 결국은 이 환경에 맞게 단련하며 운명을 개척하는 것이 사람 사는 일이 아닐까 싶더라.

　기명아!

　'강한 자가 살아남는 것이 아니라 살아남은 자가 강한 자이다.' 라는 말이 있다. 엄마에게는 네가 무엇이 되고, 어떻게 사는 것도 중요하지만 건강하게 잘 살아내는 게 더 중요하다. 그러니 오늘도 잘 먹고 잘 자고 건강하게 버텨라. 파이팅!

14-04-21 (월) 19:42
기명이의 안녕을 위해 기도하며, 엄마가

깃털처럼 가볍게 가볍게

> 어디 그게 맘과 뜻대로 되겠느냐마는 너무 욕심 부리지 말고, 너무
> 예민해지지 말고, 깃털처럼 가볍게 가볍게 살아라.

기명아.

'시험기간이 되니 또 잠이 안 온다'고 하니 엄마가 많이 걱정되는
구나. 혹여 너 스스로 이제 시험기간이 되니 또 잠이 오지 않을 거
라고 생각한 건 아니겠지.

아빠가 늘 하는 말 있잖아. 뇌가 속인다는… 그냥 다 잊어버리
고 다 무시하고 편히 살아라. 무디게 무디게 말이야, 어디 그게 맘
과 뜻대로 되겠느냐마는 너무 욕심 부리지 말고, 너무 예민해지지
말고 깃털처럼 가볍게 가볍게 그냥 살아라. 부디 우리 딸!

어제 영환이 오빠가 와서 재수생의 고단한 일상을 보았지. 예전
과 달리 집에 와서도 틈틈이 공부를 하더라. 그곳 재수기숙학원
의 생활을 들어보니 너의 학교생활과 비슷한 것 같더라. 내가 그
말을 전했더니 1년이 아니라 3년을 그렇게 사는 네가 대단하다고

하더라. 그렇게 대단한 우리 딸인데 중간고사 따위에 연연해서 잠 못 이루면 되겠니? 오늘 밤은 그냥 푸욱 잠들길 엄마가 기도할게.

문정이는 참으로 열심히 공부한다. 그렇게 독하게 공부하는 모습을 본 적이 없어 낯설기도 하고 너무 예민하고 까칠하게 굴어서 살짝 좀 봐주기 힘들기도 하다. 남의 집 자식들은 공부하라고 부모들이 다그치기도 한다는데 우리 딸들은 다들 때가 되면 알아서 잘해주니 고맙긴 한데, 마냥 천진하고 밝고 개념 없는 아이처럼 자유롭던 문정이의 모습이 조금 그립기도 하다.

저렇게 앉아 암기만 하다가 영영 그 자유롭고 창의적으로 사고하는 법을 잃어버리지는 않을까 걱정도 되고….

문정이도 대한민국에서 태어나 대한민국의 청소년으로 그렇게 되어 가나봐.

세상이 세월호로 인해 많이 어지럽고 슬퍼도 그 애도하는 마음 잠시 접어두고 우리는 또 우리의 일상을 살아내야 하겠지. 그게 남은 자의 몫이기도 하고. 그러니까 부디 잠 잘 자고, 시험은 최선을 다해서 보고, 귀가 날 반갑게 보자.

사랑해 큰딸, 하늘만큼 땅만큼….

14-04-26 (토) 18:12
기명이가 편히 잠들기를 바라며. 엄마가

잃어버린 꿈

인생에서 보자면 넌 아마 지금 봄의 시기에 살고 있을 거야. 그때
씨도 뿌리고 열심히 김매기도 해주어야 엄마의 나이가 되는 가을
의 시기에 많은 결실을 맺을 수 있을 거야.

기명아.

꽤 오랜만이구나. 외할아버지가 돌아가시고, 어린이날이 지나고,
어버이날이 지나고, 스승의 날이 지나고, 5월이 참으로 휙휙 지나
가는구나. 우리 기명이가 다녀갔지만 외할아버지 상 치르느라 너
무나 서운하게 가버렸지. 아빠 현장은 바쁘지만 엄마가 지키는 사
무실은 요즘 무척 한가해.

그래서 엄마는 책도 읽고 산책도 하며, 나름 혼자 놀기에 재미를
붙이려고 노력 중이야. 아빠 사무실 가까운 곳에 허브공원이 있어
서 엄마가 가끔 산책 장소로 잘 이용하고 있다. 사실 그곳에 가면
허브향보다 아카시아향이 천지사방에 진동한다. 공원을 빙 둘러
아름드리 아카시아나무가 있어서 하얀 꽃이 만발한데 그 향이 얼
마나 향기로운지…. 가끔 그 향기가 나를 부르는 것만 같더라.

주변이 온통 바위산인데 어릴 적 자랐던 고향마을 뒷동산처럼

둥그스름하니 참 편안하다. 그곳에 있는 나무 벤치에 앉으면 아직 개발되지 않은 상계동이 한눈에 내려다보이는데, 가끔 운 좋게 뉘엿뉘엿 지는 붉은 저녁노을을 바라볼 수 있기도 하다.

한쪽 구석의 텃밭에서는 상추며 쑥갓 등 쌈 채소가 참 다채롭게 자라고 있어서, 그것들이 하루가 다르게 쑥쑥 자라나는 신비도 지켜볼 수 있단다. 이렇듯 엄마가 그렇게 그리던 시골 풍경이 그대로 만들어져 있으니 엄마의 보물 동산이 될 수밖에….

언젠가 네가 그랬지? 엄마는 아빠 사무실에서 무슨 도움이 되느냐고. 사실 엄마는 지금은 실질적인 큰 도움은 되지 못해. 그저 사무실 지킴이야. 그래도 엄마가 하루라도 사무실을 비우면 아빠가 난리 치는 것을 보면 아빠의 위안 정도는 되지 않을까 싶다. 그밖에 도배지를 고르는 것을 돕고, 사람들을 위해 차를 타고, 말벗이 되어주고 그렇게 보내고 있어.

가끔 엄마의 잃어버린 꿈을 생각하며 선택과 집중에 대해서 고민하기도 하지만 그렇다고 괴로울 정도는 아니야. 사람은 각자 저마다 그릇의 크기가 있는데 엄마는 지금 그 그릇의 크기를 알아가는 중이라고 할까? 엄마의 능력, 건강, 의지력 등등에 대해 인정하고 받아들이고 있어. 그렇다고 포기했다는 뜻은 아니야. 다만 그냥 지금 삶을 겸허히 수용한다는 뜻이야.

우리 딸은 지금 공부하느라고 많이 힘들지? 엄마는 준비하는 자에게 기회가 온다는 말을 정말 실감해. 네가 지금은 미래를 준비하는 시기이니 얼마나 막연하고 힘들까 싶기도 하지만 그래서 더 희망이 있지 않을까 싶어.

인생에서 보자면 넌 아마 지금 봄의 시기에 살고 있을 거야. 그때 씨도 뿌리고 열심히 김매기도 해주어야지 엄마의 나이가 되는 가을의 시기에 많은 결실을 맺을 수 있을 거야.

그때 엄마는 우리 기명이가 자신의 그릇이 작은 종지가 아니라 커다란 양푼이었다는 것을 기쁘게 실감하며 살기를 바란다.

많이많이 사랑한다. 큰딸!!!

14-05-17 (토) 19:53
풀과 나무와 흙이 있는 곳에 살게 된 것에 감사하며. 엄마가

입양을 포기하며

먼 훗날 지금의 선택이 후회를 낳든, 잘했다는 확신을 주든 다 이 엄마의 몫으로 챙겨갈 테니 넌 가볍게 너의 일상을 살았으면 좋겠다.

기말고사 준비하랴, 학생회장 선거 준비하랴, 고생이 많겠구나.

엄마는 멀리서 그저 마음으로만 응원하고 있다. 우리 딸이 늘 최선을 다하니 그것만으로도 충분히 아름답다. 그렇게 도전한다는 것 자체가 훌륭한 일이라고 생각한다.

늘 그 열정에 감탄할 뿐이다. 그렇게 사람들 앞에 나서서 하는 일이 결코 쉽지 않을 것이다. 뜻밖의 구설수에도 시달릴 수도 있고, 믿었던 사람에게 서운함도 느낄 수 있을 것이다. 그럴 때마다 늘 역지사지의 자세로 이해해 보도록 하거라. 당당하되 겸손하게, 강하되 부드럽게, 냉철하되 여유롭게 선거에 임하기를 기도하마. 그리고 결과는 늘 말했듯이 하늘의 뜻에 맡기길 바란다.

우리 꼬마숙녀는 그곳 영아원에서 잘 지내고 있으리라고 믿는다. 마음이야 안 좋지만 그냥 우리와 인연이 아니었다고 생각해

주면 좋겠구나. 사실 엄마가 너무 몸과 마음이 아파서 견뎌내기가 힘들었다. 당장에는 엄마가 이해가 안 되고 야속하겠지만 나중에 네가 크면 엄마를 이해해주리라 믿는다. 꼬마숙녀가 우리 가족으로 사는 것보다 그렇게 여럿이 어울려 사는 것이 꼬마숙녀에게 더 나을 것이라고 여기고 우리 꼬마숙녀를 위해 기도해 주자.

엄마도 문득 문득 우리 꼬마숙녀 얼굴이 떠오르고 마음이 아픈데, 그렇게 정을 많이 주었던 우리 큰딸은 오죽할까, 생각하면 많이 괴롭다. 그래도 엄마는 삶의 큰 맥락에서 볼 때 우리 가족을 위해서나, 우리 꼬마숙녀를 위해서나 옳은 판단이었다고 믿는다.

인연이 여기까지라고 생각하고 마음 잘 추스르고 잘 생활하기를 바란다. 엄마가 더 건강하고, 더 따뜻하고, 더 이타적인 사람이 못 되어 미안하구나. 꼬마숙녀만한 아이가 지나가도 문득문득 내 발걸음이 멈추고, 가슴이 먹먹해지지만 흐르는 시간이 해결해 주리라 생각한다.

먼 훗날 지금의 선택이 후회를 낳든, 잘 했다는 확신을 주든 다 이 엄마의 몫으로 챙겨갈 테니 넌 깃털처럼 가볍게 가볍게 일상을 살았으면 좋겠다. 그리고 20일에 치를 전교회장 선거에서 정정당당하게 승리하길 바란다.

14-06-17 (화) 18:03
딸들에게 약속을 못 지켜 부끄러운 엄마가

즐거운 우리 집

> 네가 힘들고 외로울 때 사랑과 이해와 지지를 얻을 수 있는 곳, 원기를 회복하고 재충전할 수 있는 곳, 그곳이 평화롭고 즐거운 우리 집이었으면 좋겠다.

기명아,

아침에 문뜩 아빠가 눈뜨자마자 침대 맡에서 그러시더라. 우리 큰딸은 정말 크게 될 거라고. 밑도 끝도 없는 말이라 한참 쳐다봤더니. "하나님이 크게 쓰시려고 단련시키고 있는 것 같다"는 거다. 교회도 안 나가는 사람이 웬 하나님 타령인가 싶어 피식 웃었다. 아빠가 밤새 무슨 꿈을 꾸었는지 모르겠으나 엄마는 그 말의 뜻을 잘 이해한다. 우리 딸이 뜻을 다 이루지 못해도 끊임없이 노력하고 분발하는 모습이 기특한 게지.

그래 일단 전교회장 선거에 나가는 것만으로도 큰 용기요 모험이었을 텐데, 그 결과에 대해 아쉽지만 의연하게 받아들이는 너의 자세에 대해 엄마도 참 많이 감동했다.

가족치료의 대가인 '버지니아 사티어'는 이렇게 말했다. "모험을 감수하는 데에는 다소 실수가 따르게 되고, 그 실수는 내가 성

178

장한다는 신호"라고. 넘어져도 오뚝이처럼 오뚝오뚝 일어나는 기명이가 엄마는 자랑스럽다. 그것이 얼마나 널 성장시키고 단련시키고 있을지 엄마는 잘 알고 있다.

그리고 지금의 그 실패가 반드시 나쁜 결과가 아니라는 것도 엄마는 45년 살면서 충분히 배웠다. 아마 다양한 사람들과 현장에서 일하면서 아빠는 더 많이 터득했을 것이다. 아빠의 본능과 판단이 늘 옳았으므로 엄마는 진심으로 우리 큰딸에게 기대하는 마음이 크다.

기명아.

네가 힘들고 외로울 때 사랑과 이해와 지지를 찾을 수 있는 곳, 바깥세상에서 좀 더 효과적으로 일하기 위해 원기를 회복하고 재충전할 수 있는 곳, 그것이 네가 생각하는 '평화롭고 즐거운 우리 집'이었으면 좋겠다.

물리적인 거리가 멀더라도 마음은 늘 지척에 있어서 서로 연결되어 있다고 느낄 수 있는 가족이면 좋겠다. 가끔 매일매일 우리 가족 넷이 어울려 함께 밥 먹고 함께 텔레비전도 보고 함께 수다 떨며 살 때가 그립다.

이번 여름 방학 때 그렇게 신나고 오붓하게 보낼 수 있기를 바라며 이만 줄인다.

14-06-26 (목) 18:03
모처럼 한가한 오후를 즐기며, 엄마가

빛과 그림자

> 우리는 삶 속에서 매순간 빛과 그림자를 만나야 하는 상황에 부딪
> 히게 된다. 그때마다 네가 과감하게 빛을 선택하는 사람이면 좋겠
> 구나.

애썼다 우리 딸! 전교 부회장 된 것 진심으로 축하해!!

한 10여 일 전교회장 선거기간 동안 연설문 준비하랴, 선거 홍보물 만들랴, 친구들과 동영상 찍으랴, 얼마나 마음을 썼느냐. 남앞에 나서서 무엇을 한다는 것이 쉬운 일이 아닌데 무사히 잘 마쳐 다행이다.

결과야 15표 차로 아깝게 전교회장 자리를 놓쳐 너로서는 좀 아쉽겠다만, 오로지 너 스스로 친구들과 함께 기획하고 노력해서 이루어낸 결과이니 그저 대견하고 감사할 뿐이다. 어차피 선거란 늘변수가 있는 것이고, 그날의 운, 분위기도 좌우하는 것이다. 그러니 빨리 받아들이고 일상으로 돌아오길 바란다.

담임선생님을 비롯해 친구들이 더 많이 속상해하고 울었다는소식을 듣고, 우리 기명이가 한편으로는 위로도 되었겠지만 한편으로는 그 아쉬움을 정돈하기가 더 어려웠겠다는 생각이 들었다.

너의 직속 선배인 민경언니처럼 부회장 된 것을 더 축하해 주고, 너 또한 자축하고 만족하는 분위기가 되면 좋겠다. 우리는 삶 속에서 매 순간 빛과 그림자를 만나야 하는 상황에 부딪히게 된다. 그때 우리 기명이는 과감하게 빛을 선택하는 사람이면 좋겠구나.

둘이 출마한 전교회장 선거에서 회장이 안 되어 섭섭하다고 한다면 넌 어두운 그림자를 선택하는 것이고, 그래도 부회장이 되어 기쁘다고 생각한다면 넌 밝은 빛을 선택하는 것이 된다. 어차피 결과는 똑같은데 무엇을 선택하는 게 너에게 더 이롭겠느냐.

엄마는 자라온 환경이 그래서인지 예전에는 그림자를 더 쉽게 선택하면서 많이 우울하게 지냈다. 하지만 아빠처럼 긍정적이고 낙천적인 남자를 만나 긍정을 선택하며 사는 법을 배우게 되었지. 아빠의 그런 긍정적인 성격이야말로 이 불경기에 꿋꿋하게 버티어 살아남는 힘이고, 또 이 악처를 만나서도 밝고 건강하고 살아가는 비결이 아닐까 싶다.

다행히 우리 딸들은 아빠의 DNA를 닮아 긍정적이고, 회복 탄력성이 좋아 밝게 잘 자라고 있어 얼마나 고마운지 모른다. 이번에 선거 끝나고 안동 가서 우리 딸을 보니 엄마는 정말 대견하고 기특하더라. 스스로 장담했던 회장 자리를 놓치고도 삼겹살도 맛있게 먹고, 팥빙수도 잘 먹고, 무엇보다 네 얼굴에 밝은 웃음이 떠나지 않아 행복했다.

기명아.
세상만사 다 뜻대로 되지 않더라도 불굴의 의지를 갖고 끝까지

해내다 보면 하늘이 돕지 않을까 생각한다. 넘어지고 또 넘어져도 꿋꿋이 일어나 하다 보면 무엇인가는 이루게 되지 않을까? 그러니 좌절의 기억에 너무 매몰되지 말고 너의 작은 성취들을 기억하며 더 자존감 높은 사람이 되길 바란다.

그리고 기말고사 기간임에도 불구하고 자기 일처럼 나서서 동영상 만들고, 포스터 만들고, 선거운동해 준 친구들에게도 감사하는 마음 잊지 말고 두고두고 갚길 바란다. 엄마는 우리 기명이의 엄마인 게 늘 감사하고 자랑스럽다.

14-07-02 (수) 17:43
풍산옐 다녀와 지쳐버린 엄마가

182

인생의 다양성

> 너 때는 상상도 할 수 없었던 일들을 네 동생이 하나씩 터뜨려 주
> 어 약간 당황스럽기도 하지만 성향이 다른 두 딸을 키우면서 인생
> 의 다양성을 배운다.

드디어 그 힘들고 부담스러운 기말고사가 끝났구나. 애썼다.

무엇보다 이번 시험 기간에는 우리 딸이 잠도 잘 자고, 밥도 잘
먹고, 컨디션이 좋은 상태로 시험을 보고 밝게 전화해 주어서 얼
마나 감사한지 모른다.

1학년 내내 시험기간에 불면증에 시달리고 위장장애에 시달리
던 너를 떠올리니 정말 인간 승리다 싶다. 그동안 고비고비 넘기
면서 마음에도 굳은살이 생긴 것이지. 그렇게 몸도 마음도 튼튼해
져 가는 큰딸을 보면서 많이 안도했다. 결과에 상관없이 이번 기
말고사는 엄마에게 참 감사하고 위로가 되는 시간이었다.

문정이는 시험이 끝났다고 친구들을 데리고 와 집에서 피자 시
켜 먹고 피시방 가고 신이 났다. 무엇보다 놀라운 것은 이 녀석이
남자친구를 집으로 데리고 와서 논다는 것이다. 물론 당연히 건전
하게 놀 것이라는 것은 알지만, 너 때는 상상도 할 수 없었던 일들

을 네 동생이 하나씩 터뜨려 주어 약간 당황스럽기도 하고 재미있기도 하다.

너도 나중에 자식 낳아 키워 보면 알겠지만 자식이 다 달라서 심심치는 않다. 그렇게 전혀 다른 두 딸을 키우면서 인생의 다양성을 배운다.

오늘은 원상 엄마, 예진 엄마, 수진 엄마랑 아빠 사무실에 와서 차를 마셨다. 중계동에서 점심 먹고 찻집에 갔더니 가는 곳마다 아줌마들로 만원이더라. 오늘 기말고사 끝나는 날이어서 그러는가 보더라. 정말로 중계동 아줌마들 대단하다! 오랜만에 아줌마들 만나서 수다 떨고 맛있는 것 먹고 났더니 행복했다. 모든 것을 허물없이 털어놓을 수 있는 오래 사귄 아줌마들이 있어 고맙고, 대한민국 아줌마로 살 수 있는 것이 큰 혜택인 것 같다.

기명아.

너도 모처럼 시험 끝나고 학부모회에서 마련한 바비큐 파티이니 맛있게 먹고 친구들이랑 즐거운 한때 보내거라. 공부만 죽어라 해야 하는 불쌍한 고딩이지만 이렇게 만사 잊고 신나게 보낼 때도 오는구나.

다시 못 올 날처럼 그렇게 오늘을 즐기기 바란다. 파이팅 우리 딸!!!

14-07-09 (수) 20:22
우리 딸의 신나는 오늘을 위해 기도하며, 엄마가

오지 않은 시간을 미리 걱정하는
어리석은 인간이기에

> 대한민국이 온통 입시로 난리고 그래서 아이들은 12시간이 넘게
> 공부만 해야 하는 이 구조가 너무나 답답한 데도 참 답이 없구나.

기명아, 내일이면 방학이구나.

신관에 무사히 들어갔다는 소식에 엄마도 무척 반가웠다. 그러게 아직 나오지도 않은 결과를 가지고 그렇게 호들갑을 떨며 스트레스를 받고 그랬니? 말은 안 했지만 엄마는 그래도 내심 네 뜻대로 잘 될 거라고 생각했다. 무엇보다 내신이 좋으니 모의고사 못 본 거를 상쇄시켜줄 거라고 믿었지 그래도 한결 밝아진 너의 목소리를 들으니 엄마도 무더위가 확 가시더라.

그래, 어찌 보면 대한민국 고딩의 슬픈 자화상이기도 하다. 왜 경쟁하는지 이유도 모르면서 무턱대고 무한 경쟁을 하고 있으니 말이다. 신관 도서관에 들어갈 수 있는 전교 10등 안에 들려고 얼마나 치열하게 공부했을까? 잠깐 해이해지면 바로 탈락할 수 있으니 그 스트레스가 오죽할까?

그렇게 고3이 되어 전국의 입시생들과 경쟁하여 대학을 가야

하고, 그 대학에서 또 취업을 경쟁하고, 또 취업해서도 살아남기 위해 경쟁하고… 사는 게 다 그런 거라고 생각하며 편하게 가면 좋으련만, 매번 그 경쟁에서 낙오되지 않으려고 안간힘을 쓰며 사는 우리 딸을 보면 마음이 짠하다.

더 큰 나라에서, 아니 적어도 분단국가가 아닌 나라에서 태어났더라면, 천혜자원이나 관광자원이 많아서 크게 노력하지 않아도 잘 사는 나라에서 태어났더라면, 급속하게 산업화가 되지 않고 천천히 경제가 발전한 안정적인 나라에서 태어났더라면, 민족적 기질이 소박하고 낭만적이어서 문화와 예술이 융성한 나라에서 태어났더라면, 그래서 국민성이 좀 더 낙천적이고 여유로운 나라에서 태어났더라면 좀 나았을까?

대한민국이 온통 입시로 난리고 그래서 아이들은 12시간이 넘게 공부만 해야 하는 이 구조가 너무나 답답한 데도 참 답이 없구나. 나 역시 다른 엄마들과 똑같이 너를 입시로 내몰고 계속 다그치고 있으니 말이다

이 과정이 너에게 어떤 유익을 줄지, 또는 어떤 경험으로 기억될지 알 수 없지만, 이 황금 같은 젊은 날을 책상에 잡아두기만 해서 많이 미안하지만, 기왕 이렇게 된 것 "피할 수 없으면 즐기라!"고 말하고 싶구나. 공부를 그냥 너의 교양을 쌓는다고 생각하고 재미있게 할 수는 없을까? 누군가와 경쟁하려고 하지 말고 너 스스로 실력을 쌓는다고 생각하고 그냥 편하게 해볼 수 없을까?

"아이구, 우리 오마니 꿈 깨셔요~"

너의 비아냥이 들리는 듯하구나. 하지만 엄마가 요즘 다시 공부하라고 하면 정말 재미있게 할 수 있을 것 같아. 공부 자체에 목적을 두니까 재미있더라.

경제를 알고 싶어 경제책을 보고, 역사를 알고 싶어 역사책을 보는 식으로 말이야. 시험을 보기 위해 공부한다고 생각하지 말고 그 지식을 알아가는 것에 흥미를 두라는 말이지. 그래도 너에게는 이해가 안 가는 말로 들릴 수 있겠지만 한번 생각을 그렇게 바꿔봐. 그러면 공부 자체가 재미있어서 친구들이 나보다 앞에 서든 뒤에 서든 크게 개의치 않게 될 걸.

말하자면 '학문의 즐거움' 같은 거라고 할 수 있지. 어쨌든 입시 실정 모르는 엄마의 낭만적인 충고 같지만 한 번쯤 새겨보길 바란다.

암튼 내일 보게 되어 신난다. 오면 맛있는 것도 많이 먹고, 수다도 많이 떨고, 즐겁게 지내자. 너를 곁에 두고 보는 것만도 엄마는 무지 행복하다. 사랑해 큰딸!!

14-07-17 (목) 19:35
큰딸을 손꼽아 기다리는 엄마가

시간의 한 점 한 점을 핏방울처럼 진하게

"힘껏 산다. 시간의 한 점 한 점을 핏방울처럼 진하게 산다."
-최인훈

엄마의 스승이자 엄마가 가장 존경하는 최인훈 선생님의 『광장』
이라는 소설을 보면 이런 구절이 나온다.

"힘껏 산다. 시간의 한 점 한 점을 핏방울처럼 진하게 산다."

엄마가 『광장』을 두 번 이상은 읽었을 터인데도 생소하기만 한
그 구절을, 김민환이라는 교수가 한 신문의 '내 마음의 명문장' 코
너에 소개해서 다시 만났다.

분단국가인 우리나라의 고전이라고 할 수 있는 『광장』은 그 주
제가 너무나 아프고 무거워서 문장 하나하나를 기억하기가 어렵
기도 했을 것이다. 남도 북도 아닌 제3국을 택해 가다 결국 죽음
을 선택한 주인공 이명준의 고뇌가 젊은 문학도인 엄마에게 참 많
은 생각을 하게 했던 책이었지. 오죽하면 평론가 김현은 1960년

이 사회사적으로 학생의 해였다면, 소설사적으로는 『광장』의 해였다고 최고의 찬사를 했겠느냐.

최인훈 선생님을 생각하면 그냥 그분의 걸음걸이, 표정, 말투만으로도 그저 '작가란 저런 모습의 사람이구나!' 했을 만큼 분위기가 특별했다. 그때 제대로 스승을 알아보고 딱 붙어서 배웠어야 했는데… 지나간 일 후회하면 뭐하겠느냐만 그분이 한낱 점 같은 날 알아봐준 스승이어서 더 잊을 수가 없구나.

어쨌든 너에게도 소설 『광장』 읽어보기를 적극 추천한다. 이번 여름을 그야말로 힘껏 살고 있는, 시간의 한 점 한 점을 핏방울처럼 진하게 살고 있는, 우리 딸이 꼭 읽었으면 좋겠다.

기명아.

지금쯤 언어수업을 진지하게 듣고 있을 우리 큰딸을 생각하니 엄마도 한 톨의 시간도 낭비하고 싶지 않구나. 엄마도 싸워서 지는 걸 두려워하지 말고, 싸우지도 않고 지는 걸 두려워하는 사람이 되어야겠다.

이 여름 이 무더위와 싸우며 치열하게 사는 기명이처럼 엄마도 밑바닥에 앙금처럼 가라앉은 열정을 휘저어 떠올리도록 해야겠다. 고맙다, 큰딸!!!

14-07-19 (토) 20:52
힘껏 사는 기명이를 기다리며, 엄마가

나를 사랑하는 일

> 남에게 피해가 가지 않는 한, 사람이 죽고 사는 일이 아닌 한, 다른
> 사람 의식하지 않고 내가 원하는 대로 선택하며 살기로 했다.

아침저녁으로 한결 시원해진 바람 끝을 느끼며 가을이 오고 있음
을 실감한다.

집에서 편히 지내다가 갔으니 기숙사생활이 처음에는 조금 불
편할 수 있겠다만 그래도 공부도 잘되고 즐겁게 생활하고 있다니
엄마는 한결 마음이 놓인다.

아빠는 아직도 조금 한가한 편이지만 이 기회에 즐겁게 쉬겠다
고 엄마랑 조조영화도 보고 유튜브에서 특강도 다운받아 들으며
나름 즐겁게 살고 있다. 문정이는 네가 간 뒤 약간 게을러지더니
다시 독서실 다니며 열심히 공부하고 있다.

엄마는 요즘 인간관계에 대해서 생각하는 시간을 갖고 있다. 그
리고 내린 결론은, 남에게 피해가 가지 않는 한, 사람이 죽고 사는
일이 아닌 한, 다른 사람 의식하지 않고 내가 원하는 대로 선택하
며 살기로 했다. 뭐 그것이 결국 나를 사랑하는 일이 아닐까 하고

말이야.

생각해 보니 남들을 배려한다고 하고, 남을 위한다고 하는 일이 결국은 나를 위한 이기적인 일들이 아닐까 생각한다. 그래서 그냥 이제부터는 아무런 명분도 내세우지 않고 나를 위해 살려고 한다.

거기에 가족은 사실 쉽게 포기할 수 없는 부분이 있지만, 그래도 내가 행복해야 가족도 행복해지니까 나의 삶을 먼저 생각하며 살려고 해. 일단 마음 가는 대로 말이야. 너도 살짝 아픔을 겪더라도 적극적으로 네 뜻을 펼치며 미래를 향해 나아가는 그 열정 잃지 말고 멋지고 당당하게 살길 바란다.

늘 우리 딸을 위해 기도하고 염원하는 엄마와 아빠가 있다는 것을 잊지 말고, 파이팅!

14-08-12 (화) 17:55
늘 낙천적이고 긍정적인 아빠에게 감사하며, 엄마가

재미있게 살아라, 기명아

> 프란치스코 교황님이 우리나라에 와서 4박 5일 동안 그 빡빡한
> 스케줄을 감당할 수 있었던 것은 '재미있게 했기 때문'이라고
> 하더라.

생리통을 호소하며 아픈 이를 붙들고 빗속에 풍산으로 향하는 너를 배웅하고 돌아오는 길, 몇 번의 이별을 경험하고도 익숙해지지 않는 이 서운하고 쓸쓸한 마음을 어떻게 말로 다 하겠느냐.

안동 시내에서 한솔이를 만나기로 했으니 그래도 넌 나름 설렘이 아주 없지는 않았을 텐데 엄마 눈에는 그저 집 떠나기 싫어하는 안쓰러운 모습만 보이더구나.

아빠는 이런 엄마에게 늘 '인생이란 만나고 헤어지는 것이고, 오면 반갑고 떠나면 또 다른 삶이 기다리고 있으니 기대되는데 뭘 그렇게 연연해하느냐'고 도인 같은 말씀만 하신다. 그래도 아빠의 그런 말들은 감상에 빠진 엄마를 정신 차리게 해주고 한결 마음에 위로도 된다. 살면 살수록 인생은 혼자라는 말을 실감하는데 우리 기명이는 다른 사람보다 조금 빨리 그것을 깨닫고 있지 않을까.

오늘 신문을 보니 프란치스코 교황님이 우리나라에 와서 4박 5

일 동안 그 빡빡한 스케줄을 감당할 수 있었던 것은 '재미있게 했기 때문'이라고 하더라. 그분이 늘 강조하는 것은 '기쁨'이라고 한다. 즉 무슨 일이든 재미있게 하고 기쁘게 하면 지치지 않고 능력을 발휘할 수 있다는 것이지.

우리 기명이도 공부를 지겹게 억지로 하지 말고 재미있게 했으면 좋겠다. 알아가는 재미, 깨닫는 기쁨이 있는 즐거운 공부를 하면 한결 덜 힘들 것이다. 쉽지 않겠지만 그래도 그렇게 긍정적으로 임했으면 좋겠다는 바람을 간절히 가져본다.

문정이는 오늘 새벽부터 씻고 몸단장을 하고 즐겁게 학교로 향했다. 엄마가 보기엔 게으르고 한심하기 짝이 없지만 그래도 개학날을 기다리며 학교 가는 게 즐겁다고 하는 것을 보면 그게 바로 문정이에게서 나오는 에너지의 근원이 아닌가 싶다. 아빠 말대로 그냥 내버려두면 잘 클 것 같다. 우리 문정이는….

아빠는 지금 개구리가 멀리 뛰기 위해 잔뜩 몸을 웅크리듯 더 높이 도약하려고 한껏 준비 중이다. 이 경제적으로 힘겨운 시간을 견디며 엄마 아빠는 더 많이 마음을 나누고 사랑도 깊어졌다. 그동안 우리가 얼마나 하늘의 은총으로 풍요와 복을 누리며 살았는지도 알게 되었으며, 노후를 위해 더 철저히 준비를 해야 한다는 것도 깨달았다.

물질이든 시간이든 얼마나 귀하게 써야 할지 깊이 고민하게 되었으며, 또한 삶에 대해 많이 겸손해야겠다고 다짐하는 시간도 갖게 되었다.

그래서 한편으로는 이런 휴식과 반성의 시간이 주어진 게 감사하기도 하다. 전 국가적으로 불경기라 그 고통에 당연히 함께 참여하고 있다고 생각하지만, 이제 교황님의 방문을 계기로 온 나라가 화합하고 경기도 살아났으면 하는 바람을 가져본다.

오늘 명동성당에서 이루어진 미사를 텔레비전으로 보며 마음이 많이 평화로웠다. 종교의 존재 이유를 깊이 깨닫는 시간이었다. 너도 예배를 통해 늘 깊은 평안 얻기를 바란다.

14-08-18 (월) 14:29
딸이 재미있는 시간을 보내길 바라며, 엄마가

괜찮아, 다 괜찮아!

네가 어떤 상황이든, 어떤 선택을 하건 언제나 널 지지하고 응원하
는 가족이 있음을 잊지 마.

기명아.

이른 아침 너의 전화를 받고 놀라기도 했지만 한편으로는 그래도
우리 딸이 힘들고 외로울 때 엄마를 찾아주어서 얼마나 다행스럽
고 고마웠는지 모른다. 우리 딸 많이 힘들지? 당장은 대단한 일 같
아 보여도 시간이 지나고 나면 아무것도 아닌 일이라고 여겨질 거
야. 그러니 훌훌 털어버리고 네 마음의 평정을 얻기 바란다.

　우리 인간은 참 별일 아닌 것에 고통스러워하며 에너지를 빼앗
기고 사는 것 같다. 그럴 때는 아무런 해결책이 없어도 그저 흘러
가는 시간이 약일 때가 참 많더라. 45년 동안 살면서 깨달은 것이
있다면 '흘러가는 세월보다 더 큰 치유는 없다'라는 거야. 그러니
부화뇌동하지 말고 그냥 잠잠히 일어나는 일들을 지켜보는 여유
를 갖기 바란다.

　엄마의 10대와 20대를 생각하면 그야말로 질풍노도의 시기였

던 것 같아. 하지만 분명한 것은, 나를 성장시킨 것은 기쁘고 즐거운 시간이 아니라 괴롭고 힘든 시간들이었다는 것이다. 네가 나름 아픈 시간을 견디고 있지만 그럴 때마다 네 의식의 성장판이 자라고 있음을 기억하기 바란다.

가끔, 우리 기명이를 너무 일찍 허허벌판에 내놓아 고생시키는 것이 아닌가 하고 마음이 아리기도 하지만, 네가 다른 친구들보다 좀 빨리 자립해서 세상을 배우고 이해해가는 중이라고 믿고 싶다.

네가 어떤 상황이든, 어떤 선택을 하건 늘 언제나 널 지지하고 응원하는 가족이 있음을 잊지 말도록 해라. "괜찮아, 다 괜찮아!"라고 오직 네 편이 되어주는 엄마가 있음을 기억하길 바란다. 그래서 언제나 어깨 쫙 펴고 네 마음의 소리에 귀 기울이며 당당하게 살길 바란다.

기명아, 이제부터 힘든 일이 생길 때마다 너 자신을 '길가에 핀 작은 풀꽃 같은 존재'라고 생각해봐. 내 모습 그대로 날 인정하고 바라보니 나도 사실 많이 아껴주고 사랑해 주어야 할 아픈 사람이더라. 엄마는 네가 그 어떤 것보다 자신을 많이 사랑하고 아끼는 사람이 되었으면 좋겠어.

친구가 어찌하지 못하게, 선생님이 어찌하지 못하게, 시험점수가 어찌하지 못하게, 대학이 어찌하지 못하게 말이야. 그래서 내려놓을 것은 내려놓고 가볍게 삶을 살아낼 수 있었으면 좋겠다.

14-09-18 (목) 14:05
하늘마저 청명한 가을날에 엄마가

고통과 행복

> 기쁘고 즐거운 것은 그야말로 순간이니 그 시간이 지나면 또 다른
> 고통이 따르겠지. 그래서 쾌락을 추구하면 할수록 고통이 온다.

엄마는 요즘 매주 화요일 2시에 노원평생교육원으로 철학 강의를
들으러 다닌다. 매우 흥미롭고 재미있다. 7주 코스인데 고려대 철
학과 교수님들이 와서 동, 서양의 철학을 다양한 관점에서 강의해
주신다.

　이번 주는 두 번째 시간이었는데 '철학으로 이해하는 욕망의 문
제'에 대해 강의를 했다. 엄마가 무엇보다도 인상 깊게 들은 것은
쾌락을 '고통의 부재'로 정의한 에피쿠로스 학파의 철학이었다.

　욕망에 관한 다양한 서양철학 이론을 들으며, 물론 각 이론마다
장단점이 있어 면밀히 검토하고 판단을 내려야겠으나, 즐겁고 신
날 때가 아니라 괴로움이 없는 상태, 즉 평정심이 유지될 때 사람
은 행복하다는 이론이 참 가슴에 와 닿았다.

　기쁘고 즐거운 것은 그야말로 순간이니 그 시간이 지나면 또 다
른 고통이 따르겠지. 그래서 쾌락을 추구하면 추구할수록 고통이

온다. 그러니 나에게 쾌락을 주는 것을 반성하고, 또 그것이 덧없다는 것을 이해하고 불필요한 욕망을 제거하면 비로소 최고 선, 가장 좋은 삶을 살 수 있다는 것이다.

이렇게 정리하고 보니 엄마는 요즘 아주 쾌락적인 삶을 누리고 있다. 철학 강의를 들으며 작은 깨달음을 얻고, 책을 읽으며 감동하고, 또 나만의 작은 공간이 주어진 이 평온의 시간을 엄마는 참 행복하다고 느낀다. 이 평화와 안녕이 더 없이 소중하고 감사하다.

어릴 때부터 외할머니가 일찍 돌아가셔서 나름 험한 일을 많이 겪었다고 생각해서인지 그저 아무 일 일어나지 않는 결혼 이후의 평범한 삶이 엄마는 가장 평화롭고 안정적이다. 그것은 어떤 짜릿한 즐거움보다 귀하고 귀하다.

너에게도 고통 없는 평안이 늘 함께하길 진심으로 기도한다.

14-09-19 (금) 10:10
고통의 부재에 진심으로 감사하며. 엄마가

수도승 같은 삶을 살아가는 딸에게

3년 동안 견디기만 하면 많이 성숙해지고 성장한다는 말이 그냥 빈말 같지는 않더라. 어디든 집 떠나 공부하는 것이 마냥 편하기야 하겠느냐.

사랑하는 기명아.

기말고사 준비하느라 많이 바쁜지 이틀 동안이나 소식을 전하지 않는 큰딸의 근황이 궁금해 몇 자 적는다. 물론 몸과 마음 모두 건강하고 튼튼하게 잘 있겠지? 포도도 달고, 사과와 배도 이제 한창 맛이 들어 이 가을은 과일만 먹어도 참으로 행복한 계절이다. 우리 딸 다음 귀가 때는 엄마가 시장에서 파는 과일을 종류별로 가득 사서 다 맛보게 할 생각이다.

어제는 아빠와 엄마가 문정이와 함께 공주에 있는 자율형공립고인 K고에 가서 입학상담을 하고 왔다. 풍산고처럼 타지역은 1배수를 뽑아 미리 합격 여부를 알려준다고 하니 실질적인 면접이었다. 젊고 총명해 보이는 여자 선생님이 면접을 보았는데, 뜻밖에도 국어선생님이어서 문정이에게는 많은 도움이 되었다.

문정이 꿈이 국어선생님이어서 그런지 많이 호감을 갖고 말씀을 해주시더라. 물론 문정이도 또박또박 제 생각을 진지하게 잘 말하더라.

무엇보다 상담하며 인상 깊은 것은, 담당선생님이 매우 진솔하게 학교 상황을 얘기해주는 것이었다. 서울지역 입학상담을 해주시는 그분은 작년에 1학년 담임이었다고 하시더라.

그곳도 지방기숙학교라 작년 1학년 중 무려 12명이 전학을 갔는데, 선생님 반 3명 중 1명은 일반고로 전학 가고, 1명은 자퇴해 검정고시를 보고, 1명은 한 학년 꿇어 다시 1학년을 다니고 있다고 하시면서, 기숙학교 생활이 여학생들에게는 얼마나 힘든지 자세히 알려주시더라. 문정이 눈을 바라보며 '한 3년 수도승처럼 살각오하고 오라!'고 하시더구나. 그 말을 듣고 문정이도 좀 당황하는 듯하더라만 나는 네가 작년에 겪은 여러 가지 일들이 주마등처럼 흐르더라.

얼마나 견디기 힘들었으면 우리 딸이 그렇게 많이 앓았을까? 치아 교정은 둘째 치고, 위염, 장염, 심지어 허리 아픈 것과 불면증까지…

2학년에 올라와 그나마 많이 편안해진 네 모습을 떠올리니 다행스럽기만 하더라. 3년 동안 견디기만 하면 많이 성숙해지고 성장한다는 말이 그냥 빈말 같지는 않았다. 어디든 집 떠나 공부하는 것이 편하기야 하겠느냐. 그런 고통, 아픔, 좌절 다 인내하고 다들 그 안에서 소소한 재미와 의미를 찾아가는 것이겠지.

기명아.

요즘 문정이 고입준비를 하며 사실 우리 기명이를 생각할 때가 참 많다. 한편으로는 참 미안하고 한편으로는 참 고마운 딸이라는 두 개의 감정에서 엄마는 종종 뭉클해진다. 네 학생부에 비하면 한참 부족한 문정이의 학생부를 들여다보면 가끔 지금 하는 모든 일이 무모하게 느껴지기도 한다.

그래서 문정이가 K고를 가든(풍산보다 서울과 가까워서 고려 중), 풍산고를 가든, 또는 그냥 일반고를 가든 그것은 하늘의 뜻이라고 생각한다. 다만 주어진 상황에서 열심히 준비할 뿐이지 그 길을 예비하고 인도하시는 하나님의 뜻은 또 따로 있다는 것을 잘 알고 있기 때문이다.

그렇게 맘먹어서인지 갈급한 마음도 없고, 불안한 마음도 없고 사실 평안하다. 합격의 환희를 느끼든, 불합격의 아픈 좌절을 느끼든 그것도 문정이가 감당할 몫이겠지. 그 어떤 기회도 문정이에게 필요해서 온 것일 테니 말이다.

이렇게 세상의 모든 일들이 마음을 비우고 한발 떨어져서 보면 참 어려울 것도 힘들 것도 없는 것 같다. 아직 소인이어서 그게 아직은 내 맘대로 잘 안 돼서 그렇지만. 그래도 늘 깨어서 잘 알아차리며 그런 삶의 지혜를 배워나가도록 하자, 큰딸!

14-09-25 (목) 15:20
기명이를 늘 응원하는 엄마가

가을의 쓸쓸함을 즐겨라

> 너도 힘든 고교시절이지만 너무 대입에 집착하지 말고 그때그때
> 과정을 즐기며 행복하게 살았으면 좋겠다.

기명아.

어젯밤 12시에 전화해서 '마음이 까닭 없이 왠지 쓸쓸하고 심란
하다'는 말에 우리 딸이 가을을 타는가 보다 했다. 문정이도 오늘
학교 다녀와서는 괜히 맘이 울컥울컥 한다고 하더라. 계절의 변화
를 예민하게 느끼고 알아차리는 모습들이 멋지다고 생각한다.

엄마는 요즘 너무 바빠서 솔직히 말하면 가을을 채 느끼지 못하
고 겨울을 맞이한 느낌이다. 요즘 갑자기 날씨가 추워져서 말이
지. 사무실에 앉아 있으면 정말이지 난로를 켜고 싶은 마음이 굴
뚝같다.

기명아.

시험이 끝나도 또 시험을 준비해야 하고 또 그렇게 부담을 갖고
살아가는 너를 생각하면 참 안쓰럽기 그지없다. 대한민국 고등학

생으로 태어나 그렇게 주입식교육과 암기위주의 공부에 파묻혀 사는 것을 보면 참 안타깝고 서글프기도 하지만 그 또한 숙명으로 받아들여야 하지 않을까 싶다.

그래서 '피할 수 없으면 부딪혀보리라!' 하는 마음으로 그냥 임해야 하지 않을까 싶다. 너무 잔인한 당부 같지만 그 길 말고는 특별한 돌파구가 없다. 미안하다.

엄마는 오늘 형주 엄마랑 정윤이 엄마랑 함께 불암산 둘레길을 걷다 왔다. 불암산 길이 바위산이라 비록 가파르고 험했지만 가고 가다 보니 그래도 목적지에 도착하더라. 쉬기도 하고, 과일도 먹고, 수다도 떨며, 과정 과정을 즐기며 간 길이라 하나도 힘들지 않게, 생각보다 금방 갔다 왔다. 너도 힘든 고교시절이지만 너무 대입에 집착하지 말고 그때그때 순간을 즐기며 살았으면 좋겠다. 물론 걱정도 되고 막연한 불안도 있겠지만 그냥 딱 오늘만 생각하고 살아 보거라. 그렇게 살아내고 살아내다 보면 그냥 뭐라도 되어 있겠지.

날씨가 많이 쌀쌀해졌다. 그곳도 많이 춥지? 네가 부탁한 것들은 엄마가 주말에 운동화랑 추리닝이랑 사서 함께 보내려고 한다. 이불이랑 함께 월요일에 보내면 화요일에 도착하겠지. 불편해도 조금만 참아라.

엄마는 요즘 문득 문득 우리 딸을 잊는다. 잘 지내고 있고, 최선을 다해 살아내고 있을 기명이를 믿는 마음이 커진 탓이다. 우리 딸은 엄마아빠의 믿음대로 자신을 사랑하고 아끼는 멋진 여성으로 성장할 것이다. 엄마는 그래서 오늘도 감사하며 기쁘게 일상을 살아간다.

14-10-17 (금) 20:27
오늘도 충만한 하루를 보낸 엄마가

수능 D-365

수능날이야 하루하루 최선을 다해 살다보면 다가오는 것이고, 네가 걱정을 해도, 걱정을 하지 않아도 피할 수 없는 것이니 그냥 담담하게 받아들여라.

기명아.

새벽 다섯 시에 일어나 수능 보러 가는 선배들을 위해 도시락을 싸고 배웅하고 그리고 천등산에 가서 새롭게 마음을 다지고 오느라 오늘 하루가 참 길었겠구나. 후배들이 직접 싼 밥을 먹고 선배들이 힘을 내 오늘 시험을 잘 치렀을 것이다. 그런 것들은 너희 학교의 참 따뜻하고 좋은 전통 같구나.

내년이면 우리 큰딸이 드디어 고3이 되고 수능을 보게 되겠구나. 벌써 고3이 된 것처럼 떨린다고 하며 긴장하는 너의 전화를 받고도 엄마는 실감이 안 나는구나. 곁에서 널 챙겨주지도 못하고 따뜻한 위로도 전하지 못해 많이 미안하고 아쉽다.

기명아.

갑자기 날이 많이 추워졌다. 건강 조심하고 하루하루 기쁘게 살

았으면 좋겠다. 수능이야 하루하루 최선을 다해 살다보면 다가오
는 것이고, 그날 가서 시험 보면 된다고 편하게 생각했으면 해. 네
가 걱정을 해도, 걱정을 하지 않아도 피할 수 없는 것이니 그냥 담
담하게 받아들여라. 엄마가 너무 편하게 말하는 것 같아 미안한데
어쩔 수 없다.

　넌 대한민국 고등학생이니 어쨌든 엄마는 늘 너의 안녕과 건강
과 지혜를 위해 기도할게.

14-11-13 (목) 21:03
서로 아끼고 사랑하는 가족이 있어 감사한 엄마가

손바닥으로 하늘 가리기

> 문정이의 고입을 치르며 '손바닥으로 하늘을 가릴 수 없다'는 것을
> 실감했다. 정말 준비된 실력과 노력이 뒷받침 되지 않으면 뜻을 이
> 룰 수 없다는 사실을 절실하게 느꼈다.

이제 문정이의 입시가 끝나고 고등학교가 정해져 엄마 마음도 정
리가 되어 이렇게 편지를 쓴다. 너는 문정이가 너희 학교에 오는
것에 약간의 우려와 부담이 있는 것 같다만, 엄마는 문정이를 믿
고 너를 믿는 마음이 크기에 별로 걱정하지 않는다. 그리고 문정
이를 너 가까이 보내게 되어 든든하고 안심이 되기도 한다.

아마 문정이도 네가 있어 의지가 되겠지만 너도 문정이가 있어
힘들고 외로운 고3 시절을 잘 보낼 수 있으리라고 믿는다. 엄마도
두 딸이 있으니 더 자주 가게 되지 않을까?

문정이의 고입을 치르면서 엄마는 정말 '손바닥으로 하늘을 가
릴 수 없다'는 것을 실감했다. 정말 준비된 실력과 노력이 뒷받침
되지 않으면 뜻을 이룰 수 없다는 사실을 뼈저리게 느꼈다. 세상
의 모든 일들이 사실 운이 많이 좌우한다. 하지만 그 또한 실력이
뒷받침되었을 때라고 생각한다.

노력도 하지 않고 운만 바란다면 그보다 더 어리석은 일이 없다. 너무 늦게 준비했고, 노력도 많이 부족했다. 그것이 결론이다. 그래서 사실 크게 아쉽지도 않았고 너 때처럼 힘들지 않게 현실을 받아들일 수 있었다.

다만 문정이가 뒤늦게라도 준비하는 과정 중에 보여준 열정은 참으로 멋있었다. 스스로에게 자긍심도 갖고, 또 부족함도 느끼며 자신을 알아가는 게 무엇보다 큰 경험이었다고 생각한다.

문정이가 풍산고에 들어가서 자신의 뜻을 이룰지, 원하는 대학에 갈 수 있을지 사실 엄마는 크게 관심이 없다. 그곳에서 소위 성공이라는 것을 하지 못해도 적어도 성장하리라는 확신이 있어서 보내는 것이다. 기명이 네가 그것을 증명해 주었고 문정이도 너의 뒤를 잘 따라가리라고 생각한다.

무엇보다 반가운 것은 그래도 문정이가 널 좋아하고 때론 존경해서 너의 길을 따라가려고 한다는 점이다. 문정이에게 넌 좋은 언니이면서 훌륭한 멘토이기도 한 것이다. 그러니 문정이가 선택한 길을 이제 기꺼이 축복해 주기 바란다. 그냥 너는, 적어도 학교에서는 3학년 선배노릇만 해라.

물론 고3이어서 크게 신경 쓸 수도 없겠지만 정말 문정이의 생활에 무관심하기 바란다. 문정이가 공부를 잘하든 못하든 행동이 바르든 그렇지 않든 그냥 문정이가 겪어나가고 이겨낼 일이다. 네가 문정이에게 지나치게 관심을 갖는 것은 문정이에게도 불편한 일일 것이다. 쉽지 않겠지만 너는 너, 문정이는 문정이, 그렇게 살았으면 좋겠다. 엄마는 너도 믿지만 사실 문정이가 잘 지내리라는 확신이 있다.

처음에는 워낙에 생활 수련이 안 된 아이라 벌점도 많이 받고 시행착오를 겪겠지만 곧 자리 잡아 갈 것이다. 남자친구를 사귀다 혹 성적이 떨어지더라도 잠시 그렇지 바로 제자리 잡을 아이다. 어떤 상황이라도 엄마 아빠는 그냥 믿고 지지해줄 생각이다.

엄마는 어느 순간 남의 눈이나 말보다 나 자신의 감정과 의지를 더 중요하게 생각하게 되었다. 그래서 문정이가 치마를 짧게 입어도, 화장을 해도, 그냥 그 아이의 개성이고 창조력이라고 인정하고 있다. 그러고 났더니 문정이처럼 멋진 아이가 없더라. 괜한 노파심 때문에 주저리주저리 말이 많았다.

네 중학교 후배이자 문정이 친구 수진이는 오늘 부모님이랑 너희 학교 가서 설명회도 듣고, 학교 견학도 했는데, 많이 흡족해하며 왔다고 하더라. 네가 닦아 놓은 길을 훌륭한 두 후배가 따르니 그 또한 영광스러운 일이 아닐 수 없다.

월계중학교 선생님들도 많이 기뻐하고 지지해 주었다고 하더라. 우리 딸 어깨가 무겁겠지만 지금처럼만 하면 되니 편하게 맘 가져라. 아무튼 우리 늘 감사하며 잘 살아보자. 파이팅!!

14-12-10 (수) 22:07
오랜만에 사무실에 나와 딸들을 생각하며. 엄마가

대한민국 입시

생각하고 또 생각해도 대한민국 입시며 고등학생의 생활이 너무나
비합리적이고 몰상식적인 것 같다만, 이 땅에 태어난 죄로 달리 방
법이 없어 꾸역꾸역 살아가는구나.

혹한의 날씨에 잘 지내고 있는지.

엄마는 시골 고모 결혼식에 다녀와 한동안 피곤했지만 아빠의
일이 바빠서 사무실에 나와 있다. 눈도 오고 바람도 불어서 정말
많이 춥고 손이 시리더라. 사무실 난로를 뜨겁게 틀어 놓았더니
따뜻하기는 하다만 그 허허벌판 풍산고등학교 교정의 매서운 바
람소리가 들리는 것만 같아 마음 한켠이 짠하다.

생각하고 또 생각해도 대한민국 입시며 고등학생의 생활이 너
무나 비합리적이고 몰상식적인 것 같다만 이 땅에 태어난 죄로 달
리 방법이 없어 꾸역꾸역 살아가는구나.

전화로 2학기 수학 내신이 2등급으로 떨어진 것을 속상해 하는
너의 목소리를 들으니 엄마도 안타깝다만, 어쩔 수 있니? 그냥 받
아들여야지. 워낙에 문과반 학생 수가 적으니 1등급 유지하기가
하늘에 별 따기보다 어렵구나. 내년에 잘하면 되니까 편하게 맘먹

고 그냥 또 열심히 해보자. 가까이에서 속상한 마음 더 들어주지 못하고 격려해주지 못해 많이 미안하다.

문정이는 나름 선발고사 문제집도 풀고 수학, 영어 선행도 열심히 하고 있다. 말은 풍산고에 가서 언니에게 누를 끼치지 않도록 열심히 하겠다고 하더라만, 워낙에 공부를 파고드는 형이 아니라서 그냥 나름 공부를 즐기면서 했으면 하는 바람이다.

그곳에서의 3년이 엄마 품 떠나 자유롭게 생활하며 자기가 좋아하는 게 무엇인지, 무엇을 잘 할 수 있는지, 무엇이 되고 싶은지, 자신의 미래를 발견하는 시간이 되었으면 하는 바람이 간절하다.

기명아, 날이 차다. 내일은 영하 12도로 내려간다고 하니 옷 따뜻하게 챙겨 입고 골고루 잘 먹어라. 무엇보다 건강이 가장 중요하다. 부디 감기 조심하고 늘 행복하게 지내라. 살다보면 수학시험 조금 못 본 것, 티끌만한 점에 점 같은 아주 사소한 일이다. 통크게 생각하고 통 크게 살자.

목요일에 반갑게 만날 수 있으니 엄마 손꼽아 기다려진다. 하늘만큼 땅만큼 사랑한다. 큰딸!!!

14-12-16 (화) 20:18
큰딸을 생각하면 늘 감사하는 마음이 생기는 엄마가

거인의 어깨

최소한 실수를 피하자고 정보수집 차원에서 입시설명회를 다니기
는 하는데 확률과 통계일 뿐이고, 사실 말만 무성하지 내년 입시도
오리무중이다

체해서 토하고 배가 아픈 너를 보내고 엄마 맘이 편하질 않구나.
이제 좀 괜찮아졌는지? 방학동안 잘 먹고 잘 지내다 막판에 그러
니 더 맘이 짠하다. 속이 안 좋으면 되도록 음식을 절제했으면 좋
겠다. 맵고 짠 음식은 물론 밀가루 음식과 과일도 당분간 삼가거
라.

　엄마가 늘 말하지만 우리 같은 소음인은 늘 소식해야 하고, 따
뜻한 물을 먹어야 하고, 그리고 군것질을 자제해야 한다. 엄마 말
허투루 듣지 말고 부디 적게 먹고, 야식도 절대 삼가길 바란다.

　오늘은 엄마가 대치동에 가서 입시설명회 듣고, 중계동에 와서
문정이를 두 달 동안 보낼 국어학원을 알아보러 세 군데 돌아다녔
다. 알고 봤더니 그야말로 중계동은 학원 천지더구나. 국어, 영어,
수학, 사탐, 과탐 거기다 논술까지… 다 비슷비슷한 이야기를 듣
고 허탈한 맘으로 사무실에 들어왔다. 충분히 혼자 할 수 있는 공

부를 학원에 의지해 억지로 하고 있으니 참 답답하고 딱하더라.

예를 들어 문정이와 너는 중학교 때 국어학원 생각도 안 해봤는데 여기는 초등학교 때부터 국어학원을 다니더라. 정말 대한민국 아줌마들의 치맛바람이 문제인지, 아니면 교육정책의 문제인지 모르겠으나 알면 알수록 참 대한민국 교육이 걱정되고 한심하더라.

그런데 더 큰 모순은 그럼에도 불구하고 엄마도 그렇게 강압적으로 공부시키는 부류에 편승하지 못해 안달난 사람처럼 초연하지 못하고 여기저기 기웃거리고 있다는 것이다. 공부란 정말 스스로 배우고 싶고, 알고 싶은 욕구를 가지고 탐구해 나가는 것이다. 이렇게 억지로 시키는 공부는 입시라는 큰 목적을 달성하면 다 쓸모없이 잊혀져 버릴 것 같아 안타까운 마음이다.

무엇 때문에, 언제부터 이렇게 되었을까? 엄마는 문정이가 지금 너처럼 좀 힘들더라도 스스로 자기주도 학습을 하며 성장하는 사람이 되어주길 진심으로 바란다. 하나하나 모르는 것을 스스로 알아가며 학문하는 즐거움을 알아갔으면 좋겠다. 설령 그렇게 더디게 알아가 소위 명문대 진학을 못 하더라도 엄마는 진짜로 너희들의 실력과 노력을 인정하고 칭찬할 수 있을 것 같다. 사실 문정이를 그곳 풍산고등학교에 보낸 것도 이런 사교육시장에 내놓고 싶지 않은 마음도 많이 작용했다.

엄마는 우리 기명이가 그렇게 학원도 안 다니고, 과외도 안 하고 혼자서 독서실에 앉아 실력을 차곡차곡 쌓아가는 게 정말 대견하고 자랑스럽다. 지금의 그 성실한 시간이 아마 네가 이 세상을 살아가는 데 엄청난 자산이 되리라고 믿는다.

입시설명회를 들어도 사실 막연하고 답답할 뿐이다. 최소한 실수를 피하자고 정보수집 차원에서 다니기는 하는데 확률과 통계일 뿐이고, 사실 말만 무성하지 내년 입시도 오리무중이다. 오늘 들은 것을 요약하자면, 정시보다 수시에서 끝내야 하고,(내년 재수생이 너무 많단다) 일단 지역균형을 받을 수 있으면 받는 게 유리하고, 어쨌든 끝까지 학생부를 잘 챙겨야 한단다.

기명아.

우리는 저마다 살면서 '내가 잘 가고 있는가?' 고민하게 된다. 그게 자기 자신을 안으로 잘 살피는 중이라고 생각한다. 묵묵히 가다보면 길이 보이겠지. 그렇게 성실하게 뚜벅뚜벅 소처럼 가보자. 파이팅 엄마 딸!

14-12-29 (월) 19:37
늘 기명이의 건강을 위해 기도하는 엄마가

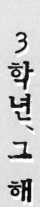

3학년, 그 해

설날 저녁에

문고 물어 가며 선택해야 실수를 줄일 수 있다. 나 자신에게도 문고 다른 사람에게도 묻고, 그렇게 선택한 것이 혹 실패했을지라도 후회가 없다.

설날을 함께 하지 못해 아쉽구나, 큰딸.

그곳 기숙사에서 떡국은 먹었겠다만 새해 한 자리에 모여 새해 계획을 세우고 즐거운 시간을 함께 보내지 못해 아쉽다. 엄마는 이모와 함께 교회에서 송구영신 예배를 드렸다. 새해를 맞이하는 목사님 말씀 중 마태복음 17장 20절 말씀이 마음에 남았다.

"이르시되 너희 믿음이 작은 까닭이니라. 진실로 너희에게 이르노니 만일 너희에게 믿음이 겨자씨 한 알 만큼만 있어도 이 산을 명하여 여기서 저기로 옮겨지라 하면 옮겨질 것이요, 또 너희가 못할 것이 없으리라."

그래 어쩌면 우리가 믿음이 부족해서 무언가를 선택할 때 더 큰 것을 바라지 못하고 쉽게 포기하지 않나 싶다.

엄마는 네가 힘들까봐 한국사와 제2외국어를 선택하지 말라고 했다고 그랬지만, 사실은 믿음이 부족했고 나아가 더 쉽게 가고 싶은 나태한 마음이 더 크지 않았나 싶다. 네가 힘들게 서울대를 준비하는 것보다 그냥 편하게 좀 눈높이를 낮추어 가면 좋을 것 같았다. 물론 그러면서도 마음 한켠에 아쉬움이 남은 것도 사실이다. 네가 뜻한 바가 있을 텐데 엄마가 괜히 네 마음을 흔들어 놓아 며칠 동안 널 힘들게 했구나.

그래도 이런 고민과 숙고의 시간은 반드시 필요하다고 생각한다. 그래야 네가 지치고 힘들 때 흔들림 없이 갈 수 있겠지. 해보다 안 되어 포기하면 최소한 후회는 없을 텐데 해보지도 않고 지레 포기하라고 했던 것 같다. 그래서 무슨 일 있을 때 세 명의 스승에게 물어 보고 결정하라고 하는가 보다.

네 마음에 이미 결심이 선 것 같다만 엄마가 살면서 터득한 것은 묻고 물어 가며 선택해야 실수를 줄일 수 있다는 것이다. 나 자신에게도 묻고 다른 사람에게도 묻고, 그렇게 선택한 것이 혹 실패했을지라도 후회가 없다.

사람이 뭔가 선택할 때 한 80%는 무의식에서 결정하고, 나머지 20%는 의식에서 그 선택을 합리화시키고 정당화 시킨다고 하더라. 그러니 사실 넌 이미 무의식중에 한국사와 외국어를 선택했던 것이 분명하다. 네가 그동안 해놓은 공부가 아까워서라도 끝까지 갈 아이라는 걸 알면서도 엄마가 무모했다.

엄마 말대로 한국사는 네 평생 필요한 상식을 공부한다고 생각하고, 베트남어는 아빠와 베트남 여행을 위해 공부한다고 단순하게 생각해라.(아빠가 진심으로 네가 베트남 같이 가자고 한 말을 기쁘게 받아들이더라.) 앞날은 몰라서 네가 지금 익힌 지식들이 어떻게 쓰일지 모르니 설령 네 뜻을 이루지 못하더라도 절대 낭비된 시간은 아닐 것이다.

엄마가 누누이 얘기하지만 특목고를 갔든, 일반고를 갔든, 자사고를 갔든 쉬운 길은 없다. 다 저마다 피나는 노력으로 일구어가야 할 것이다. 이준설 선생님도 그랬지만, 앞서 대학을 보낸 엄마들도 다들 '선행으로 만들어진 실력은 그야말로 2학년 1학기까지'라고 하더라. 그 이후가 진짜 자신의 노력과 의지로 만들어진 실력이라고. 이준설 선생님 표현을 빌리자면 정말 자신의 엑기스가 나와야 한다는 것이지.

그러니 너도 기왕 시작한 공부이니 힘들어도 더 독하게 결심하고 끝까지 잘 해보길 바란다. 너 정도 노력이면 안 될 것도, 못할 것도 없는 일이라고 생각한다. 지치고 힘들어도 너 자신을 믿고 한번 달려보자. 이 엄마도 널 위해 더 많이 응원하고 더 많이 기도할게. 파이팅!!!

15-01-08 (목) 22:11
우리 딸 수능대박을 기원하며. 엄마가

성장하는 학생들의 행동패턴

엄마는 네가 어떤 시기를 지나며 엄청나게 성장했음을 기억한다.
그것은 네가 힘든 상황을 극복했을 때였고, 대담한 꿈을 꾸고 도전
했을 때였다.

"미국 대학교에서 몇 년째 학생들을 가르치다보니 무엇을 하든 두
려움이 없는 학생이 자기 스스로를 성장시키고 미래를 잘 헤쳐 나
가는 것 같다. 교수뿐만 아니라 배울 것이 있는 사람에게 대담하게
다가가 질문하고 남들이 '감히?'라고 생각하는 목표를 세울 수 있
고, 정해진 틀도 내 방식으로 바꾸는 것을 두려워하지 않는 학생,
자신의 미래를 위해 그런 용기를 내는 사람을 세상도 돕는다. 그런
사람은 하늘이 이미 정해 놓은 것이 아닌, 나 스스로가 되어야지
하고 용기를 내는 순간, 내 운명의 방향도 바뀌는 것 같다."

  엄마가 스크랩해 놓았던 신문기사를 살펴보다 찾아낸 혜민 스
님의 글이다. 큰 뜻을 품고 결단하고 나아가는 우리 기명이에게
딱 맞는 글인 것 같아 일부를 옮겨 적는다. 우리 딸이 무슨 일이든
앞선 스승들에게 의견을 물어가며 결정하고, 그리고 늘 큰 목표를

향해 과감하게 도전하는 모습이 떠올라 엄마 마음이 흐뭇했다.

넌 잘 모르겠지만 엄마는 네가 어떤 시기를 지나며 엄청나게 성장했음을 기억한다. 그것은 네가 힘든 상황을 극복했을 때였고, 대담한 꿈을 꾸고 도전했을 때였다. 그로 인해 넌 성취감도 느꼈을 것이고, 너 자신에 대한 자긍심도 느꼈을 것이며, 때론 뼈아픈 좌절감도 느꼈을 것이다. 하지만 그때마다 넌 더 큰 보폭으로 전진하고 있더라. 결국은 너의 그러한 행동 패턴이 너를 성장시켰던 것 같다.

아마 이미 결정했다고 해도 한국사와 베트남어는 여전히 부담스러운 과제일 것이다. 또한 문득 문득 "내가 할 수 있을까?"라는 의심과 두려움이 몰려올 것이다. 하지만 그럴 때마다, "에이, 나라고 못할 게 있어?"라고 맞받아치며 과감하게 나아가기를 바란다. 혜민 스님의 글대로 그 용기가 너의 운명을 바꿔줄 것이다.

아빠는 요즘 매일 바쁘시다. 주말에도 쉬지 않고 일하니까 체력이 안 따라주는지 밤마다 앓는 소리를 한다. 그래서 오늘 저녁은 아빠의 몸보신을 위해 삼계탕을 좀 끓여볼까 한다. 백숙을 좋아하는 네가 마음에 걸려 너 없이는 좀처럼 시도하지 않는 요리지만 오늘은 어쩔 수 없구나.

문정이는 요사이 국어, 수학, 영어, 과학에 한자까지 과부하가 걸릴 정도로 정신없이 공부하고 있다. 저렇게 공부만 해도 되나 싶어 한자 급수시험은 그냥 보지 말라고 하고 싶은 생각이 자주 올라온다. 이렇게 독하지 못해서, 어쩜 너희들이 엄마 그늘에 있으면 더 크게 성장하지 못하겠구나 싶은 생각도 든다.

아무튼 너도 중앙일보 찾아 전문을 읽어보길 바란다. 공부하는 너에게 피가 되고 살이 되는 조언이 많더라. 그럼 남은 오늘도 잘 지내거라~.

15-01-12 (월) 17:36
오늘도 성장하고 있을 딸을 그리며, 엄마가

콩씨네 자녀 교육

광야로 내보낸 자식은 콩나무가 되었고
온실로 들여보낸 자식은 콩나물이 되었고

요즘 문정이가 엄마와 곧잘 산책을 해준다. 어제 오후에도 일부러 사무실에 나와 함께 불암산에 갔다. 조금 높이 올라갔더니 오늘 내내 허벅지가 아프다고 하네. 아마 저도 앞으로 엄마와 떨어져 살게 되니까 엄마를 대하는 마음이 친절해지나봐. 엄마도 너 때와는 또 다르게 문득 문득 마음이 울컥하고 짠해지곤 한단다.

그럴 때마다 마음을 다잡고 정채봉 시인의 '콩씨네 자녀교육'이라는 시를 읊조리곤 한다.

"광야로 내보낸 자식은 콩나무가 되었고
온실로 들여보낸 자식은 콩나물이 되었고"

요즈음 엄마 아빠는 월요일과 화요일에 EBS에서 하는 "공부 못하는 아이" 4부작을 계속 시청하고 있다. 우선 드는 생각은, 공부로 모든 것이 평가되고, 대학을 가기 위해 12년을 책상 앞에 꼼짝없이 붙어 지내야 하는 대한민국 아이들이 참 안쓰럽다는 것이다.

개성도, 관심사도, 취미도 다 허용되지 않는 대한민국의 교육현실은 어제오늘 이야기가 아닌데도 한숨만 나오더라. 뭔가 잘못되어 가고 있다는 것을 분명 알면서도 관성에 의해 그냥 따라가고 있다고나 할까?

마지막에 행복한 아이가 성적이 좋고, 자존감이 높고, 탄력회복성이 높은 아이들이 공부를 잘한다는 사실을 주지시켜 주며 그 다큐멘터리는 끝났다. 분명 다른 대안을 제시할 수 있었을 텐데 억지로가 아닌 스스로 하는 공부, 즐겁게 하는 공부를 강조하는 것을 보면 대한민국 고등학생에게 공부는 숙명 같은 것인지도 모르겠다는 생각이 들었다.

엄마는 공부를 떠나 우리 딸들이 부디 행복하고, 자존감 높고, 탄력회복성이 높은 아이들로 자라기를 바랐는데 그것이 공부하는 힘으로 연결된다니, 어쨌든 멘탈이 강해야 뭐든 해낼 수 있다는 생각이 들더구나.

하루 하루 잘 지내고 있지? 실내 공기가 건조해서 비염이 심해진다니 여간 걱정이 아니다. 기숙사 방에 들어서면 제일 먼저 창문을 열어 환기를 하도록 하고, 젖은 수건을 늘 책상 의자에 걸어 놓고 자도록 해라. 가습기보다 젖은 수건이 더 좋다고 하더라. 독서실도 네가 가장 먼저 들어가 문을 좀 열어놓도록 하고, 역시 젖은 수건을 주변에 걸어 놓던지 컵에 물을 한 컵 떠놓는 것도 좋은 방법이다.

방학에도 불철주야 열심히 공부하는 너의 노력과 인내의 시간이 반드시 큰 결실로 다가오리라 믿는다. 엄마도 우리 큰딸 생각하며 '이 겨울, 시간의 한 점 한 점을 핏방울처럼 진하게 살자'고 늘 다짐한다.

내일부터는 며칠 문정이 때문에 쉬었던 운동을 다시 시작하고, 한자 공부도 열심히 하고, 엄마에게 주어진 일에 최선을 다해 살 것이다. 그럼 우리 딸의 건강한 정신과 건강한 육체에 명철함이 함께하길 간절히 원하며 이만 줄인다. 사랑해~

2014-1-14 (화) 12:00
기명이를 위해 기도하는 엄마가

입시설명회를 듣고

> 그는 '스스로 노력해서 만든 최초의 창작물이 대학합격증이니 그
> 것을 받기 위해 철저히 자기절제를 하라'고 당부하더구나.

긴 1월을 잘 보내고 있겠지?

네가 전화기를 갖고 있으니 정말 이제는 곁에 있는 것처럼 거리
감이 없어 좋구나. 며칠 전 대입 설명회가 가까운 교회에서 있어
서 다녀왔다. 2015년 대입은 어떻게 변화되나 궁금하기도 하고
유명강사 신○○ 씨가 온다고 해서 가 보았다.

어느 분야에서나 성공한 사람들에게서 풍기는 아우라가 그에게
도 있더라. 자신감이 넘치고 당당하면서도 겸손한 모습이 아이들
이 선망할 만하더라. 대부분 재수생들을 동기 부여시키는 차원에
서 한 이야기였는데도 목적을 잃어버리고 관성에 따라 사는 엄마
의 게으른 습관마저 반성하게 하더라.

본인 자신이 그 자리에 이르기까지 얼마나 끊임없이 노력하고
성실하게 살았는지 말 안 해도 알겠더라. 무엇보다 수학만 가르치
는 게 아니라 나름의 철학을 가지고 아이들을 지도하는 것 같아

더 믿음이 가더라.

그의 강의 주제는 크게 세 가지였다.

첫째, 전화위복轉禍爲福, 어떤 불행한 일이라도 끊임없는 노력과 강인한 의지로 힘쓰면 불행을 행복으로 바꾸어 놓을 수 있다는 말이다.

둘째, 물경소사勿輕小事, 조그만 일을 가볍게 여기지 마라. 즉 작은 일에도 정성을 다하라.

셋째, 자강불식自强不息, 스스로 힘쓰고 쉬지 않는다. 즉 끊임없이 노력하라.

이 세 가지 사자성어로 오늘 1시간 30분 강의를 다 채우더라. 굳이 수험생이 아니라도 참 의미 있고 가슴에 새겨지는 내용이었다. 내용은 자세히 설명하지 않아도 고3인 네가 다 이해하고 느껴지리라 생각한다. 그리고 마지막으로 고3들이 지금 시점에서 되돌아볼 것을 세 가지로 정리하더라.

①야간 자율학습을 철저히 할 것(이 때 시간관리가 점수로 연결된다.)
②스마트 폰을 없앨 것(철저하게 친구들로부터 고립되어라.)
③시스템에 따를 것(학교의 관리를 기꺼이 받아들여라.)

그는 스스로 노력해서 만든 최초의 창작물이 대학합격증이니 그것을 받기 위해 철저히 자기절제를 하라고 당부하더구나. 원하는 것을 얻기 위해 가장 필요한 것은 정말 자기 절제가 맞는 것 같다. 만나고 싶은 친구 안 만나고, 더 자고 싶은 유혹 물리치고, 놀고 싶은 것 참고, 개그콘서트 보고 싶은 것 참고, 그렇게 해서 얻은 것이 원하는 대학 입학이니 명문대생이 대접받는 것인지 모르겠다.

암튼 엄마도 너무 나태하게 살다 약간 자극받고 왔다. 그러고 보니 세상에 스승이 널렸다. 더 겸손해지고 더 부지런히 살아야겠다.

지금 열심히 잘하고 있지만 우리 딸도 그렇게 파이팅!!!

15-01-24 (토) 19:58
오랜 시간 사무실에 앉아 한자 공부하며. 엄마가

228

보름달 같이 환한 딸에게

> 내가 있는 곳, 내가 만나는 사람, 다 특별한 인연이 아니고는 그렇
> 게 깊이 관계할 수 없는 것 같다는 생각이 든다.

사랑하는 기명아.

문정이까지 네가 있는 풍산고로 떠나보내고 엄마는 한가로운 시
간을 보내고 있다. 모처럼 아빠와 신혼처럼 둘만의 달콤한 시간을
보내고 있고, 또 한가롭게 읽고 싶은 책 읽고 하고 싶은 일 다 할
수 있는 자유로운 시간이 주어졌는데 마냥 좋기만 하기보다는 한
편으로는 쓸쓸하고 허전하고 그렇다.

너희들이 있어 우리 가정이 화목하고 그야말로 '즐거운 나의
집'이 되었던 것 같구나. 그래도 엄마는 엄마 자리에서, 우리 두
딸은 그곳 안동에서 각자의 삶에 최선을 다해 살아보자.

오늘은 둘째 외삼촌 생신이어서 저녁에 함께 식사를 하기로 했
다. 온 가족이 이렇게 옹기종기 모여서 서로 정을 나누며 살다 곧
이사를 해서 뚝 떨어져 나온다고 생각하니 좀 서운한 마음이 든다
만, 우리네 삶이 만나고 헤어지고 또 만나는 것이니 새로운 터전

에서 또 새로운 인연을 만나 행복하게 살아야겠지?

내일은 보름인데 우리 딸 나물이랑 오곡밥 먹겠네. 그래도 학교 급식이 맛있어서 엄마가 한시름 놓는다. 콩이 싫어도 골라내지 말고, 오곡밥 꼭꼭 씹어 먹고, 나물도 골고루 다 먹도록 해라. 그래야 힘든 고3의 시간을 잘 견디며 공부할 힘을 얻을 수 있을 테니 말이다.

문정이는 좀 전에 진단평가가 너무 어려웠었다고 호들갑 떨며 전화했더라. 자기가 그렇게 어려운 것을 보면 틀림없이 다른 아이들은 더 어려웠을 거라고 하는데, 글쎄. 무모한 자신감인지, 긍정의 힘인지 모르지만 기죽어 있는 것보다 낫다고 위안해 본다.

벌써 잘생긴 2학년 오빠한테 사랑에 빠졌다고 하는 것을 보니 당분간 열공은 어려울 것 같다만, 그래도 그곳 생활에 무리 없이 잘 적응하는 것 같아 다행이라는 생각도 든다. 우리 두 딸들 다 먼 곳에서 씩씩하게 잘 사는 것이 엄마의 가장 큰 기도 주제다. 감사하고 또 감사할 따름이다.

기명아.

엄마가 살다 보니 내가 있는 곳, 내가 만나는 사람, 다 특별한 인연이 아니고는 그렇게 깊이 관계할 수 없는 것 같다는 생각이 든다. 네가 지금 풍산고에서 선생님과 친구들과 공부하는 것이 너에게는 가장 잘 맞는, 너의 선택 이전의 운명이었다고 여기고 감사와 사랑으로 살기를 바란다.

엄마는 우리 기명이가 열심히 공부하고 건강하게 잘 지내다 좋은 결실 맺어 그곳 인연을 잘 마무리하고 멋진 모습으로 상경하기를 진심으로 기도한다. 그러니 하루하루를 소중하게 살아가길 바란다. 엄마도 딸 생각하며 1분 1초 귀하게 살게.

　그럼, 오늘도 파이팅

15-03-04 (수) 17:31
늘 든든한 큰딸을 그리워하며, 엄마가

흐린 봄날 오후에

우리는 경험으로부터 배우는 것이 아니라 경험을 반성함으로
써 배운다고 하니 이 시간도 엄마에게는 나름 큰 성장의 시간이
라고 본다.

기명아.

황사와 미세 먼지로 서울 하늘이 잔뜩 찌푸려 있구나. 그 하늘처
럼 엄마도 마음이 조금 답답하고 우울해진다. 4월 이사를 앞두고
마음이 싱숭생숭해서 말이지.

12년을 살았던 집이고 아빠가 많이 공들여 고친 집이라 시간이
지날수록 이곳에서의 추억도 애틋해지고 아쉬운 마음도 크다. 이
사를 하기 전까지는 참 많이 마음이 변덕을 부릴 것 같다. 얼른 이
사를 해서 자리를 잡아야 엄마의 마음에도 평강이 찾아올까?

그래도 어쨌든 나 스스로에게 배려하고 친절하려고 노력 중이
다. 너무 가혹하게 자아비판하지 않고, 실망하지 않고, 앞으로 좋
은 일이 있을 거라고 다독이고 있다. 아빠도 엄마에게 내색은 않
지만 나름 조금 허전한 마음을 쓸어가고 있는 분위기다. 엄마가
집파는 일을 서둘렀던 터라 미안하고 조금 자책도 되지만 우리에

게 더 좋은 기회가 오리라고 굳게 믿는다.

사람의 일이란 알 수가 없어서 지금의 위기가 나중에 기회가 될 수 있으리라는 희망으로 인내하기로 했다. 우리는 경험으로부터 배우는 것이 아니라 경험을 반성함으로써 배운다고 하니 이 시간도 엄마에게는 나름 큰 성장의 시간이라고 본다.

문정이는 여전히 잘 지내고 있겠지? 문정이 소식을 꼭 너에게 물어서 미안하다만 그 녀석 참 무심하게도 전화를 하지 않는다. 그저 무소식이 희소식이라고 여기며 그곳에서 건강하고 즐겁게 생활하기만을 간절히 바랄 뿐이다.

아빠는 늘 자신의 생활에 최선을 다하고 열심히 공부하는 우리 두 딸이 있어서 힘이 나고 당당해진다고 말씀하신다. 아빠의 그 마음이 어떤 마음인가를 헤아리다보면 사실 엄마는 가슴이 뭉클하다. 아빠가 저녁에 많이 피곤해하고 힘들어할 때면 엄마가 너희들 몫까지의 재롱도 피우고, 애교도 부리고 해서 아빠를 즐겁게 해줘야 할 텐데 마음뿐이고, 나이 들어 남성 호르몬이 나오는지 자꾸 무뚝뚝해지기만 하는 것 같다.

부디 틈 날 때마다 아빠에게 전화해서 열심히 살아가는 아빠의 무거운 어깨에 힘과 기쁨을 실어주기 바란다.

그럼, 우리 딸 오늘도 하루 잘 마무리하고 좋은 꿈꾸고 행복하길 바라며 이만 줄인다.

15-03-17 (화) 18:02
흐린 봄날 오후에 엄마가

더 사랑하는 사람이 언제나 약자

나이가 많아도, 돈이 많아도, 힘이 세도, 더 사랑하는 사람이 언제
나 약자다. 그래서 '엄마'가 '너희들'한테는 늘 약자다.

사랑하는 기명아.

오늘은 정말 완연한 봄날이다. 봄 햇살이 얼마나 따스하고 포근하
던지 하루 종일 걸어도 지치지 않겠더라. 내처 불암산 둘레길을
걸어 걸어 재현고등학교 교정도 가보고 그 옆에 있는 미래과학고
등학교도 가보며 중계동 학교투어를 했다.

덩치 큰 녀석들이 체육시간에 열심히 체조하는 모습을 엿보고,
점심시간에 삼삼오오 교정에 모여앉아 수다 떠는 모습을 보며 '우
리 딸들도 저렇게 즐겁게 고교시절을 보내겠지' 하며 흐뭇한 미소
를 짓고 돌아왔다. '가까이 저렇게 커가는 모습도 바라보고, 고민
도 들어주고, 입시에 대해 함께 의논도 하고 했으면 좋을 텐데'라
고 아쉬운 마음도 생겼지만, 그곳 풍산에 있어서 또 좋은 점이 있
기에 애써 스스로를 위로하고 다독였지.

그러다가도 또 네가 입시와 진로에 대해 혼란스러워하며 아까

처럼 전화해 답답해하는 상황이 벌어지면 뭘 어떻게 해주지 못하면서 그저 안타까운 마음이 된다. 네 전화를 받고 우리 딸 마음이 많이 복잡하겠다 싶었다. 하지만 확신할 수 없는 수능만 바라보고 가기에는 너무 위험 부담이 큰 것 같다. 그렇다고 너무 많은 수험생과 경쟁해야 하는 논술에만 집중하고 가기에도 무리가 따른다. 결국 수시 '학생부 종합'을 여름방학까지는 준비하는 게 맞지 않을까?

쉽지 않겠지만 내신을 좀 끌어올리고, 비교과 활동도 놓지 않아야 한다는 게 엄마의 판단이다. 아까도 말했지만 여타의 활동들을 대입을 위한 수단으로 생각하지 말고 그냥 고교시절에 너를 성장시키는 좋은 기회라고 여기길 바란다.

특히 토론대회는 너의 사고력과 말하는 능력을 키워줄 것이며 나아가 팀워크의 중요성도 알게 해 줄 것이다. 봉사활동 역시 선행의 좋은 기회이고 그 시간에 네가 더 많은 것을 배울 것이며, 기타 대회에 나가는 것은 다 너의 실력을 키우는 단련의 시간이 될 것이다. 흔들리지 않고 그렇게 차곡차곡 채워가다 보면 어느덧 목표에 도달해 있을 것이다.

공허한 메아리처럼 들릴지 모르겠지만 너무 스트레스 받지 말고, 너무 결과에 연연해하지 말고 그냥 매 순간을 즐기기 바란다. 토론 준비하면서도 시간 아까워하지 말고 열심히 몰입하다 보면 거기에서 얻는 큰 성취감이 너를 더욱 지혜롭게 해서 공부도 더 집중력 있게 할 수 있을 거야.

나이가 많아도, 돈이 많아도, 힘이 세도, 더 사랑하는 사람이 언제나 약자다. 그래서 '엄마'가 '너희들'한테는 늘 약자다. 그런 엄마에게 더 많이 투정하고, 더 많이 짜증부리고, 더 많이 요구해라. 다 들어주고, 다 수용하고, 더 많이 사랑해줄게. 진심으로….

15-03-20 (금) 18:39
늘 기명이와 뜻을 함께하는 엄마가

자매

외할머니가 일찍 돌아가셨으니 이모가 어린 엄마를 업어주고, 안
아주고, 먹여주고, 입혀주고 했겠지. 이제 같이 늙어가는 처지가
되어가니까 더없이 서로가 애틋해지더라.

오늘은 모처럼 이모와 함께 산행을 했다. 벌써 진달래와 개나리가
한창이고 햇볕이 너무 따스하고 포근하더라. 열정이 넘치는 이모
덕분에 불암산 정상 바로 밑 헬기장까지 다녀왔다. 삼육대학교에
서 상계동으로 넘어오는 산자락이었는데 간만에 높은 코스라 힘
들었다. 석계역에서 삼육대까지 걸어가서 다시 산을 탔으니 걸은
걸음만도 엄청났을 것이다.

사무실 쪽으로 내려와 비빔냉면 한 그릇씩 맛있게 먹고 사무실
에서 이모는 뜨개질을 하고, 엄마는 이렇게 너에게 편지를 쓰고
있다. 이모는 나른한지 한 코 뜨고 졸고, 한 코 뜨고는 계속 졸고
계신다. 자매지간이 자랄 때도 좋지만 이렇게 늙으니까 더없이 편
하고 의지되는 것 같더라.

이모와 엄마는 나이가 12살이나 차이나니까 사실 자랄 때 추억
은 별로 없는 것 같아. 하지만 외할머니가 일찍 돌아가셨으니 이

모가 어린 엄마를 업어주고, 안아주고, 먹여주고, 입혀주고 했겠지. 그래서 엄마가 더욱 더 이모에게 어리광을 부리고 말도 안 되는 투정을 부리는가 봐. 그래도 이제 같이 늙어가는 처지가 되어가니까 더없이 서로가 애틋해지더라.

너와 문정이가 한 공간에서 공부하고 함께 추억을 나누며 공유할 수 있는 것들이 많아서 엄마는 그것만으로도 참 안도하고 감사하게 생각하고 있단다. 혹 문정이로 인해 너의 학교생활이 부담스러워질까봐 염려했는데, 네가 다행히 '문정이가 와서 많이 의지되고 행복하다'고 하니 그 또한 고마운 일이 아닐 수 없다.

문정이가 그곳 생활에 잘 적응하고 선생님이나 선배들에게 사랑받는 것은 다 네가 성실하고 착하게 살아왔기 때문이라고 엄마는 생각한다. 그래서 다들 '형만한 아우가 없다'고 하는가 보다. 그래도 문정이가 나름 눈치가 있는 아이라 그곳에서 막나가지는 않을 것이다.

문정이는 기숙사 생활 한 달 만에 인간관계의 중요성에 대해서는 많은 것을 터득한 것 같더라. 이번 귀가 때 선배들과 친구들에게 편지 쓴다고 편지지를 한 묶음 사가고, 직속 선배 준다고 쿠키를 두 상자나 사가는 것을 보고 내심 문정이 내면에 뭔가 변화가 생기고 있음을 알았다. 그렇게 우리 자유로운 영혼께서 관계 맺기를 배우고 사회성을 키워 나가며 성숙한 어른이 되겠지.

이번 주일에도 둘이 함께 손잡고 풍산교회도 다녀오고 우리 딸들 기특하다. 갈 때는 교회 차 타고 가더라도 학교로 돌아올 때는 둘이서 손잡고 산책 삼아 봄볕 쐬며 걸어와도 좋겠다. 그 동안 쌓인 이야기도 좀 하고, 공부에 대한 조언도 해주고, 가끔 자장면도 한 그릇씩 사서 먹고 말이다. 일부러 운동하려고 하지 말고 그렇게 짬짬이 걸어주면 세로토닌이 분비되어 건강도 좋아지고 기분도 좋아질 것이다.

고3이 되었으니 틈나는 대로 움직여서 네 몸에 활력을 불어넣어 주어 지치지 않도록 했으면 좋겠다. 어쨌든 엄마는 너희들에게 아무것도 해주지 못해도 문정이와 네가 함께 있어 참 좋다.

물론 공부가 힘들겠지만 서로 의지하고 사랑하고 위로받으며 우애 있게 살아라. 엄마도 이모와 함께 열심히 교회도 가고 가끔 산도 오르며 더 깊은 사랑을 쌓아야겠다. 또 엄마 아빠도 이곳 서울에서 서로 격려하고 사랑하며 행복하게 살아야겠다. 앞으로 1년, 아니 8개월 정말 눈 깜짝 할 사이에 지나갈 것이다. 문정이와 풍산에서 추억 많이 만들고 신나게 즐겨라~.

15-04-01 (수) 18:01
5월 귀가 때 두 딸과 불암산행을 결심하며. 엄마가

새로 이사 온 집에서

힘들 때 곁에서 투정도 받아주고, 안아주고, 격려도 해주는 엄마가
가까이 있으면 좋을 텐데 혼자 견디게 해서 많이 미안하다.

지금 한 폭의 아름다운 산수화가 펼쳐진 듯한 네 방에서 엄마가
이 글을 쓰고 있다. 네 방 창에서 보면 하늘과 산과 바위와 폭포가
너무나 아름답게 보인다. 그 산에는 온갖 꽃들이 울긋불긋 자신들
의 색을 뽐내고, 이제 막 초록이 곱게 물들어가기 시작하는 나무
들의 푸르름이 너무나 싱그럽다.

미처 상상하지 못했던 기가 막힌 풍경이다. 뜻밖에 나타난 행운
의 집이다. 아빠와 엄마는 늘 남향을 고집해왔으나 이런 풍경이라
면 동향집도 괜찮겠다 싶다. 아침에 네 방문까지 햇살이 들어와
네 방 침대며 이불이며 옷들을 다 소독해주는 느낌이다.

풍수지리학상으로 봐도 이 집은 배산임수의 원리를 잘 적용해
지은 집이다. 폭포도 우리 집 쪽으로 흐르고 있어 그야말로 대운
이 펼쳐질 거라고 확신한다. 너에게도 올해는 운이 트이는 해가
될 것이다.

석계역에서 이곳 상계동으로 이사 와서 집 정리하고 많이 힘들었지만 저 산만 보면 엄마는 마냥 행복하다. 물론 아직은 이곳이 사실 많이 낯설고 생경스럽다. 그냥 아빠 사무실 왔다 갔다 할 때와 집에 들어와 살 때의 느낌이 사뭇 다르다. 월계동 아파트에서 무려 15년을 살아왔으니 당연히 그곳이 아직은 눈에 삼삼하다. 석계역과 시장, 이모네 집과 삼촌네 집 그리고 굴다리와 포장마차, 어느 곳 하나 그립지 않은 곳이 없다.

우리 딸들도 아주 어릴 때부터 그곳에서 살아서 아마 그곳이 고향처럼 여겨질 텐데 엄마보다 더 많이 아쉽지 않을까 싶다. 그래도 어쨌든 우리에게 주어진 이 아름다운 자연과 도심에서 벗어난 조용함과 깨끗하고 맑은 공기에 그저 감사하며 잘 적응해 보자.

도로에서 안으로 들어와 조용하고 공기가 맑아서 무엇보다 주거하기에는 더없이 좋은 곳이다. 나무와 풀과 흙이 있는 곳으로 이사하자고 그렇게 졸라대던 엄마의 소원대로 다 이루어졌으니 엄마도 이곳에서 열심히 새 삶을 살 것이다. 우리 기명이도 11월에는 함께 둘레길 산책도 하며 재미있게 살아보자.

지금 상계동에는 비가 추적추적 내리고 있다.

산에서 폭포수도 더 많이 떨어지고 자욱한 운무가 깔려 비 내리는 불암산이 제법 운치가 있다. 그곳 안동도 이렇게 봄비가 오고 있는지….

다음주 수요일부터 중간고사 기간이라 엄청 힘들고 바쁘겠구나. 힘들 때 곁에서 투정도 받아주고, 안아주고, 격려도 해주는 엄마가 가까이 있으면 좋을 텐데 혼자 견디게 해서 많이 미안하다.

 아직은 아침저녁 공기가 쌀쌀하니 옷 잘 갖추어 입고 건강 잘 챙기길 바란다. 엄마도 이 한가로운 시간을 잘 운용하며 멋지게 살게. 우리 딸도 힘든 와중에도 더 밝고 건강하게 잘 지내거라.

15-04-19 (일) 19:23
열공하는 딸들을 응원하며. 엄마가

내려놓음

삶에 대해 참 많이 겸손해졌다고 생각했는데 죽음 앞에서만큼은
아니었던 것 같다. 삶이 유한하다는 인식을 늘 하고 산다면 사람은
더없이 착해지고 또 용감해질 텐데….

기명아.

어제 중간고사 보느라 많이 지친 너의 목소리를 들으니 엄마가 한
없이 미안하고 안쓰러웠다. 그렇게 나름 열심히 공부했는데 그 결
과가 만족스럽지 않으니 얼마나 속상했을까. 우리 딸이 얼마나 노
력하며 사는지 잘 알기에 더 많이 마음이 안 좋았다.

하지만 기명아, 엄마가 세상을 살다보니 내가 노력한 만큼 그
결과가 따라 주지 않는 경우도 사실 부지기수다. 심지어 가끔은
노력할수록 뜻밖에 더 손해를 볼 때도 있단다. 그렇게 안타까워하
고 아쉬워하며 이 나이가 되고 보니 비로소 '내려놓음'의 참뜻을
알겠더라.

그러니 우리 기명이도 열심히 하되 너무 결과에 대해 자책하거
나 괴로워하지 않았으면 좋겠다. 늘 엄마가 말하지만, 현재의 자
리에서 최선을 다하고, 그 결과에 대해서는 "예, 받아들이겠습니

다." 하는 마음으로 내려놓을 때 우리는 진실로 참 평안을 누릴 수 있다.

너무나 중요한 3학년 1학기 내신이니 나름 부담과 압박감이 심하겠으나 수능까지의 긴 여정을 생각할 때 오히려 조금 여유를 갖고 모든 시험과 학사일정에 임했으면 좋겠다.

엊그제 엄마 초등학교 친구 장례식장에 다녀와서 엄마는 우리네 인생에 대해 생각하는 시간이 많아졌다. 아침에 일어나 주방에서 바라보는 불암산의 싱그러움, 열심히 돈 벌기 위해 일 나가는 아빠의 뒷모습, 풍산까지 가서 새로운 경험을 하고 있는 기명이와 문정이의 빡빡한 일상, 또 사무실에 나와 이렇게 편지를 쓰는 엄마의 여유로움도 사실 영원한 것은 하나도 없다.

그것들을 객관적으로 바라보면 삶이 참으로 덧없이 느껴지기도 하지만, 그 소소한 일상 하나하나 소중하지 않는 것이 없다는 생각이 든다. 엄마는 사실 너희들을 객지로 유학 보내면서 삶에 대해 참 많이 겸손해졌다고 생각했지만 죽음 앞에서만큼은 아니었던 것 같다. 삶이 유한하다는 인식을 늘 하고 산다면 사람은 더없이 착해지고 또 용감해지지 않을까 싶다.

심장마비로 하늘나라에 간 엄마 친구에게 남겨진 중3, 고3, 두 아이를 생각하면 지금도 가슴이 먹먹해진다. 그 아이들의 타고난 운명이라고 딱 잘라 결론 내리기조차 참 죄스러울 따름이다. 운명을 거슬러서라도 자식이 장성해 결혼할 때까지는 부모가 곁에 있어야 한다고 하늘에 대고 항의하고 싶은 심정이다.

그 아이들이 느낄 상실감, 외로움, 두려움 등을 떠올리자 더욱 착하고 경건하게 살아야겠다는 생각이 들었다. 아마 일찍 외할머니를 하늘나라로 떠나보낸 엄마의 감정이 투사되어 더 많이 가슴이 아팠을 것이다.

돌아오는 길에 아빠와 함께 조금 능력이 없어도, 아이들 곁에 오래오래 남아 있도록 건강하게 살자고 했다. 최소한 결혼할 때까지, 아니 첫 손주 볼 때까지, 아니 그 손주가 유치원 입학할 때까지…. 그러다 보니 엄마 아빠 만수무강해야겠더라.

한 치 앞을 알 수 없는 세상에 우리는 살고 있지만 그래도 가족이 있어 늘 든든하고 위로가 되는 것 같다. 그래서 문정이도 전화 한 통 없다가 힘든 시험기간이 되니 이렇게 매일 전화하는 거겠지. 그렇게 우리 슬픔도 함께 나누고 기쁨은 두 배로 나누며 행복하게 살자.

아빠 말씀대로 공부보다 중요한 것은 건강이니 건강 잘 챙기고, 힘들고 울적할 때면 언제든지 엄마에게 연락해라. 한걸음에 달려갈 테니.

엄마는 길을 걸으면서도, 밥을 하면서도, 청소를 하면서도 우리 딸들을 위해 기도를 멈추지 않을 테니 강하고 담대하게 힘든 고3 시절 잘 견뎌라. 파이팅!!

15-04-23 (목) 17:02
기명이를 위해 늘 기도하는 엄마가

불암산 새소리에 눈을 뜨며

자연이 주는 가장 큰 선물은 여유로움이 아닐까 싶다. 월계동에서
는 마냥 마음이 분주하더니 이곳에서는 그 자체로 여유롭고 편안
하다.

기명아.

아침에 엄마는 불암산에서 노래하는 새소리에 눈을 뜬다. 주방 싱
크대에서 아침을 준비하며 불암산을 바라보면 바로 주방 창 아래
플라타너스에 꼭 새 세 마리가 앉아서 수다 떨듯이 그렇게 지저귄
다. 꼬리가 반은 하얗고 반은 까만 녀석인데 참새도 아니고 까마
귀도 아니고 제비도 아니고 무슨 새인지 모르겠으나 아침마다 그
자리에서 노닐고 있으니 이제 사뭇 반갑기까지 하다. 백과사전을
뒤져서라도 그 새들의 이름을 알아야겠다.

창가에서 고개를 조금 기울여 왼쪽으로 바라보면 정자 아래 진
달래 군락이 있는데 지금 한창이다. 마치 지리산 철쭉제가 이곳에
서 펼쳐지는 듯하다. 나목들에 새싹이 돋아나더니 날마다 연둣빛
은 점점 더 짙어져 그야말로 불암산은 너무 싱그럽고 아름답다.

자연이 주는 가장 큰 선물은 여유로움이 아닐까 싶다. 월계동에

서는 마냥 마음이 분주하더니 이곳에서는 그 자체로 여유롭고 편안하다. 안빈낙도의 삶을 누리고 싶다고나 할까? 그래서 엄마는 많은 살림살이를 정리하고 아주 심플하게 살고 있다. 도시에서 벗어난 전원주택이나 콘도에서 살고 있는 느낌이다.

알고 보면 이 땅에 사는 동안 다 빌려 살다 가는 것인데 그동안 내 집에 너무 연연하며 살았던 것 같다. 엄마는 이 상계동 변두리로 와 자연친화적인 삶을 살며 절대 고독을 철저히 즐겨보려고 노력 중이다.

내가 발가벗겨지는 시간, 내 가라지를 보는 시간이라고 해도 좋겠다. 내가 얼마나 세상 기득권 안에 들어가고 싶어 했는지, 얼마나 갑이 되고 싶어 했는지, 한 발짝 떨어져 세상을 바라보니 나의 실체가 보이더라.

지난 일요일 아빠와 함께 등산을 하고 상계동이 한눈에 내려다보이는 바위에 앉아 신선한 바람을 맞으며 찐 계란을 먹는데, 참 너무나 많이 헛것을 붙잡고 살았다는 생각이 문득 들더라. 이 또한 자연이 나에게 가르쳐 주는 교훈이라고 생각한다. 그렇게 엄마는 자연과 함께 은혜 안에 살며 착해지려고 노력 중이다. 너도 풍산의 꽃들과 나무와 흙속에서 평안을 누리기를 진심으로 바란다.

15-04-28 (화) 22:16
철쭉이 만발한 불암산 아래서 엄마가

어느덧 여름이구나!

> 너무 엉뚱한 데 에너지와 시간을 쏟고 사는 것 같아 오늘은 신중하
> 게 엄마의 풀어진 삶을 재정비 중이다. 선택과 집중이 필요한 시간
> 이다.

사랑하는 기명아.

이렇게 네게 글을 쓰는 게 참으로 오랜만이다. 아빠의 일이 바빠
져서 엄마도 많이 분주하기도 했지만 그동안 참 많은 일들이 있었
다. 문정이와 함께 너희 학교 5월 행사인 '문경새재 과거길 걷기'
를 다녀오고, 외할아버지 기일을 맞아 시골 산소를 다녀오고, 또
너희들이 오월 어린이날 즈음해 연휴를 지내고 가고, 또 석가탄신
일을 즈음해 연휴를 지내고 가고, 그렇게 그렇게 세월이 훌쩍 한
달이 지나버렸구나.

그동안 우리 집 뒤 불암산에 철쭉꽃이 한가득 피었다 지고, 아
카시아가 황홀한 향기를 내뿜으며 피었다 지고, 그리고 지금은 이
팝꽃과 찔레꽃들이 하얗게 피었다. 17층이지만 엄마는 아침에 일
어나 네 방 창을 열어 한가득 핀 꽃들의 향기를 느끼며, 각각의 냄
새를 가늠할 정도로 자연친화적인 삶을 살고 있다.

다섯 시쯤이면 눈이 떠지지만 한껏 게으름을 피우고 6시 30분 쯤, 우리 딸들이 기상할 때쯤 일어난다. 그러면 네 방과 우리 집 주방에 동쪽 해가 가득 들어와 눈부시다. 그 시간에 우리 딸들은 풍산에서 서둘러 씻고, 교복을 갈아입고, 기숙사를 나와 식당으로 가 밥을 먹고, 그리고 교실로 향하겠지.

엄마는 마음으로 우리 딸들의 안녕을 위해 기도하고 기도하며 그렇게 하루를 시작한다.

가끔 너희들이 함께 있을 때의 번잡스러움이 그립기도 하고 문득 문득 쓸쓸하고 외롭기도 하지만, 담담하게 나에게 주어진 일상에 나름의 의미를 부여하며 잘 살아가고 있다. 그러는 사이 우리 딸은 체육대회를 하고, 5월 모의고사를 보고, 중간고사를 보고, 독후감 발표회를 하며 바쁘게 보냈겠지.

그동안 우리 딸이 모의고사를 못 본 것에 대한 스트레스를 호소하고, 문정이의 벌점으로 인한 선생님들의 지적에 대해 속상해하며 전화를 했을 때마다 위로해주고 싶었는데, 곁에서 함께 해주지 못해 많이 미안하고 안쓰러웠다. 바쁘다는 핑계로 엄마가 너무 게으르고 이기적이었어. 미안~~. 피곤하다는 핑계로 아빠와 술 한 잔 나누어 마시고 잠자기 바빴다. 미안~~.

엄마가 4월에 시작한 단편소설 하나도 그 시점에 멈추었더라. 너무 엉뚱한 데 에너지와 시간을 쏟고 사는 것 같아 오늘은 신중하게 엄마의 풀어진 삶을 재정비 중이다. 선택과 집중에 대해 엄마가 수없이 네게 얘기했으면서도 결국 엄마는 이렇게 허술하게 산다. 오늘부터는 쓸데없는 데 시간과 에너지 낭비 않고 잘 절제하며 살 계획이다.

　그러니 어쨌든 너도 잠자는 시간 아끼지 말고, 깨어 있을 때 시간 잘 안배해서 몰입하도록 해라. 힘든 고3이니 너의 고충을 더 말해 뭐하겠느냐만 피할 수 없으면 즐기기를 바란다. 엄마도 일주일에 한 번씩 소식 띄우며 널 위해 기도할 테니 너도 힘 내거라.

15-05-27 (수) 19:21
절제된 삶을 살기로 결심하며, 엄마가

메르스 때문에 취소, 금지, 불가

> 힘들어도 회피하지 않고 잘 극복하며, 오뚝이처럼 일어서는 너를
> 보면서 엄마는 많이 부끄럽고 한편으로는 더 열심히 살아야겠다고
> 스스로에게 채찍을 가하게 된다.

내일 우리 딸 만나는 날인데 엄마가 갈 수가 없네. 학교 참관 수업
도 취소되고, 학부모 상담도 취소되고, 너희들 외출도 전면 금지
되고, 면회도 안 되고, 귀가도 안 된단다.

물론 메르스가 워낙에 무서운 전염병이라 당연히 그래야 된다
고 생각하면서도 한편으로는 아쉬운 맘이 올라오는 것도 사실이
다. 서울은 이런저런 흉흉한 소문과 분위기로 한층 더 불안이 고
조되고 있다. 그래서 사실은 너희 학교가 가장 안전한 것 같기는
하다. 수도권은 고등학교도 임시 휴업에 들어가고 학원들도 쉬어
서 학업에도 많은 지장이 생기는 것 같더라. 안전한 그곳 남녘땅
에서 맘 편히 먹고 건강하게 잘 지내길 바랄 뿐이다.

영화 「감기」, 정유정 소설 『28일』 같은 전염병 관련 드라마에
학습된 탓인지 자꾸만 최악의 상황에 대해 생각하게 되고 좀 무섭
기도 하지만, 엄마는 '이것 역시 지나가리라'고 가능한 낙관적으

로 생각하려고 노력 중이다. 두 딸을 객지에 떼어놓고 이 난국을 겪는 에미가 그것 말고 할 수 있는 일이 뭐가 있겠냐? 암튼 문정이랑 서로 의지하며 집에 오지 못해도 엄마 아빠 걱정 말고 잘 지내길 바란다.

오늘 이런저런 소식이 궁금해 너희 학교 홈페이지에 들어갔다가 우리 딸 수학경시대회 금상 받고, 수학 과제물 대회에서 동상 받는다는 내용이 떠서 참 뿌듯하고 자랑스러웠다. 열심히 끈기를 갖고 노력한 결과라는 것을 잘 알기에 더욱 귀한 상으로 여겨졌다.

힘들어도 회피하지 않고 잘 극복하며, 오뚜기처럼 일어서는 너를 보면서 엄마는 많이 부끄럽고 한편으로는 더 열심히 살아야겠다고 스스로에게 채찍을 가하게 된다. 우리 딸은 그렇게 엄마를 반성하게 하는 참 고마운 존재이다.

오늘은 6월 모의고사를 치르느라 고생이 많았구나. 문정이가 방금 전화해서 제 점수를 알려주는데 '나름 열심히 공부하고 있구나!' 싶더라. 늘 성실히 사는 언니를 곁에 두고 문정이도 많이 배우고 노력하겠지. 문정이도 저력이 있는 아이니 나중에는 좋은 결실을 맺을 거라고 확신한다. 싸우지 말고, 서로 위해 주고 의지하며 자매지간에 깊은 우애 나누길 바란다.

15-06-04 (목) 17:22
딸 때문에 늘 어깨가 으쓱해지는 엄마가

힘든 시간 함께해 주지 못해 미안!

엄마는 너희들과 함께 안동 하회마을과 안동댐을 산책하며 쌓은
추억들을 떠올리며 바쁘고 고단한 일상을 잘 견디고 있다.

힘들어하는 너의 목소리를 들으니 고3 엄마라는 생각에 정신이
번쩍 난다. 많이 힘들지 우리 딸? 그 힘든 시간 함께해 주지 못해
미안해. 멀리서 엄마가 꼭 안아줄게.

수시 마지막 기말고사이니만큼 많이 부담되고 긴장되리라 여겨
진다. 그 벅차고 힘든 상황을 엄마가 감히 어찌 짐작할까마는 그
래도 너희 학교 3학년 모두에게 해당되는 상황이니 조금만 더 마
음의 여유를 갖고 살았으면 좋겠다.

엄마는 지난 주말에 너희들과 함께 안동 하회마을과 안동댐을
산책하며 쌓은 추억들을 떠올리며 바쁘고 고단한 일상을 잘 견디
고 있다. 무엇보다 리첼호텔 욕조에서 너희들 등을 밀어주며 느낀
그 강한 모성애와 뿌듯함을 잊지 못하겠다. 그러니 너도 우리 가
족이 함께한 행복한 순간들을 떠올리며 힘든 시간을 잘 견뎌보라
고 하고 싶구나.

엄마는 날마다 이제 막 뛰어든 새로운 일을 잘해 내려고 노력하며 바쁘게 지내고 있다. 아빠가 그동안 이 많은 일을 혼자 다 해내느라고 정말 고생 많으셨겠더라. 엄마가 나름 도움이 되려고 노력하지만 사실 자꾸만 잔소리와 지적질을 하게 된다. 가끔 아빠의 완벽한 일처리에 감동하기도 하지만 그것은 잠깐이고 자꾸만 요구가 많아져 문제다. 그래도 마음 한켠은 늘 아빠를 신뢰하고 있고, 아빠를 많이 지지해야 한다고 생각하고 있으니 걱정 말아라.

문정이는 여전히 무소식이지만 네가 곁에 있으니 잘 지내고 있으리라 믿는다. 자매지간에 힘들 때 서로서로 위로하며 깊은 우애 나누거라.

비록 문정이가 말투는 툴툴하지만 심성은 여리고 착한 아이라는 걸 너도 잘 알 것이다. 다소 버릇없게 말해도 그 깊은 내면을 잘 헤아려 스트레스 받지 말고 따뜻하게 대해주길 바란다. 네가 고3이니 동생이 잘 챙겨주었으면 좋겠다만 문정이의 성격이 다정다감하지 못하니 이해하거라. 늘 엄마가 너희들에게 좋은 기운 보내며 기도 하고 있음을 기억하길 바란다.

사랑한다 내 딸~

15-07-05 (일) 14:05
안동에서의 추억을 되새기며, 엄마가

방학 중에도 독서실에서 사는 딸에게

> 그래도 너희들이 이 서울 하늘에 함께 있다는 것만으로도 그렇게
> 든든할 수가 없고, 끼니마다 너희들 밥을 해서 먹이는 것도 그렇게
> 감사할 수가 없다.　.

기명아.

밤이라서 그런지 불암산 폭포 소리가 유난히 크게 들린다. 엄마는
마치 어디 펜션에라도 온 것처럼 집에서 폭포소리를 듣고 좋은 숲
향기를 마시며 한가로운 여름밤을 보내는데 우리 딸은 여전히 독
서실에서 공부 중이구나. 겨우 2주 방학인데 밥 먹는 시간 말고는
얼굴도 마주할 수 없고 얘기할 시간도 없네.

　이 여름, 대한민국 고3의 시간은 참으로 가혹하기 짝이 없구나.
그래도 너희들이 이 서울 하늘에 함께 있다는 것만으로도 그렇게
든든할 수가 없고, 끼니마다 너희들 밥을 해서 먹이는 것도 그렇
게 감사할 수가 없다. 그동안의 이별이 우리의 관계를 더욱 소중
하게 해준 것 같다. 너희들이 없으면 확실히 사는 것이 의미가 적
어질 듯하다.

　수시를 접고 논술과 정시를 준비하며 더욱 열심히 공부하는 너

를 보면 엄마는 참 많이 미안하고 또 부끄럽다. 너도 그렇게 의지를 다지면서 열심히 사는데 엄마는 그동안 엄마의 꿈을 위해 얼마나 치열하게 살았던가 반성하게 된다.

"쉬어가며 해라, 잠자는 시간을 더 늘려라, 산책도 필요하다."

이런저런 이유를 대며 네가 좀 편안하게 공부하기를 바라는 엄마는 어쩌면 남이 보기에는 참 행복한 고민을 하고 있다고 할지 모르겠다. 물론 그 이면에 기대와 욕심도 도사리고 있음도 부인하지 않겠지만 진심으로 너의 건강이 더 중요하다.

기명아.
우리 꼭 대학이라는 목표를 세우지 말고 그때 그때 현실에 충실하며 살자. 그냥 오늘 하루 충실하게 살다 보면 언젠가 도달해야 할 곳에 가게 되겠지. 너무 큰 기대와 욕심으로 네 몸과 마음이 지치고 힘들지 않았으면 좋겠다.
부담 갖지 말고 그냥 물 흐르는 대로 가보자. 가다 힘들면 쉬고, 넘어지면 일어나고, 그렇게 가다가 닿은 곳이 너의 학교라고 생각하자. 엄마가 살아보니 내려놓는다는 게 생각보다 쉽지 않지만 내려놓을 때 다 이루어지더라. 그러니 욕심도 기대도 조금씩 내려놓고 가볍게 하루하루 네가 할 수 있는 만큼만 한다고 생각하고 편안한 마음으로 공부에 임했으면 좋겠다.
지금 너의 심정으로는 엄마의 말이 전혀 와 닿지 않을 수도 있겠지만 그래도 힘들 때마다 한 번씩 상기해 보기 바란다. 이제 네가 들어올 시간이다.

새벽 1시가 넘은 시간에 너를 기다리며, 엄마 이만 줄인다.

15-07-28 (화) 01:13
널 항상 자랑스럽게 여기는 엄마가.

수능 D-100

> 엄마가 내딛는 발걸음, 행동, 말, 다 너희들을 위한 기도라고 생각
> 하고 더욱 경건하고 거룩하게 살아야겠다. 그것이 엄마의 100일
> 기도다.

수험생 엄마가 되어 보니 '수능 백일'이 주는 부담과 긴장을 실감
하겠다. 그동안 수능 100일이든 200일이든 시간을 헤아리는 단위
로만 여겼는데 정말 고3 엄마가 되어 보니 그 숫자가 전해주는 압
박감을 제대로 느낀다. 다 네가 하는 공부고 네가 혼자 헤쳐 나가
야 할 시간들이어서 이 엄마가 실상 아무것도 해줄 수 없는 데도
말이다.

　더더군다나 이렇게 이역만리 떨어져 지내는 상황에서 무슨 도
움을 줄 수 있을까 싶어 마음이 무겁기만 하다. 하지만 고3이라는
이 지루하고 고단한 시간의 다리를 건너고 나면 분명히 많이 강해
지고 성숙해 있으리라고 믿으며, 엄마는 일상에서 시시때때로 우
리 딸을 위해 기도를 멈추지 않는다.

기명아.

수능 100일을 앞둔 딸에게 그래도 엄마의 애절한 마음을 전해야겠기에 몇 줄 적는다. 엄마는 수능을 앞둔 너희들에게 요구되는 중요한 심리적인 상태는 '여유와 침착함'이라고 생각한다. 이제 성적을 더 올려보겠다고 새로운 공부법을 시도하며 마음이 급해져서도 안 되고, 터무니없이 욕심을 부려 건강을 해쳐가면서 공부 시간을 늘여서도 안 된다.

이제야말로 차근차근 차분하게 정리할 시간이라고 생각한다. 많이 스트레스도 받겠지만 그럴수록 마음의 여유를 갖고 내려놓는 연습을 하길 바란다.

아빠가 늘 하는 말 있잖니. 시간이 다 해결해 준다고. 그러니 '이 것 역시 지나가리라.' 주문을 외우며 편안하게 맘 다스리기 바란다. 한의사 선생님 말씀대로 말을 또박또박 천천히 하는 것도 많은 도움이 되리라 믿는다.

그나저나 밤에 잠을 잘 자지 못해 걱정이다. 같은 방 친구의 컴퓨터 타자소리를 우리 집 네 방에서 듣던 폭포소리로 상상해서 들어보아라. 네가 처음에는 폭포소리가 시끄러워서 잠을 못 자겠다고 문을 꼭꼭 걸어 잠갔지만, 엄마가 그 소리를 자장가 소리로 듣고 리듬을 타보라고 얘기한 뒤로 문 열고 잘 잤던 것을 기억하기 바란다.

'일체유심조!' 힘들겠지만 세상만사 다 마음먹기에 달렸다. 네가 그 소리를 듣기 싫어하고 외면할수록 더 시끄럽게 들릴 테니 그냥 생각을 바꿔 그 소리를 적극적으로 들어보길 바란다. 물론 다른 소리로 상상해서 말이야. 쉽지 않겠지만 그게 가장 쉬운 방법일 것이다.

실은 엄마도 요즘 잠을 많이 설친다. 다음날 일찍 일 나가시는 아빠를 위해 불 끄고 눕지만 한참을 뒤척이곤 한다. 이런저런 생각을 하기도 하고, 멍 때리고 있기도 하지만 일부러 잠을 자려고 노력하지는 않는다. 그러면 잠이란 놈이 더 멀리 날아가 버릴 테니 차라리 그 시간을 즐기려고 노력 중이다. 그러다 보면 어느새 잠들어 있기도 하더라.

저녁에 잠이 오지 않거든 이제부터 엄마에게 마음속으로 편지를 쓰거라. 텔레파시가 통해 엄마가 너에게 자장가를 들려주고 편안하게 잠들게 할지도 모르니…. 엄마는 늘 너희들과 연결되어 있으며 늘 너희들 생각하고 있다는 것 잊지 말고.

수능 100일을 남겨두고 엄마가 내딛는 발걸음, 행동, 말, 다 너희들을 위한 기도라고 생각하고 삶을 더욱 경건하고 거룩하게 보내야겠다. 그것이 엄마의 100일 기도다.

15-08-05 (수) 13:22
딸에게 평안과 여유를 주실 것을 간절히 구하며. 엄마가

피할 수 없으면 즐겨라

지금 이 시간이 많이 초조하고 힘들겠지만 늘 너 자신을 격려하고
사랑하며 고3 생활을 즐겨 보자.

장염을 앓던 시간이 지나가고, 또 9월 모의고사라는 부담이 지나
가고, 이제 홀가분하면 좋으련만 장염에 대한 두려움은 전체 간식
으로 나온 피자를 포기하게 하고, 또 9월 모의고사는 결과에 대해
깊은 고민을 하게 하는구나. 이것 역시 지나가겠지만 또 다른 시
련과 고민이 다가오고 또 지나가고 인생은 늘 그런 반복의 연속인
것 같다. 그때그때 그런 순간순간을 알아차리고 그냥 받아들이면
쉬우련만 그게 쉽지가 않다.

　엄마는 지금 아빠 일을 도우며 너무 바쁘게 사는데, 가끔 내가
뭘 하고 있나 싶을 때가 참 많이 있다. 마치 내 신발을 신고 있지
않은 느낌이랄까? 그래도 그냥 날마다 최선을 다해야지 하는 결
심으로 살고 있다. 딱히 계획도 규칙도 정하지 않고 그때 그때 나
에게 다가오는 일들을 그냥 내 나름으로 해나가는데 아직도 어렵
고 실수투성이다. 그렇지만 그런 시행착오를 겪으며 인간을 이해

하고, 또 세상을 배워 나가고 있다.

그리고 정말 삶이란 알 수가 없어서, 아빠 말대로 그냥 사는 게 최선인 것만 같은 생각도 든다. 그러다 보니 어떤 바람도 기대도 그리고 욕심도 없어지는 것 같다. 그러니 걱정도 사라지고 고민이 줄었다. 예전 같으면 우리 딸 수능을 앞둔 현시점에 많이 걱정하고 염려했을 터이지만 지금은 그 어떤 것에도 집착하지 않고 편안하게 내려놓게 되는구나.

물론 우리 딸이 자신의 길을 잘 가고 있다는 믿음 때문이기도 하겠지. 그러니 너도 모든 일에 초연하게 임했으면 좋겠다. 다행히 우리 기명이가 1학년, 2학년 때 힘든 과정을 다 겪어서인지 많이 담대해졌더라.

지금 이 시간이 참 많이 초조하고 힘들겠지만 늘 너 자신을 격려하고 사랑하며 가능한 고3 생활을 즐기도록 해보거라. 피할 수 없으면 즐기라는 말, 참 좋다. 결국은 '생각 바꾸기'이겠지. 엄마는 우리 딸의 육체와 정신이 늘 건강하기를 진심으로 기도하마. 사랑해 우리 딸~

15-09-03 (목) 02:54
어제보다 나은 오늘에 감사하며. 엄마가

애썼다, 큰딸!!!

> 네 자기소개서를 읽으며, 학원도 못가고 과외도 할 수 없는 상황에
> 서 정말 피눈물 나게 노력해서 그렇게 성적을 끌어올렸구나 싶어
> 가슴이 뭉클했다.

기명아, 이제 완연한 가을이다. 우리 집에서 보이는 정자 아래 꽃동산에 코스모스가 활짝 피고, 불암산도 단풍이 물들고 있다. 아침저녁으로 일교차가 심한데 부디 건강 조심하길 바란다. 여름과 가을 두 계절에 걸쳐 자기소개서 쓰느라 애썼다.

꼭 수시로 대학을 가기 위해서라기보다 네가 3년 동안 했던 학교생활, 학업, 동아리활동 등을 한눈에 알아볼 수 있게 정리하는 기회이기도 해서 엄마는 참 귀한 시간이었다고 생각한다. 네가 수능도 준비하고 있어서 부족한 시간을 쪼개가며 힘들게 공들여 쓴 자소서를 보니 엄마는 참으로 대견하고 뿌듯했다.

네 자기소개서를 읽으며, '우리 딸이 고등학교에 다니면서 이렇게 알차게 시간을 보내고 있었구나. 학원도 과외도 할 수 없는 상황에서 정말 피눈물 나게 노력해서 그렇게 성적을 끌어올렸구나' 싶어 가슴이 뭉클했다.

동아리활동도 열심히 해서 진로도 정하고, 도시 아이들은 상상할 수도 없는 농심활동도 해보고, 노인 요양원에 정기적으로 봉사활동을 다니며 할머니 할아버지들을 돌봐드리고, 그렇게 다양한 체험활동을 통해 우리 딸이 그렇게 의젓하게 자라주었구나 싶어 참으로 감사했다.

엄마랑 같이 살며 학교에 다녔더라면 3년 내내 주말에도 학원이랑 과외를 전전했을 텐데, 네 스스로 자기주도 학습을 했으니 넌 제대로 공부를 한 것이다. 엄마로서 가까이 두고 제대로 뒷바라지 못 해준 게 늘 미안했는데 이제 더 이상 자책하지 않기로 했다. 우리 딸 수시 준비하는 동안 엄마는 네가 얼마나 성실하게 살아왔는지, 얼마나 멋지게 자립했는지 충분히 느꼈으니 말이다. 엄마는 그저 이렇게 잘 자라준 딸이 늘 고맙고 고마울 뿐이다.

네가 어떤 대학을 가든, 네가 어떤 길을 가든, 엄마는 다 축복하고 지지해 줄 것이다. 아빠가 오늘 수능 49일 남았다고 그러더라. 세월이 유수와 같이 흐른다는 말, 정말 실감난다. 시간이 지날수록 우리 딸 더 지혜롭고 총명해지리라 굳게 믿는다.

엄마는 더 겸손하고, 더 착하게 살며 열심히 기도할 테니 딸도 맘 편히 지내기 바란다. 이것 역시 다 지나갈 것이고, 우리는 뚜벅뚜벅 하늘이 예비한 길을 갈 뿐이다. 그렇게 우리 남은 시간들을 경건하게 보내자. 힘내, 큰딸!!!

21:15-09-24 (목) 21:17
딸을 많이많이 사랑하는 엄마가

대한민국 고3의 시간

기숙학교에서 3년, 아픔도 슬픔도 외로움도 쓸쓸함도 다 녹아져
너를 더 사려 깊은 사람으로 만들 것이다. 그런 기대와 희망으로
오늘도 딸에 대한 그리움을 잘 접어둔다.

기명아.

엄마는 가끔씩 '내가 고3 엄마 맞아?' 할 만큼 평화로운 시간을 보
내고 있다. 네가 곁에 보이지 않아서이기도 하겠지만 이상하게 입
시가 평안하게 다가온다. 다른 고3 엄마들이 갖는 불안과 초조도
없고 압박도 없다. 가끔 너의 건강에 대한 염려가 올라올 뿐이다.
아마 너에 대한 믿음과 우리의 기도에 대한 확신이 있기 때문이
아닐까? 다 잘 될 것 같은 강한 믿음과 이 평안의 기운을 네게 보
낸다.

　수능 100일을 남겨두고 딸에게 맑은 에너지 보낸다고 술을 끊
은 아빠는 지금도 금주 중이다. 다만 저녁 먹을 때마다 '수능 끝나
면 우리 딸이랑 오꾸꼬에서 치맥 먹어야지!'라고 중얼거리는 것
보면 술에 대한 사랑이 식은 것은 아닌 것 같다. 그렇게 다짐하고
절제하는 아빠를 보면 참 대단하다는 생각이 든다. 아빠의 100일

금주는 곧 아빠의 딸에 대한 깊은 사랑이자 간절한 기도다. 넌 참 좋은 아빠를 두었다.

불암산은 이제 천천히 단풍이 들어가고 있다. 가을이 깊어지고 있다는 것을 엄마는 매우 가까이 느끼고 있다. 시간은 내가 잠을 자든, 책을 읽든, 일을 하든, 멍 때리고 있든 흘러가고 있다는 사실이 요즘은 참으로 감사하다. 시간이 흘러 우리 딸의 큰 과제가 끝나고 상경할 날이 얼마 남지 않았으니 말이다. 그동안 참 많이 애썼다. 네 말대로 고3의 시간을 견디고 나면 많이 성숙해질 수밖에 없을 것이다.

대한민국 고3의 시간은 치열한 경쟁을 뚫고 일어서야 하는 절제의 시간이요, 인내의 시간이다. 그렇게 철저하게 자기관리를 하며 부단히 노력하여 대학입시라는 큰 관문을 통과하고 나면 허탈하기도 하겠지만 그것을 극복해낸 자신에 대해서도 참 많이 대견할 것이다.

우리 딸처럼 기숙학교에서 3년을 보낸 아이들에게는 특별히 더 많은 성장이 있을 것이다. 그 속에 아픔도, 슬픔도, 외로움도, 쓸쓸함도 다 녹아져 너를 더 사려 깊은 사람으로 만들어줄 것이다. 엄마는 그런 기대와 희망으로 오늘도 딸에 대한 그리움을 잘 접어둔다.

주말인데 문정이가 오지 않는다니 참 아쉽다. 너는 고3이니 그렇다 치고 문정이는 엄마 아빠가 보고 싶지도 않나보다. 당장이라도 달려가고 싶지만 혹 너희들 학습에 방해될까봐 고민 중이다. 내일 생각해보고, 달려가 갈비탕 사주고 오든지, 아니면 담 주에

갈게.

　너희 둘이 함께 있어서 그나마 다행이다. 너희들과 함께, 황금빛으로 물들었을, 이제는 고향 같은 풍산들녘이 그립구나. 그럼 안녕 ~

15-10-09 (금) 11:03
가을볕이 좋은 날. 엄마가

밤 길

이별은 사람을 늘 아프고 힘들게 하는 것 같아. 몇 번을 흔들려야 어른이 된다고 하던데, 우리는 그렇게 몇 번을 더 이별을 경험해야 쿨 해질까?

기명아, 날이 차구나. 오늘 모의고사는 잘 치렀는지?

오늘 모처럼 월계동에 가서 선희 엄마를 만났는데 다들 수시결과를 기다리고 면접 준비하느라 바쁘더라. 다들 예민해져서 힘들어하던데 우리 딸은 혼자 견디며 공부하느라 애쓰지? 엄마가 아무것도 해줄 수 없어 많이 미안해. 곁에서 그저 지켜봐주는 것만으로도 큰 위로가 될 텐데 말이다.

날이 차가워지니 아침저녁으로 몸 따뜻하게 하고, 음식 주의해서 골고루 잘 먹고, 잠 푹 자고, 긍정적인 생각하고, 한낮에 한 20분 정도 반드시 햇볕을 쐬며 운동장을 돌았으면 좋겠는데 우리 딸이 엄마의 잔소리를 잘 들어주려나 몰라.

기명아.

풍산의 저녁노을을 보며 아름다움을 느낄 줄 아는 사람이 되었으니 감사하다. 너희들을 보고 오는 날은 행복하고 뿌듯하면서도 한편으로 쓸쓸하고 마음이 저리다. 이별은 사람을 늘 아프고 힘들게 하는 것 같아. 몇 번을 흔들려야 어른이 된다고 하던데, 우리는 그렇게 몇 번을 더 이별을 경험해야 쿨 해질까? 너희들을 두고 오는 밤길이 그렇게도 멀고 지루하더라. 빨리 수능 끝나고 함께 만나 지지고 볶으며 행복하게 살자.

문정이는 예나 지금이나 무슨 생각을 하며 사는지 그 속을 모르겠구나. 잘 커가고 있겠지 하다가도 문득 문득 염려가 되기도 하고 말이지. 아빠 말대로 자식은 부모가 믿어주는 만큼 클 텐데 문정이 건강이 안 좋아서 그런지 엄마는 문정이는 공부를 못해도 좋으니 스트레스도 받지 않았으면 좋겠고, 그냥 정신적으로 건전하고 육체적으로 건강하게만 자랐으면 좋겠다.

그곳에서 공부한다고 스트레스 받고 사는 게 그저 안쓰럽고 짠하다. 예전처럼 엄마와 진솔하게 대화를 나누지도 않고, 마음도 주는 것 같지도 않아 멀게만 느껴지는 게 안타깝다. 너처럼 하루에 한 번은 통화를 해야 서로 단절되지 않고 소통할 수 있을 텐데.

엄마가 더 많이 관심을 기울이고 더 많이 사랑을 주고 더 많이 기도해야겠지? 엄마가 너희들을 키우며 너희들에게 가졌던 기대와 꿈을 놓지 않고, 아니 엄마 아빠가 꾸었던 꿈까지 보태 너희들이 이루게 해주실 것을 신께 간절히 바라며 이만 줄인다.

15-10-13 (화) 19:39
마흔일곱 아직 꿈꿀 수 있다는 것에 감사하며, 엄마가

단풍 같은 열정이 우리 딸 가슴에 불길처럼 일어나길

하나의 중요한 통과의례 같은 이 고3의 시간, 하루하루 열정을 가지고 성실하게만 살아낸다면 어느덧 네가 원하는 시간과 공간에 도달해 있을 것이다.

기명아.

오늘도 너희들에게 달려가고 싶은 마음을 달래려고 아침에 출근하자마자 불암산 둘레길을 걸었다. 어느덧 단풍이 붉게 물들어 오솔길 걷는 걸음걸음이 참 황홀하더라. 햇살도 쨍쨍 내리쪼이고 있어 우울했던 마음에 생기가 돌고 무언가 막 하고 싶더라. 그동안 엄마가 아빠일 돕는답시고 그렇게 좋아하던 책도 못 읽고, 글 한 줄 못 쓰고 살았다는 생각이 그렇게 아쉽고 서글프더니 무엇인가 막 하고 싶은 열정이 생기는 것 같더라. 그래, 몸을 움직여야 사람은 활력이 생기고, 변화무쌍한 자연을 보며 내 삶의 변화도 꾀하게 되는 것 같다.

엄마는 요즘 날마다 잠에서 깨어 또 잠들 때까지 딱 한 가지 일만 하고 사는 사람처럼 살고 있다. 그제는 너희들에게 택배 부치기, 어제는 LH공사에 서류 보내기, 오늘은 둘레길 걷기….

270

그 나머지 시간은 무얼 하는지도 모르게 그냥 얼렁뚱땅 시간이 지나가 버리고 마는데 잠자리에 들려고 하면 왠지 모르게 허전하다. 왜 그럴까 생각하다 내 노력으로 이룰 목표가 없기 때문이라는 생각이 들었다.

대학입학은 너의 노력이고, 돈 벌어 전원주택 짓기는 결국 아빠의 영향이 크고, 문정이 아토피 낫기는 문정이가 주의를 기울여야 해결될 일이니, 결국 엄마는 스스로 이룰 꿈이 없는 주변인으로 전락하고 만 것이지.

그것은 곧 내 안에 뜨거운 열정이 사라져 버렸기 때문일 텐데 '열정의 고갈' 그것보다 더 큰 병이 없는 것 같다. 이 때문에 사람은 곧 우울감에 빠지기도 하고, 무기력해지기도 하고, 게을러지는 것 같다. 그래서 엄마는 오늘 산을 오르며, 흐르는 땀을 닦으며, 내 안에 잠들어 있는 열정들을 깨우고, 그리고 소박하지만 내가 스스로 하지 않으면 안 될 계획을 세우며 살기로 마음먹었다. 그랬더니 내 안에 힘이 생기고 의욕이 생기는 것 같다.

기명아.

너도 대한민국 청소년에게는 하나의 중요한 통과의례 같은 이 고3의 시간을 어차피 피할 수 없으니 그냥 즐겨보면 어떨까? 까짓 것 그 시간 견디는 게 아니라 그냥 열정을 갖고 덤벼보는 것도 괜찮지 않을까 싶다. 하루하루 열정을 가지고 성실하게만 살아낸다면 어느덧 네가 원하는 시간과 공간에 도달해 있을 것이다.

스트레스도, 위염도, 장염도, 감기도 감히 덤비지 못하게 말이야. 병도 우리 몸의 온도가 1도가 높아지면 침범하지 못한다고 하니 치열하게 사는 사람의 마음에는 그 어떤 고난과 아픔도 이겨낼 힘이 생기지 않을까?

물론 우리 딸이 매우 열정적인 사람이라 지금 그 자리까지 왔지만 말이야. 그 열정의 불꽃 마지막까지 사그라지지 않고 우리 딸의 가슴에 늘 뜨겁게 샘솟기를 엄마 간절히 기도하마. 열정적인 수험생이 되기 위해 날마다 점심을 먹고는 운동장 한 바퀴 도는 것부터 시작해라.

우리 몸은 뇌와 긴밀히 연결되어 있어 몸을 움직여야 뇌가 활성화가 되는 것이다. 공부가 안 되면 무조건 운동장 걷기를 해라. 아파도 걸어야 낫는단다.

햇볕을 쬐면 비타민D가 칼슘 흡수를 도와 마음이 안정되고, 걸으면 세로토닌이 분비되어 기분이 좋아지고 활력이 생기니 수능 때까지 규칙적으로 하면 도움이 될 것이다. 수능이 가까울수록 운동에 더 많이 시간을 할애해야 육체와 정신이 단단해져 네 기량을 발휘할 수 있을 것이니 엄마 말 명심해라.

함께하지 못해 늘 미안한 마음이 있다. 그래도 우리는 늘 연결되어 있으니 함께 서로를 응원하자. 우리 딸 파이팅!

15-10-17 (토) 13:00
딸의 가슴에 뜨거운 열정이 늘 샘솟기를 바라며, 엄마가

힘내! 기명아!

어둠이 있기에 우리는 밝은 대낮을 기대하고 기다리며 살아갈 수 있는 것이다. 낮도 밤도 모두 우리 삶의 소중한 부분이다.

엄마가 어느 잡지에서 읽은 내용이다.

한 젊은 어부가 바다에서 고기를 잡고 있는데 해초가 많아 고기 잡는 데 방해가 되었다고 한다. 그래서 독한 약을 풀어서라도 해초를 다 없애 버려야겠다고 결심했다고 한다. 그때 오래오래 그곳에서 고기잡이를 해 경륜과 연륜이 쌓인 늙은 어부가 이렇게 말했단다. "해초가 없어지면 물고기의 먹이가 없어지고 먹이가 없어지면 물고기도 없어진다네."

이렇듯 우리는 우리 앞에 장애물이 없어지면 행복할 것이라고 생각한다. 그러나 장애물이 없어지면 장애를 극복하려던 의지와 욕구도 함께 없어지게 된다.

남태평양 사모아 섬은 봄이면 바다거북들이 해변으로 올라와 모래 구덩이를 파고 알을 낳고 깨어난 새끼들이 바다를 향해 새까맣게 기어가는 모습으로 장관을 이루는 곳이다. 가끔 텔레비전을 통해 엄마도 새까만 거북이 떼를 보았던 기억이 난다.

한 번은 해양학자들이 산란기 바다거북에게 진통제를 주사해 보았더니, 거북은 고통 없이 알을 낳았지만 제가 낳은 알을 모조리 먹어 치워버렸다고 한다. 과학자들은 고통 없이 낳은 알이라 모성본능이 일어나지 않았을 것으로 추측했다. 엄마도 산통을 겪어봤지만 내 몸의 뼈가 다 벌어지는 그 엄청난 그 고통을 겪고 나온 자식을 사랑하지 않을 수 없을 것 같아.

우리의 삶도 그렇다. 시련이 있어야 향기가 나고 윤이 나고 생동감이 있게 된다. 우리가 사는 세상이 마냥 평화롭고 평탄한 밝은 대낮만 계속된다면 사람들은 며칠 못 가서 재미도 없고 흥미도 없어져 우울증에 걸리고 말 것이다. 어둠을 싫어하지만 어둠이 있기에 우리는 밝은 대낮을 기대하고 기다리며 살아갈 수 있는 것이다. 낮도 밤도 모두 우리 삶의 소중한 부분이다.

기명아, 어둠이 있어야 빛이 더욱 빛나듯 시련이 있어야 삶은 더욱 풍요로워지는 거야. 살아가는 동안 경험하는 수많은 시련 중에 우리가 이겨내지 못할 것은 없대. 위염이, 감기가, 교정기 고무줄 끊어진 사건이 너를 더욱 단단히 만들어줄 거야.

이 시련들을 다 이겨내면 진정 풍요로운 삶이 널 기다려 줄 거야. 그렇게 굳게 믿으며 이 엄마 간절히 기도하마. 사랑해~

15-10-20 (화) 20:07
진정으로 딸을 응원하며, 엄마가

시간의 흐름에 모든 것을 맡기며

너는 그곳에서, 엄마는 이곳에서 잘 살고 있으면 어느덧 우리의 뜻이 이루어지리라 믿는다. 늘 선한 길로 인도해주시는 하나님을 믿고 시간의 흐름에 모든 것을 맡겨 보자.

날씨가 몹시 춥구나. 감기 조심하고 막바지 건강 관리 잘해야겠다. 오늘 엄마는 별내면에 있는 산들소리 수목원에 다녀왔어. 모처럼 바깥바람 쏘이니 좋더라. 날이 추운데도 그곳은 허브천지라 경치도 좋고 무엇보다 햇살이 아주 따사롭더라. 물론 가슴 한켠에 수능을 앞둔 우리 딸에 대한 염원과 기도는 잊지 않았지!

기명아, 날마다 희비가 엇갈리는 상황이 참 많지? 그럴 때마다 기분에 따라 부화뇌동하면 참 많은 에너지가 소진될 것 같아. 그냥 조금씩 기쁜 감정에도 또는 슬픈 감정에도 초연하고 여유롭게 지낼 수 있으면 좋겠다.

특히 지금은 기분이 좀 우울하고 다운되더라도 몸을 움직이든, 생각 바꾸기를 하든 해서 너무 침울해지지 말고 기분을 좀 밝게 전환했으면 좋겠다. 그야말로 지금부터 수능 볼 때까지는 강한 멘탈이 실력이 된다. 네 머릿속에 든 것이야 큰 이변이 없는 한 차분하게 정리하면 발휘될 것이니 걱정 말고 그저 마음을 잘 다잡고 가기 바란다.

엄마가 곁에 있다고 뭐가 달라지는 것도 아니고 어차피 공부는 너 혼자 하는 것일 텐데 함께 있어주지 못해 많이 미안하구나. 너는 그곳에서, 엄마는 이곳에서 열심히 잘 살고 있으면 어느덧 우리의 뜻이 이루어지리라 믿는다.

늘 선한 길로 인도해주시는 하나님을 믿고 시간의 흐름에 모든 것을 맡겨보자. 그렇게 그렇게 가고 가다 보면 길이 보이겠지.

그런 마음으로 맘 편히 눈 뜨고, 공부하고, 잘 자고, 그렇게 수능날 건강하게 시험보길 바란다. 지금은 네 인생에 수능이 전부인 것 같지만 삶에는 구비구비 많은 숙제가 놓여 있으니 그냥 한 관문을 통과한다는 생각으로 가볍게 사뿐히 가보자. 엄마는 우리 딸 그렇게 살라고 두 손 모아 기도하마. 사랑한다, 큰딸.

15-10-29 (목) 20:01
절망해도 내일 또 다른 희망을 꿈꿀 수 있음에 감사하며. 엄마가

너 자신을 믿고, 이해하고, 그리고 깊이 사랑하길

> 먼 훗날 시간이 흘러 돌이켜보면 지금이 네 인생의 가장 힘든 시기
> 가 아니라 가장 소중한 시기였고, 이 과정을 이겨냈기에 단단하고
> 성숙한 사람 '김기명'이가 있을 것이다.

기명아, 힘들지? 그리고 지금 이 시간 빨리 지나갔으면 좋겠지?

수능을 앞둔 이 시간이 한 달 더 늘어난다면 '정말 미쳐버릴 것 같다'는 너희들의 푸념이 그냥 투정이 아니라 정말 간절한 마음이라는 것을 잘 안다. 엄마도 그 시간을 지나 학력고사를 보고 대학을 갔으니까. 그런데 기명아! 지나놓고 보니 불안에 시달리고 때로는 악몽을 꾸면서 얼른 시간이 지나가 버리기를 학수고대하며 보낸 그 초조한 시간들이 참 많이 아쉽고, 심지어 시간을 되돌이키고 싶은 마음도 들 때가 있다.

좀 더 최선을 다할 걸, 좀 더 느긋하게 맘먹고 여유를 가질 걸, 무엇보다 나 자신을 믿고 당당하게 도전할 걸…. 뭐 그런 마음들이 교차하는 것을 보면 엄마도 말만 그렇지 그 시간을 즐기지는 못했던 것 같다.

엄마는 우리 기명이가 지금 이 시간을 후회 없이 최선을 다하

고, 그리고 결과에 대해서는 겸허하게 수긍할 수 있기를 기도한다. 먼 훗날 시간이 흘러 돌이켜보면 지금이 네 인생의 가장 힘든 시기가 아니라 가장 소중한 시기였고, 지금 이 과정을 이겨냈기에 단단하고 성숙한 사람 '김기명'이가 있을 것이다. 그러니 너 자신을 믿고, 이해하고, 깊이 사랑하며 이 시간을 보냈으면 좋겠다.

어제는 보람이 언니가 고3 수험생을 둔 엄마 아빠 위로 차「형제는 용감했다」뮤지컬 티켓을 끊어줘서 모처럼 대학로에 가서 문화생활을 했다. 공간적 배경이 '안동'이라 순 안동 사투리가 나와서 더 많이 안동시 풍산읍에 있는 우리 딸들이 그립더라.

'~~했니더. ~~하시니껴? ~~아이다.' 그런 독특한 안동 말투 말이다. 작은 외삼촌 내외와 뮤지컬도 보고, 끝나고 추어탕 집에서 소주도 한 잔 하고 행복했다. 보람이 언니 성의도 감사했고, 함께 해준 외삼촌 내외도 고마웠고, 끝까지 술을 잘 참고 있는 아빠도 존경스럽더라.

기명아, 어제처럼 먹고 싶고 갖고 싶은 것 있으면 연락해라. 엄마가 일요일에 된장국 끓이고 김밥 싸서 딸 만나러 갈 테니, 우리 딸 그때까지 평안하게 잘 지내거라.

15-11-04 (수) 13:00
이제 안동 사투리가 편안하게 들리는 엄마가

목표가 있어 감사한 삶

수능일이 7일 남았네. 그날을 부담이 아니라 기대로 맞이했으면 좋겠다. 힘들겠지만 네가 새로운 세상으로 진입하는 계단 같은 것이라고 담담하게 그날을 맞이해라.

기명아.

오늘도 엄마는 아침에 일어나 신문을 읽고, 사무실에 나오고, 점심 먹고, 둘레길 산책을 하고 했는데 왠지 마음이 싱숭생숭 책도 읽히지 않아 하루 종일 서성거리며 보낸 것 같다.

겉으로는 그냥 평안한 일상인데 무엇 하나 손에 잡히는 것이 없구나. 엄마 맘이 이럴진대 우리 딸 지금 심정이 얼마나 복잡할까 싶다. 함께 손잡고 마주앉아 격려하고 위로해 주고 싶은데 늘 마음뿐이구나.

흐린 늦가을 날씨는 참으로 을씨년스럽기 그지없다. 엄마가 산책 중에 만나는 나무들도 가뭄 탓인지 단풍이 푸석푸석 곱지가 않다. 코스모스도 이제 꽃이 다 지고 씨가 맺혔는데 그나마 늦게 핀 꽃잎 몇 개가 피어 있어 더 쓸쓸해 보이더구나.

이 가을이 깊어지면 겨울이 오고, 또 다시 봄이 오고, 여름이 오고… 그렇게 시간은 흘러가겠지. 그래서 우리 큰딸도 수능을 보고, 합격증을 받고, 졸업을 하고, 그리고 대학에 입학을 하고 성인이 되겠지? 그때 그때 최선을 다한다면 산다는 것은 참 쉬운 것인데 말이다.

기명아.
이제 정말 수능 7일밖에 안 남았네. 그날을 부담이 아니라 기대로 맞이했으면 좋겠다. 힘들겠지만 네가 새로운 세상으로 진입하는 계단 같은 것이라고 담담하게 그날을 맞이해라.
너만이 아니라 네 나이 또래 친구들이 다 경험하는 깃이니 그냥 통과의례라고 생각해라. 시험이 어려우면 네 친구들도 어려울 것이고 쉬우면 네 친구들도 쉬울 것이니, 가벼운 마음으로 마지막 마무리 잘하길 바란다. 엄마, 일요일에 간다. 사랑해, 큰딸~

15-11-05 (목) 17:54
오늘도 기명이를 응원하는 엄마가

수능이 끝나고

12년 공부를 시험 한 번으로 평가해서 당락이 결정되는 것이 참 모질다 싶다만, 그 결과에 대해 스스로 의미를 잘 부여할 줄 안다면 그것은 훌륭한 인생이라고 본다.

사랑하는 기명아.

수능이 끝나고 아쉬움과 허탈함에 이틀 내내 방안에 틀어박혀 드라마에 빠져 살더니 오늘 노량진 논술학원에 주섬주섬 가방을 챙겨 떠나는 너를 보는 마음이 참 많이 애잔하다. 많이많이 애썼는데 우리 딸, 기대만큼 점수를 받지 못해 얼마나 아쉬울까?

수학 30번 문제 222, 문제를 다 풀고도 마킹을 실수하는 바람에 4점이 날아가 네가 그렇게도 가고 싶어 했던 대학에 대한 기대도 꺾이는 그 순간을 엄마가 어떻게 잊을 수 있을까? 그냥 아무 말도 할 수 없을 만큼 멍해지더라.

다 내려놓고 하늘이 하는 일에 '예' 하고 따르겠다고 했던 것은 거짓 맹세였나 보다. 그런 엄마를 바라보며 넌 목에 넘어가지도 않을 밥상을 받아 놓고 물끄러미 쳐다보며 그랬지.

"엄마 아빠 3년 동안 고생 많았어요. 문정아, 너도 애썼다."

네가 차라리 울며불며 투정을 부렸더라면 좀 덜 괴로웠을까? 엄마는 너에게 그 아픈 마음을 들키지 않으려고 했는데 더 표정은 굳어지고 더 말문이 막혔던 모양이다.

"엄마, 누가 더 맘이 아프겠어. 가장 힘든 사람이 언니야. 표정관리 좀 해."

문정이가 자꾸 지적을 하는데도 엄마는 자꾸만 자꾸만 입이 굳어지더라. 그리고 서울로 오는 길 휴게소에서 몇 술 뜬 밥을 다 토해내는 너를 보며 엄마 가슴이 저며 오더라. 네가 얼마나 3년 동안 그 한 목표를 향해 쉬지 않고 달려왔는지 잘 알기 때문에 이루 형언할 수 없는 마음이었다.

"엄마, 나 재수는 절대 안 할래. 나 고3 때처럼 열심히 살 자신 없어."

그렇게 정신을 차리고 점수에 맞추어 대학을 가겠다고 선언하는 너에게서 엄마는 후회 없이 최선을 다하여 산 당당한 모습을 보았다.

우리 딸! 최선을 다하고 결과를 받아들이는 모습이 참 멋지더라. 아니 고맙더라. 남들처럼 과외도, 학원도 다니지 못하고 혼자 그야말로 자기주도 학습해서 그만큼 결과 얻었으면 훌륭한 것이다. 정말 자랑스럽다. 우리 딸.

12년 공부를 시험 한 번으로 평가해서 당락이 결정되는 것이 참 모질다 싶다만, 또 그것이 인생이다. 내 뜻대로, 내 바람대로, 내 노력대로, 세상만사 다 이루어지는 것은 아니더라. 하지만 그 결과에 대해 스스로 의미를 잘 부여할 줄 안다면 그것은 훌륭한 인생이라고 본다.

기명아.

아빠 말대로 끝날 때까지 끝난 게 아니다. 대학은 이제 시작일 뿐이다. 엄마는 우리 딸이 지금 어떤 길을 가든 늘 최선을 다하는 그 성실함 때문에 어디서든 큰 기여를 하는 사람이 될 것이라는 것을 믿어 의심치 않는다. 아니, 우리 딸이 정치든, 경제든, 교육이든, 네가 가는 그 자리에서 이 민족과 나라 발전에 크게 이바지할 사람이라는 것을 의심해 본 적이 없다.

엄마는 우리 딸의 자질이 얼마나 훌륭하고 얼마나 큰 사람인지 잘 알고 있다. 네가 가는 길이 어떤 길이든 그래서 크게 응원하고 지지한다. 그러니 우리 딸 늘 씩씩하고 당당하게 파이팅!

15-11-24 (화) 00:50
노량진에 간 딸을 생각하며, 엄마가

논술시험 시간에

> 더 큰 실수를 하지 않은 것도 감사하고, 그만큼 점수 나와 그래도
> 이 정도의 학교를 바라볼 수 있는 것도 감사하고, 네가 크게 절망
> 하지 않는 것도 감사하다.

너를 시험장에 보내 놓고 2시간여 동안 K대학교 캠퍼스를 돌았
다. 춥고 다리가 아팠지만 고생하고 있을 우리 딸 생각하니 잠시
도 따뜻한 곳을 찾아 앉고 싶지 않더구나. 그러면서 문득 엄마가
수능 이후 참 감사를 모르며 살았구나 싶어 반성했다. 더 큰 실수
를 하지 않은 것도 감사하고, 그만큼 점수 나와 그래도 이 정도의
학교를 바라볼 수 있는 것도 감사하고, 네가 크게 절망하지 않는
것도 감사하고 말이다.

문과대 앞을 산책하는데 한 여학생이 논술을 보다가 쓰러져 엠
블런스에 실려 가더라. 그 아이 엄마는 물론이고, 주변의 엄마들
눈가가 다 촉촉하게 젖었다. 그 아이도 이 시간을 위해 긴 시간 맘
졸이며 준비했을 텐데 너무 긴장한 나머지 기회조차 못 가졌으니
얼마나 안타까울까? 그렇게 한참 흐르는 눈물을 닦고 맘을 추스
르고 났더니 네게 미안한 마음이 들더라.

입시 이후 엄마가 네게 너무 많이 이것저것 쓸데없이 간섭하고 강요했다. 네가 알아서 잘 찾아갈 텐데, 큰 꿈을 가진 딸에게 어디 가라고 한계를 정하려 들고 말이야. 아빠는 우리 딸이 더 큰 사람으로 크길 바라는데 엄마는 자꾸만 널 작은 사람으로 만드는 것 같다.

이번 입시를 치르며 네가 참 많이 컸다는 생각이 들었다. 네 말대로 고생하며 쌓은 '미엘린' 덕분인지 크게 좌절하지 않고, 하늘의 뜻도 헤아릴 줄 알고, 끝까지 논술도 소홀히 여기지 않고 열심히 준비하는 모습이 대견했다.

어디에 내놓아도 우리 딸 잘 살 것 같은 확신이 들었다. 그래, 그렇게 우리는 각자 자기의 길을 가고 있을 뿐이다. 엄마는 그 길에 힘찬 응원과 사랑을 보낸다. 파이팅, 우리 딸!!!

15-11-24 (화) 01:16
포기를 모르는 딸에게 감사하며. 엄마가

결과를 보고 아쉬워하지 않기를 바라며

> 네가 노력한 만큼의 결과가 나오지 않더라도 너무 아쉬워하지 말
> 고 용기와 희망을 갖기를 바란다. "너는 실패해도 성공했다."

내일이면 수능결과가 나오겠구나. 그동안 홀가분하면서도 한편 많이 불안하고 긴장되었지? 등급 컷도 낮아지고 많이 어려운 수능이었다는 뉴스를 접하며 결과를 감사로 받아들이기로 했지만 한편으로는 아쉬움이 남는 것은 어찌할 수 없구나.

제 실력을 충분히 발휘하지 못한 학생이 어디 너뿐이겠니? 네 친구들도 하나같이 좌절하면서 한편으로는 막연한 요행을 바라기도 할 것이다. 하지만 결과를 순순히 받아들이고 그것을 잘 해석할 줄 아는 사람이 지혜로운 사람이라고 생각한다.

바꿀 수 없는 사실은 하나이고, 바꿀 수 있는 생각은 둘이다. 그때 긍정과 부정이 갈리고, 성장과 정체가 갈린다고 본다. 우리 기명이가 긍정을 선택하고 성장하는 사람이 되었으면 좋겠다. 아빠가 늘 말씀하시는 '이 문제의 좋은 점'을 생각하는 것이지. 엄마는 사람이 자신의 상황과 여건을 수용할 때 비로소 힘이 나온다고 생

각한다. 안 되는 것을 아쉬워하고 후회하는 것은 그야말로 에너지 낭비다. 최선을 다했기에 아쉽고 후회스럽겠지만 그 결과가 너에게 주는 예기치 못한 은총이 분명히 남아 있을 것이다.

마지막으로 신문에 실린 고미석 씨의 글이 엄마의 마음과 같아 그대로 올리며 마무리하고자 한다.

"혹시 원하는 결과가 나오지 않았을 때라면 이를 받아들이고 다시 도전하는 용기를 갖기를 소망한다. 누구나 불안한 환경 속에서 살아가는 것이니까. '너는 실패해도 성공했다.' 언젠가 책에서 접한 이 말은 이어령 선생이 영화감독인 아들에게 보낸 연하장 문구다. 첫 장편을 연출한 아들에게 힘을 주고자 실패가 성공으로 가는 통과의례임을 일깨워준 것이다."

기명아, 편지를 마무리하려고 하는데 귀 뚫었다는 문자가 오네. 그래, 이 시간 해보고 싶은 것 다 해보고 실컷 누리도록 해라. 영화도 보고, 게임도 하고, 여행도 다니고…. 넌 충분히 그럴 자격이 있다. 그 다음은 엄마가 늘 말했듯이 너의 가치를 키우려고 노력하는 시간으로 삼길 바란다. 좋은 책도 읽고, 영어공부도 하고, 그리고 운전면허도 따고…. 그럼 내일 반갑게 만나자.

15-12-01 (화) 18:20
네게 어떤 좌절이 와도 능히 일어설 힘이 있다고 믿으며. 엄마가

합격! 김기명

주변 사람들과 비교되면서 대학 서열로 상대 평가되는 그 가혹한
시간을 견뎌야 하는 게 대한민국 고3의 현실이다.

우리 딸 드디어 해냈구나. '서울교육대학교 합격'을 진심으로 축
하한다.

얼마나 가슴 졸이며 마지막 면접 준비까지 최선을 다하며 기다
려왔는지 알기에 더 감격스럽다. 길고 긴 터널을 방금 통과한 기
분이다. 그 어둡고 힘든 과정이 있었기에 이 광명이 더 감사로 다
가오는지도 모르겠다. 애썼다.

한 번도 투정부리지 않고, 의연하게 제자리 지켜온 네가 자랑스
럽다. 다른 사람은 두 달 전에 끝낸 수능을 정시 면접까지 준비하
며 2주 전까지 고생한 보람이 있다.

"다행이야. 재수 안 하게 되어 다행이야." 하고 되뇌는 너를 보
니 네가 얼마나 마음고생이 심했는지 알겠더라. 너의 부담은 생각
도 않고 쉽게 재수 일 년은 아주 짧은 시간이니 도전해 보라고 했
던 엄마가 얼마나 원망스러웠니? 그래 핏방울 하나까지 다 짜내

며 공부했을 것이고, 고3의 시간으로 다시 돌아가고 싶지 않았겠지. 정말 수능이라는 제도는 너희 같은 미성년에게 너무나 큰 시련과 좌절을 안겨주는 것 같다.

주변 사람들과 비교되면서 대학 서열로 상대 평가되는 그 가혹한 시간을 견뎌야 하는 게 대한민국 고3의 현실이다. 그 시간이 행복한 사람도 있겠지만 대부분의 아이들이 참 많이 상처받고 자존감이 낮아지는 시간이 아닐까 싶어 안타까운 마음이다. 어쨌든 힘든 과정을 잘 이겨내고 이 자리에 우뚝 선 우리 딸의 앞날에 늘 은총이 함께 하길 빌어본다.

교대입시를 준비하면서 엄마는 참 많이 너에게 맞는 학교라는 생각이 들었다. 너의 그 바른 인성이며 적성 등이 사실 교사하기에 하나도 부족함이 없다는 생각이다. 교육학과에 가서 '대한민국의 교육을 바꾸고 싶다'고 했던 너의 포부를 엄마는 잊지 않고 있다. 교대를 나와 교사로서 현장 경험을 한 뒤 대학원에 진학하여 석·박사 학위 받아 꼭 대한민국 교육 발전에 기여하고 너의 꿈도 펼치기를 바란다.

가끔 돌아가는 게 옳은 길이 될 때도 있다. 그래서 엄마는 더 우리 딸의 대학생활이 기대된다. 늘 언제 어디서나 최선을 다하는 우리 딸이니 멋진 교대생, 훌륭한 선생님이 될 것이다.

지금 베트남에서 아빠랑 즐거운 시간을 보내고 있겠구나. 애써 공부한 베트남어 한마디라도 써먹을 수 있었으면 좋겠다. 한 번 입으로 뱉은 말은 어떤 일이 있어도 지키려고 노력하는 아빠가 가끔은 참 존경스럽다.

　수능 전에 딸과 한 약속을 지키려고 이 바쁘고 복잡한 와중에 베트남 여행을 떠난 아빠이니 정말 둘의 기억에 남을 행복한 여행 되었으면 좋겠다. 이곳 사무실 일은 엄마가 잘 처리할 테니 아빠도 모처럼 휴가 잘 보내고 오라고 전해라. 그럼 부녀지간에 행복한 여행이 되길 바라며 이만 줄인다.

　Good luck to you~

16-01-31 (일) 09:46
노력하고 인내하면 결국 꿈은 이루어진다는 진리를 깨달은 엄마가

에필로그

기명이는 중천에 뜬 해를 뒤로 하고 편안히 잠들어 있다. 오늘처럼 수업이 오후에 있는 날은 10시가 다 되도록 늘어지게 자고 일어나 "엄마, 밥 줘!" 할 것이다. 그런 아이에게 "네 방 좀 정리해라, 또 무슨 택배가 이렇게 많이 와 있냐? 핸드폰 좀 그만 들여다봐라." 잔소리를 해댈 것이다. 그러면 딸은 듣다듣다 "엄마, 잔소리 좀 그만해!" 하며 문을 쾅 닫고 들어갈 것이다. 나는 그 뒤통수에 대고 또 뭐라고 뭐라고 잔소리를 하겠지.

특별할 것도 없는 이 일상의 시간, 주방에서부터 방까지 오가며 일어나라고 소리 지르는 이 순간이 나는 더할 나위 없이 행복하다. 주말에 온 가족이 마주앉아 삼겹살이라도 구워 먹으면 '사는 게 이런 것이지. 행복이 뭐 별거냐.'며 감동한다.

새벽녘 눈이 떠져 각자 방에서 자고 있는 두 딸과 남편의 모습을 확인하고 나면 가슴이 뿌듯하게 벅차오르는 감정이 있다. 나는 가족이 한 공간에서 같이 사는 것만으로도 충분히 행복하고 감격스럽다.

그리고 이번 여름, 딸 둘을 한 달여 유럽여행을 보내면서 하나도 불안하지 않고 두렵지 않는 신기한 체험을 했다. 두 딸을 풍산에 보내놓고(두 살 터울의 동생 문정이도 언니에 이어 풍산고를 다녔

다) 매일 편지를 쓰며 마음을 단련한 덕분이다. 이제 같이 있어도 또 따로 있어도 늘 하나로 연결된 것처럼 마음이 평안하다. 의심과 두려움이 사라진 자리에 깊은 신뢰와 평화가 자리 잡았다.

물론 그동안 마음 아픈 일도 있었다. 우리 집에 와 계시던 친정아버지가 돌아가신 것이다.

그리고 우리 가족이 영아원에 봉사 다니며 오랜 시간 준비했던 우리 꼬마숙녀의 입양도 포기해야 했다. 꼬마숙녀가 생각보다 많이 아픈 아이였다는 것은 다 핑계이고, 나 자신이 엄마로서 준비가 되지 않은 게 가장 큰 이유였다.

그것은 두 딸에게 많은 상처를 주었고, 나 자신에게도 자책과 후회로 견디기 힘든 시간을 안겨주었다. 선택에 대한 대가를 치른다는 마음으로 기꺼이 아프게 그 시간을 견뎌냈다. 하지만 세월이 지나면서 다행히 상처도 아물었고 한동안 우리 집 금기어였던 '꼬마숙녀'에 대해서 편하게 얘기할 수 있게 되었다. 흐르는 시간이 허락한 선물이었다. 그래도 가지 않은 길에 대한 회한은 한동안 내 마음에 남을 것 같다.

기명이는 지금 서울교육대학교 3학년에 재학 중이다. 고입 면접에서 떨어진 뒤 면접에 늘 자신 없어 했던 아이가 당락에 절대적인 비중을 두고 있는 교대 면접을 통과해 바닥에 떨어진 자존감을 회복했고, 자신의 꿈인 좋은 선생님이 되기 위해 열심히 공부에 매진하고 있다. 그리고 교대 유일의 여자 학군사관후보생으로 열심히 훈련 중이다. 툭 하면 장염과 불면증에 시달리던 마음 여린 아이는 떨어져 지낸 3년 동안 스스로 한계 상황에 도전하며 더 많은 포부를 갖게 된 것 같았다.

그리고 매년 5월 15일이면 일부러 시간을 내 풍산고등학교에 내려가, 늘 부모처럼 따뜻하고 인자하게 대해 주셨던 선생님들에게 감사의 인사를 드린다. 또한 수능 전주에도 엿과 찹쌀떡을 사 들고 가 후배들을 격려하고 응원한다. 풍산고 시절 직속제도(선후배 간의 결연제도)가 대학에서 선후배와 관계를 잘하는 데 도움이 되었고, 기숙사 생활에서 배운 양보와 배려도 사회생활에 적지 않게 도움이 되었다고 그 힘든 그 시절을 긍정한다.

풍산고등학교 앞의 손수 가꾼 고구마 밭, 소풍 장소였던 하회마을, 병산서원 다 그립지만, 무엇보다 해질녘 학교운동장에서 가족을 떠올리며 한참 쳐다보았던 그 '분홍빛 아름다운 노을'이 가장 그립단다.

헤어져 지낸 3년, 우리는 그렇게 각자의 자리에서 치열하게 고민하고 때론 아파하면서 성숙해가고 있었다. 이제 아이를 28개월 군대에 보내야 하고, 결혼을 통해 분가시키고, 그밖에 수없이 많은 이별을 경험해야 할 것이다.

하지만 그때마다 다시 만난다는 것을 기억할 것이며, 그때 휘몰아쳐오는 마음의 풍랑은 실체가 없고, 가만히 깊은 호흡을 하고 바라보면 곧 가라앉을 것이라는 믿음으로 잘 견뎌낼 것이다. 그리고 그 시간 더 많이 사랑을 담아 더 긴 편지를 쓸 것이다.

2019년 2월
엄마이자 나, 진유정

풍산, 내 마음의 고향

시골학교에서의 3년은 내 삶에서 가장 치열하면서도 행복했던 시간이었다.

하고 싶은 것이 많아 동아리, 학생회, 공부 어느 하나 놓지 못하고 스트레스를 받으면서도 그 모든 걸 잘해내야만 했다. 저녁시간에 하는 엄마와의 짧은 통화와 주말마다 몰아서 보는 엄마의 메일이 유일한 바깥과의 소통이었고, 중학교 때까지만 해도 엄마와 모든 것을 함께 고민하고 결정했던 나에게 고등학교에서의 삶은 너무 어려운 선택과 책임의 연속이었다.

이런 고민을 함께 나누고, 이를 진심으로 이해해주는 것은 단연 같은 학교의 친구들이었다. 작은 시골학교에서 3년을 함께 살며 하루에도 몇 번씩 마주치며 인사하던 우리는 치열한 고교생활 동안 친구를 경쟁자가 아닌, 친구 그 자체로 받아들이는 것을 배웠다. 즐거운 일, 슬픈 일, 축하할 일이 있으면 예쁜 편지지, 때로는 공책을 찢어 친구에게 편지를 쓰고, 누군가 억울한 일을 당하면 모두가 자기 일인 것처럼 나서서 문제를 해결하려고 했다.

20분의 야간자율학습 쉬는 시간에 깜깜한 운동장을 돌며 개구리 소리를 배경삼아 서로의 고민을 이야기하고, 3학년 땐 시간이 부족해 잠을 줄여 공부를 하면서도 저녁 먹고 넓게 펼쳐진 논밭위 분홍색으로 물든 하늘을 몇 십분 동안 바라보며 서로를 격려하고 응원했다.

3년의 고등학교 생활은 나에게 아득하면서도 행복하고, 그때의 순수함이 먹먹하게 다가오는 아름다운 추억이다. 전학을 고민할 때마다 엄마가 편지에 써준 '대학을 가는 과정으로서'가 아닌 '3년 자체로 의미 있는' 고등학교 생활을 이제야 이해할 수 있을 것 같다.

부모님을 떠나온 우리를 위해 늘 자상하고 다정했던 선생님들, 지금은 저마다의 자리에서 고교시절처럼 치열하게 살고 있을 친구들, 수시로 트랙을 돌던 넓은 운동장, 늘 빨래가 널려 있던 기숙사, 잠을 쫓으며 앉아 있던 독서실, 모두 너무 그립다.

이제 풍산은 내가 힘들고 복잡한 일이 생길 때 아련히 떠오르는, 나의 고향 같은 곳이다. 언제든 찾아갈 나만의 공간이 있다는 사실이 고맙다.

딸, 김기명

지은이 진유정

서울예술대학 문예창작과를 졸업하였으며, 『새농민』에 단편소설
'소'로 등단하였다.
KBS 광주방송총국 구성작가로 일했으며, 한국언론자료간행회(한
얼) 편집부에서 근무하였다.
'한 남자의 아내이자 두 딸의 엄마로 사는 게 가장 자랑스럽고, 책
을 읽고 글을 쓸 때 가장 행복하다'는 그녀는, 서울 불암산 아랫동
네에 살면서 블로그 '선녀와 나무꾼'을 운영하고 있다.

저 달이 우리 딸을 지켜주겠지

초판 1쇄 인쇄 2019년 2월 21일 | 초판 1쇄 발행 2019년 2월 28일
지은이 진유정 | 펴낸이 김시열
펴낸곳 도서출판 자유문고
　　　　(02832) 서울시 성북구 동소문로 67-1 성심빌딩 3층
　　　　전화 (02) 2637-8988 | 팩스 (02) 2676-9759
ISBN 978-89-7030-138-9　03810　값 15,000원
http://cafe.daum.net/jayumungo (도서출판 자유문고)